長州藩人物列伝

人物文庫

学陽書房

目次

楫取素彦

吉田松陰

江戸送り

(一) 母　親

年が変わって安政《あんせい》六年一月二十四日夕方から、松陰《しょういん》は急に食事を取ることを止めた。

「先生、腹の調子が悪いならわれわれに言って下さい。医師を呼びに遣りますので」

獄司《ごくし》、福川犀之助《ふくかわさいのすけ》は松陰より四つ年下の誠実な若者で、五年前、松陰が初めて野山獄《のやまごく》に入って以来、松陰の人格に触れ、弟と一緒に門人となった人である。

一ヶ月余りの牢内生活で髪はぼさぼさであり、顎髭《あごひげ》も伸び、栄養の悪い食事と運動不足の環境のために、頬骨が尖《とが》り、眼窩《がんか》がくぼみ、細い目が吊り上がって見える。

牢内の明かりが松陰を病人のような顔つきにしている。

「いえ、病気ではありません。今日より食を絶ちます。わたしの信念はあくまで尊王攘夷《そんのうじょうい》です。これにあらざれば、わたしは死んでいるのと同じです。今から食を絶つことにしました。これから一つの喜び、一つの快事があれば一飲食をしようと思う。そうでなければ斃《たお》れて死んでも悔いはありません」

くぼんだ眼窩の奥に光る目はあくまで澄んでおり、強い決意の色を帯びていた。

「時節が来るのを待つことも大事です。今、先生にこの世を去られたら長州はどうなるのですか。われわれや先生の家族はどうなるのですか。それに松下村塾《しょうかそんじゅく》の門人たちも悲しむでしょう。先生だけの身体ではないのですよ。われわれ一同のためにも短気を起こさず、生き延びることを考えて下さい。お願いします」

福川は松陰の説得に努めた。

「……」

彼の目は牢内の一隅を見詰めたまま、何か考え込んだ表情を崩さない。

福川は説得を諦めて野山獄を出た。杉家を訪れるため、松本村へ向かった。

この日の朝、杉家では全員が揃って朝食を取っていた。

一汁一菜の粗末なものだ。

玄関に福川の姿を見ると、箸を置いて立ち上がり、全員が玄関に集まってきた。

「寅次郎がどうかしましたか。幕府から『江戸へ送れ』との命令でもありましたか」

父や兄が心配そうに詰め寄る。

「いえ、今のところ通達はありませんからどうぞご安心を。実は……」

「どうしたのですか」

母親の滝は床に伏しがちだが、息子のことになると、床から寝巻き姿で出てきた。

「先生は食事を取られないのです」

「……」

「われわれも何とか先生に『一口でも食べてくれ』と頼むのですが、一口も口にされません。こうなっては、わたしの力ではどうにもできません。杉家の人々から説得してもらう以外に方法がないと思い、ここへやってきた次第です」

福川は申し訳なさそうに母親や父、百合之助《ゆりのすけ》や叔父、玉木文之進《たまきぶんのしん》に頭を下げた。

「あなた様が寅次郎をそんなに気に懸けて下さり、ありがたく思います。これから皆で知恵を絞って寅次郎の絶食を止めさせるよう考えましょう。何分《なにぶん》手紙での説得になりますが、少し次室でお待ち下さい」

そう言うと滝は、松陰が使用していた文机《ふづくえ》に向かうと、皆がその周囲に集まった。

滝は習い覚えた文字で彼に語りかけるように書き始めた。

手紙を書き上げると、寝巻き姿で土間へ下りていった。子供たちもその後を追う。

井戸から水を汲み上げるとそれを釜へ移し、今日取れた野菜を洗い始めた。

「母上、寅次郎兄さんへの御馳走はわたしたちにも手伝わせて下さい」

三人の妹たちも兄の好物を知っている。

母と娘たちは竈《かまど》に薪《まき》をくべて火を熾《おこ》し、料理を作る。

料理ができると、軒に吊してあった干柿を料理の器に付け加えた。

「干柿は兄の一番の好物だ」

妹たちの歓声で家の中は明るくなる。

父や叔父の目も潤んでいる。

「手作りの御馳走に、母からの手紙を添えて寅次郎に渡して下され。お願いします。重ね重ねの御好意感謝いたしております」

福川は家族の思いが込もる料理と手紙とを大切そうに風呂敷に包むと、それを手に下げて杉家を後にした。

その日松陰は久しぶりに母親の懐かしい手蹟《しゅせき》の手紙を受け取り、慌ただしく封を切る。

たどたどしいが、切々と訴える母の手紙を食い入るように貪り読んだ。

「ちょっと申し上げます。あなたの事について意外なことを承り、心外でまた心配でなりません。それで慣れないことですがこの手紙を書きます。昨日より食事を御絶ちとか承って、母は驚きました。それで死んでは不孝この上なく、口惜しい限りと思います。母は病身でとても長生きはできますまいが、それでも野山獄にそなたが御無事に生きておられると思ったら、それを楽しみにして、そなたが生きているという事だけで、母の魂の力となります。短気を起こさずに身体を大切にして下さい。この料理は母がこしらえたのですから、この母のために食べて下さい。頼みます。かえすがえすも思い直しなさるよう、頼みます」

母のめっきり弱った姿が瞼に映る。

朝早くから起き、雪のちらつく中、山麓の畑まで行き、野菜を取り、それを子供たちと家へ運ぶと、冷たい井戸水で洗い、料理を作る。

指は皹《あかぎ》切れでささくれだち、娘たちの手も霜焼《しもや》けだらけだ。

いつもの光景が脳裏に浮かぶ。

病身の母が心を砕き、子供に食べさせてやりたい一心で作ってくれた料理は松陰の大好物のものばかりが並んでいた。この御馳走を目の前にして、自分が行っている絶食という行為が、いかに母を悲しませているかということがわかった。

干柿を一口、口に入れては、涙が流れて止まらなかった。

母の御馳走は昔のことを思い出させた。

松陰の友人が松本村に来た時のことだった。母は養母から記念として貰った笄《こうがい》と櫛《くし》とを金子《きんす》に代えて、彼の友人に御馳走してくれた。

それも息子を喜ばせたい一心からだった。

(二) 門下生

幕府は井伊《いい》大老の独壇場となり、異議を称える分子への粛清《しゆくせい》の嵐が吹き荒れていた。

松下村塾の門人、高杉晋作《たかすぎしんさく》も、先に江戸へ出てきている久坂玄瑞《くさかげんずい》や桂小五郎《かつらこごろう》らと江戸長州藩邸で連日、藩の取るべき方針について、激論を交していた。京都の梅田雲浜《うめだうんぴん》が捕えられた。松陰と彼との関係について、幕府のお尋ねが長州藩に来た。薩摩《さつま》藩では日下部伊三次《くさかべいさじ》、越前《えちぜん》藩では橋本左内《はしもとさない》、それに頼山陽《らいさんよう》の息子頼三樹三郎《みきさぶろう》らが逮捕された。

いわゆる安政の大獄《たいごく》の序幕であった。

江戸での同志たちは松陰のことを危惧した。松陰は尊王攘夷を実行できない幕府に見切りをつけ、門人たちに〝倒幕〟を実践しようと漏らしていたからである。井伊大老の朝廷不許可の条約調印に憤った松陰は、幕府を潰し朝廷を中心とした国体を頭の中に描くようになった。

門人たちは朝廷を尊ぶ松陰の精神を知っている。逸《はや》る松陰は、井伊大老の命を受けた老中間部詮勝《まなべあきかつ》を京都で暗殺しようと考えた。門人たちは彼の過激過ぎる行為を恐れた。江戸にいる高杉たちは緊迫している江戸の状況を松陰に知らせ、彼の逸る気持ちを抑えようとした。

しかし荒れ狂っている松陰の情熱の高揚は愛弟子《まなでし》の諫言《かんげん》ぐらいでは抑えることができない。それどころか弟子たちの行動を起こそうとしない態度を詰《なじ》った。

「江戸居の諸友、久坂、高杉なども皆僕《やつがれ》と所見違うなり。その分かれるところは僕は忠節をする積《つ》もり、諸友は功業を成す積もりだ」

安政六年の一月末の絶食騒動が解決してからも松陰の苛立ち、憤怒は続いた。

「先生、少しは門人たちのためを思って、過激なことは慎んでもらえませんか」

福川は思想・教育家としての松陰を大いに評価しているが、政治家としては純粋過ぎて向かぬと思った。

六畳の牢内の独房には五年前と同じく行灯《あんどん》と古びた文机が置かれていた。

「しばらくゆっくりと考えごとをしたい」

卵形の顔に細い目が吊り上がり、瘦《や》せて撫で肩の松陰は、行灯の明かりを机に引き寄せると、何か書き物をしている様子だった。

二度の食事以外は机に向かって手紙を書いたり、それが済むと持参した本を読むことで毎日が暮れていく。

書き物や読書をしていない時は、何か狂わし気に六畳の独房内を徘徊《はいかい》したり、独り言を呟いたりした。

穏やかな彼には珍しく、夜中に大声で詩を吟ずることもあった。

一年以上野山獄で松陰という男を観察し、また尊敬している福川には、彼の鬱積《うっせき》した心の内がよくわかる。

自分の思いが藩に届かぬ焦りと、諦観《ていかん》とが松陰を苦しめている。

自己と格闘している松陰に何かと話しかけて気分を和げようとするが、効果が無いと知ると彼は松本村の杉家に行き、家族の者が面会に来ることを勧めた。

二つ年上の兄、杉梅太郎と弟松陰とは子供の頃から非常に仲が良く、男三人、女四人という兄弟妹の中でも彼らは特に仲が良く、いつも一緒に行動した。

父と共に山へ茸《きのこ》を取りに行ったり、田畑で農作業をする時も一緒だった。もちろん野外で学問好きの父から畔《あぜ》に腰を下して孔子《こうし》や孟子《もうし》を学んだ。

狭い三畳の部屋で一つの机に並んで父や叔父から書を学び、食事から寝る布団まで一緒に過ごした。

仲の良さは杉家の自慢の一つで、親類中で揉め事もなく、妹の艶を二歳半で亡くしたが、困難な事も皆で助け合った。

禄高《ろくだか》二十六石の貧乏所帯に、父母それに姑、六人の子供という大家族が暮らしている。病身の姑の妹までも杉家に転がり込んでくるという始末であった。杉家の暮らし向きはさらに苦しくなる。

それでも松陰の母、滝は彼らを献身的に支えた。

「他人の家に厄介になって、病気で寝ていなければならぬ女性の心は悲しいに違いない。これはあくまで慰めてあげねばなりませぬ」

苧麻《ちょま》を績《う》み、糸を手繰《たぐ》り、機《はた》を織り、田仕事、針仕事をこなし、身を粉にして働いた。

松陰の実家杉家はこういった誠実な心優しい家族で構成されていた。

家族の面会を松陰は非常に喜んだ。兄弟妹たちの近況と昔話に興じると、打ち沈んでいた暗い目つきに明るい光が射し込んだ。

目頭を熱くして父や叔父からの手紙を読んだ。

福川が実行した面会が松陰に安堵と安らぎの時を与えた。

寒かった牢内にも暖かい日の光が射し込み、野山獄の中庭に小鳥の囀《さえず》りが聞こえる頃になると、梅の香りが微かに牢内に漂ってくる。

松陰の心の内の葛藤も平静を取り戻し始めた。門人たちに裏切られた思いの松陰は、彼らへの期待を棄てて、別の考えを持つようになった。

「今までの処置、遺憾なきこと能《あた》わず。それは何かというに政府を相手にしたが一生の誤りなり。この後はきっと草莽《そうもう》と案をかえて今一手つかってみよう」

「草莽崛起《くっき》」とは名もなき庶民の決起のことである。

彼は絶望という文字の無い男であった。長州藩というものを見限ると、在野の草莽に期待するようになる。

この思想は門下生の久坂から高杉に引き継がれる。

「奇兵隊《きへいたい》」という庶民から成る軍隊が高杉の手によって創立され、その「奇兵隊」が明治維新を動かす原動力と成っていくのである。

「松陰を江戸へ送れ」という幕府の命令が萩へ届いたのは、初夏を思わす暑い頃であった。

　翌日藩の重役周布政之助《すふまさのすけ》がぶらりと杉家を訪れた。

　四十歳を少し超えた眼光の鋭い男で、彼は村田清風《せいふう》の一族である。彼の母親は村田家の本家から周布家に嫁いでいた。清風は赤字で苦しむ藩の重役として、財政改革で辣腕《らつわん》を振るった人物である。

「杉殿、残念なことだが寅次郎の『江戸送り』が決まった。わしはできる限り寅次郎を萩に留めようとした。だが幕命を拒む力はわしには無い。寅次郎のことは長井殿を通じて十分に幕府に伝えてある。幸い長井殿は幕閣にも顔が広い。たいしたことにならぬと思うが、気になることがある」と前置きすると、周布は滝が入れた茶で喉を潤した。

「杉殿も母御も御存じとは思うが、寅次郎には一本気なところがある。彼の尊王の心はわしとて同じだが、思い立つとじっとしておれん性質《たち》だ。雲浜とのことはまず問題あるまい。間部詮勝を襲撃しようと考えたことも藩内で揉み消しているので心配はいらん」

　周布は集まってきた梅太郎はじめ五人の子供たちの顔を見ている。

「幕府の評定所でやってもいないことや、自分の尊王の信念を申し述べたりすることをわしは危惧しておるのだ」

　両親も子供たちも松陰の性格をよく知っている。周布の言うことは正鵠《せいこく》を射ている。

「そこでだ、梅太郎。寅次郎とはお主が一番親しい。『江戸送り』になる前に、お主がわしの言ったことを彼に十分に伝えてくれ。もし寅次郎がやってもいないことを述べたりすると、寅次郎はもちろん、藩主の首も危うい」

周布の真剣な表情は本気で寅次郎のことを心配しているようだ。

「長州藩が寅次郎を『わが長州藩に禍を成す者』と考えている。そのために藩自身が手を下さず、幕府に彼の処置を委ねた」

「もし松陰が長州のためにならぬことを口走ったりすると、藩主の首も危うくなる。獄内で『松陰が発狂した』として殺せ」

「江戸へ送る途中で暗殺してしまえ。いや切腹させた方が良い」

杉家の者はこんな噂を耳にして、藩の考えに疑心暗鬼になっていた。

実際藩内ではこの問題を巡って揉めたが、藩主敬親が彼を庇《かば》った。藩は二百人を超える松陰の門下生たちの影響を恐れたのだ。

五月十四日、梅太郎は野山獄を訪れた。この日は入梅を思わすような蒸す日で、しとしとと細かい雨が降り続いていた。

野山獄の中庭には紫陽花《あじさい》が赤や青の華麗な花を咲かせていた。

「寅次郎また来たよ。元気そうでなによりだ。今日来たのはお前に知らせなければならぬ事があったからだ……」

「江戸行きが決まりましたか」

松陰の目には悲しみの光が走ったが、それはすぐに強い意志を宿したものとなった。

この前面会した時より頬は削げ、肩は痩せていた。

「先日周布様が家へこられ家族に『江戸送り』を知らされた」

「そうですか」

松陰は梅太郎が思ったほど取り乱すことなく、じっと耐えて聴いているようだった。

むしろ梅太郎の方が動揺した。

「それでな、寅次郎。周布様のおっしゃられるには『寅次郎はやってもいないことを話すところがある』と申されてな、お前が尊王の信念から幕府のやり方を批判したりせんか心配なされている。『評定所では長州藩の立場を忘れずに対処してくれ』と述べられた」

「わかっております」

「江戸送り」は死を意味した。

松陰は気丈にこの死の宣告に耐えている。

「わしはお前が無事に萩へ帰ってくることを信じている。父上、母上それに弟や妹たちも同じ思いだ。幕府の評定所では自分の信念を正直に述べてはならんぞ。やってもいないことは絶対に言ってはいかんぞ。実際何もやっていないのだからな。父上や母上のことは心配するな。わしが面倒を見る。松下村塾のことはわしや久坂や小田村がやっておく。心置きなく江戸へ発て。江戸までの道中何か本が入り用なら言え。すぐ持って来てやるぞ」

「ありがとう兄さん。心配を掛け通しでこれまで幾度となく苦労をさせました。わたしは運が良ければ萩へ戻れるかも知れませんが、十中八九それはないでしょう。しかし父上、母上や兄弟妹たちのためにも、もう一度萩へ帰ってきたい」

　松陰の湿った声には必死の叫びがあった。

「わかっている。きっとお前は萩へ帰ってくることができる。家族の者もお前のために毎日祈っておるのだ」

　松陰の姿は涙でぼやけた。

「杉梅太郎殿、面会時刻もそろそろ終わります」

　獄司の冷たい声が背中に響いた。

「ありがとう兄さん。家族の皆によろしく。絶対に萩へ戻ってくると伝えて下さい」

　梅太郎は松陰の姿を目に焼き付けようとした。

　松陰の「江戸送り」の報が萩の町に伝わると、今まで過激過ぎた恩師に距離を取っていた門下生たちが、今生の別れに次々と野山獄を訪れた。

　松陰には門下生たちの来訪が嬉しく、いつにもなく口が軽くなったが、門下生たちは明るく振る舞う恩師を見ることが辛かった。

　松浦松洞《まつうらしょうどう》は松陰の家にもっとも近く、門下歴も一番古い。若い頃彼は画家を目差していた。それで彼なりにできることを思い付いた。

「先生の思い出に、肖像を描きたいのですが」

「僕の姿を描いてくれるというのか」

「先生が江戸へ行かれたらもう描けません。これまでの思い出として残して置きたいのです。久坂さんにも頼まれていることです」

　松浦は恩師を避けていたことで、松陰が怒っているだろうと心配して恐る恐る野山獄を訪問したが、意外に機嫌の良い恩師を見て安心した。

　門下生のこの申し出に松陰は喜んで応じた。

「髪も梳《と》いていないし、髭も伸びるに任せている。身綺麗な姿を想像して描いてくれ」

　松陰は居住まいを正して、格子の方へ向き直った。

「先生廊下に出て下さい。わたしが牢内から出ることを許します。もっと明るい所で先生を描いてもらおう。松浦君」

　気が付くと廊下に獄司の福川が立っており、松浦に紙と筆を届けた。

「いつも特別扱いをしてもらって礼を言う」

「何でも言い付けて下さい」と、福川は言い残してその場を去った。

　その日から松浦は野山獄へ通ってきて、八枚の肖像画を描き上げた。

　松陰はその一枚ずつに賛《さん》を寄せ書きした。

「自分は忠義で誠を以って奮闘した中国の偉人を模範としてこれまで三十年間勉励し、倒れても倒れても起き上がり、国を護ろうと努力しましたが、失敗ばかりして、郷里の人たちは危険人物として受け容れてはくれない。然しもとより命は国家に捧げている。昔から至誠《しせい》を尽くして感動しない者はいない。自分は到底昔の優れた人には及び難いが、この至誠を以ってその後を追い努力する覚悟である」

江戸へ行くのに臨み、自分のこれまでの生き様を振り返り、今度江戸でも自分の信念を貫くことを誓ったものだ。

次々と門下生たちが訪れ、松陰にとっては久しぶりに明るい再会となった。門下生たちはこれが先生の見納めだと思い、松浦が描いた肖像画を求めるが八枚しかない。

五月二十四日の夕方にやっと最後の肖像画が完成した。

「先生入ってもよろしいか」

福川は独房に入ると、内部から入口の板戸を閉めた。

「福川君か、いよいよ日取りが決まったのか」

ばさばさの髪から汗が滴り落ちる。牢内は蒸し風呂のようだ。痩せて縮んだような姿だが、くぼんだ眼窩の奥に光る目はまだ強い色を帯びていた。

福川は言いにくそうに咳払いをした後、目を伏せながら呟いた。

「明日の朝、『江戸へ護送せよ』と、藩から言ってきました」

「いよいよ決まったか。福川君長い間ありがとう。いろいろと都合してもらって助かった。これで思い残すことはない。松浦君らが来てくれて、門下生たちの顔も拝めたし、彼らや家族宛ての手紙も書き終えたところだ。後は江戸で至誠を尽くすだけである。それにしても明朝とは忙しいな。出発までさほど時間が無いな」

萩での最後に残された僅かな時のことを思うと、福川は自分が松陰のために何ができるかを考え、それを実行に移そうとした。

「まだ明朝まで時間があります。今夜から御実家に寄ってもらい、親類縁者それに門下生らとお別れの言葉を交していただこうと思っております」

「そんなことを福川君の一存でやっても良いのか」

「わたくしにはそれぐらいのことしかできません。万事わたくしにお任せ下さい」

「それでは君の御好意ありがたく頂戴することにしよう」

松陰は深々と頭を下げた。

「先生駕籠の用意をしますので、いつでも出発できる準備をしておいて下さい。杉家には先生が立ち寄られることを連絡してありますので」

「ありがとう。それでは呼びにこられるまで手紙を書いておこう」

机一つあるだけで、独房内はがらんとしていた。松陰はこの日のために独房の隅々まで掃除しておいたのだ。

ちょうど独房を片付けている時、品川が訪れた。品川弥二郎は十五歳で入門した最も若い塾生であった。

「先生、何故掃除などするのですか。獄司がやるでしょうに」

「昔、中国に諸葛孔明《しょかつこうめい》という軍師がいてな、陣を引き揚げる時、塵一つ残さぬようにして陣地を片付けたそうだ。僕も江戸に発つ時は、彼を真似てこの部屋に何も残さぬようにする積もりだ」

松陰は最期まで中国の偉人に近付こうとした。

「裏門へ駕籠を付けました。先生一緒に参りましょう」

福川は格子の鍵を開けると松陰を先導して、裏門へ通ずる狭い廊下を歩く。

福川は松陰から最期の言葉を貰おうとするが、悲しみに胸が詰まって声にならない。

㈢ わが家

駕籠は松陰を乗せると間道を選んで進路を東に採る。

福川の好意であろう。駕籠の窓が少し開いており、そこからは懐かしい萩の町の灯が眺めることができた。

道路は松本川に突き当たり、土手沿いの畔道に出ると、激しく吠えるような川音が聞こえる。梅雨時に増水したのであろう。怒り狂ったような濁流が日本海へと注がれる光景を想像した。

兄と一緒に松本川で泳いだことも楽しい夏の思い出だ。

松本大橋を渡ると松本村に入る。ここから杉家はすぐである。

松本大橋付近に数個の提灯の明かりが揺れている。連絡を受けた松下村塾の塾生たちが橋の上に集まっていた。

「先生が来たぞ」

闇の中で声がすると、数人の者が駕籠を取り囲んだ。

「福川さん、御苦労」

精悍な顔つきの男が頭を下げた。

「久坂君か、駕籠は杉家の裏に着ける。先に家族の方々とお別れしてもらう。門下生の方々は塾の方で待機してもらおう。藩命に逆らってわたしの一存でやることなので、あまり目立たぬようお願いする。表向きは先生が着替えをされるということにしてあるので」

「福川さん、恩に着る」

久坂は皆を引き連れて松下村塾へ戻った。

駕籠は杉家の裏門に着いた。松陰が駕籠から降りると、福川が深々と礼をした。

「明朝、未明にお迎えに参ります。ご家族、門下生の方々とお別れをしておいて下さい」

「福川君には大いに世話になった。江戸へ行っても君の好意は忘れんぞ」

「天命をお祈りします。わたしは一旦野山獄へ戻ります。明朝またお迎えに参ります。それまでごゆるりとお過し下さい」

人声を聞いて裏門には杉家の家族の者がぞろぞろと出てきた。

「寅次郎か、よく家へ寄ってくれた。外は暗い。早く家の中に入ってお前の顔をよく見せてくれ」

懐かしい父親の声に松陰の目頭が熱くなる。母親を見つけると松陰は近づき彼女の手を握りしめた。

「よう我が家に立ち寄ってくれました。これも神の引き合わせであろう」

「母上ただ今戻りました。差し入れありがとうございました。お体の方は如何ですか。牢内ではそればかり心配しておりました」

母親が松陰の薄くなった肩をそおっと撫でた。

部屋には懐かしい顔が集まっていた。父母はもちろん叔父・兄弟・三人の妹、それに義弟らの笑顔があった。

児玉祐之に嫁いだ千代が一番上で、小田村伊之助（楫取素彦《かとりもとひこ》）の妻が真ん中の妹寿《ひさ》だ、末の妹が最近久坂玄瑞と一緒になった文《ふみ》だ。

「その形《なり》では江戸行きもできまい。身形《みなり》を整えてから酒にしよう」

父親の合図で三人の妹たちは松陰を台所脇の一間に連れていった。

千代が剃刀を持ち顔を剃り、寿が衣服を替え、文が髪を結う。

叔父玉木文之進は幼少時の松陰の恩師でもある。

「早く風呂で積年の垢を落としてこい。母上がお前を待ちかねているぞ」

病み上がりの母親がわが子を風呂に入れようと焚口《たきぐち》に身を屈め、火を起こしている。

息子との別れを耐えている母の背中を見て、松陰は母のためにも泣くまいと歯を食い縛った。

後ろに息子が立っていることを察した母親は振り返ると、わざと笑みを作った。

「さあ、風呂へ入りなさい。幼い頃のようにわたしがお前の背中を流してやろう」

湯船に身体を沈めながら、母親の心境を思うと、松陰は切なかった。

自分が江戸で処刑されれば、どんなに母が悲しむだろう。

「背中向きに座りなさい。垢がこびり付いているよ」

痩せ細った背中を流してくれる母親の腕の力は弱々しかった。

「寅次郎よ。この度の江戸行きは難儀なことであろうが、また帰ってきて母に無事な顔を見せておくれや」

背中越しの母の声は湿っていた。

「はい、母上帰りますよ。きっと帰って無事な顔をお見せ致しますので、ご安心下さい」

母の心配を振り払うように元気よく答えた。

「江戸では母のことを考えて、短気なことは言わぬと約束して下され。それを聞かぬと母は安心してお前を待つことができません」

「はい、約束します。必ず短気は起こしません。母上のためにも」

松陰の声は震えた。

着替えを済ますと、母は松陰を先祖を祭っている仏間に連れてゆき、仏壇の前に彼を座らせた。

「さあ無事この家へ帰れるように、御先祖様にお祈りをしなさい」

母親も松陰の脇に座り、熱心に祈った。

別室には父、叔父、兄弟、三人の妹たちと義弟たちが待っていた。

「さっぱりした姿になったな。江戸へ行っても至誠を尽くせよ」

松陰が父親、百合之助から順に酒を盃に入れてゆく。酒と盃が回ってゆき、皆無口で松陰の無事を祈った。

松陰は家族と別れの盃を交わすと松下村塾の方へ向かった。

塾の方には懐かしい顔ぶれが揃っていた。

久坂玄瑞・小田村伊之助をはじめ、吉田稔麿《としまろ》・品川弥二郎・楢崎弥八郎・前原一誠《まえばらいっせい》・天野清三郎《せいざぶろう》・松浦松洞・飯田正伯《しょうはく》らが集まっていた。

「皆雨にもかかわらず集まってくれて、御苦労を掛ける」

三人の妹たちが酒と肴とを盆に入れて母屋から運んできた。

まず形ばかり松陰が盃に口をつけると、次々に盃を回した。

「ゆっくりと寛いでやってくれ。江戸へ行くとしばらく皆の顔も拝めん。一人一人よく顔を見せてくれ」

門下生たちは悲しみに耐えて、無理に微笑しようとするが、泣き笑いのような妙な顔になった。

順番に門下生たちの神妙な顔を眺めていた松陰の視線は見知らぬ娘の前で止まった。

「この人は金子さんの妹さんです」

娘に代わって妹の千代が返答した。

「ああ、金子君の妹さんか。僕も野山獄暮らしが長く、金子君の墓参りもままならんで心苦しく思っていた。父上は息災か」

「はい、父もこの席に来たいと言っておりましたが、生憎《あいにく》病床で伏せっております。代りにわたくしが参りました」

よく見れば大きい黒目がちの目と、意志の強そうな下顎の張った顔つきは兄金子重輔《しげのすけ》と良く似ている。

地味ながら単衣に身を包み、髪を結った姿は凛々しかった重輔を彷彿とさせる。

「早いものだなあ。重輔と黒船に乗り込もうとしてからもう六年も経つ。あの日の事は昨日のことのように鮮やかに思い出すことができる。僕の人生はあの時から始まった」

松陰の切れ長の細い目は遠くを眺めるような色になった。

黒　船

(一)　挫　折

下田《しもだ》の弁天祠から小舟を漕ぎ出したのは、安政元年三月二十八日の午前二時頃だった。砂の上に乗り揚げている小舟を見つけると、二人は力を込めて小舟を海の上へ押してゆき、小舟が着水すると乗り込んだ。

松陰二十五歳、金子は二十四歳であった。

金子は長州の商人の子として生まれたが、幼時より白井小助、土屋蕭海《しょうかい》に学び、家業を嫌って江戸へ出て、長州藩邸の雑役となった。

熊本藩士、永島三平の塾で松陰と出会い、松陰の弟子となった。松陰のペリー黒船密航の噂を聞いて矢も盾もたまらず同行を申し出たのであった。

舟を漕いだ経験のある金子は艪《ろ》を持ち上げて漕ごうとしたが、驚いたことに艪を納める艪杭がなかった。

漁師が舟を盗まれないように外していたのだった。艪杭がなければ艪を固定することができないので舟を漕ぎ進めることは不可能である。

泳いで黒船まで行くのは無理だ。海岸へ戻るにも舟は沖の方まで進み過ぎている。波も荒く小舟は木の葉のように波に翻弄される。

金子は途方に暮れた。

「褌《ふんどし》で艪を縛ったらどうか」

松陰は言うより早く自らの褌を外し、舟桟《ふなさん》に艪を縛りつけた。

金子は力を入れて漕ぐ。二、三回艪を動かすともう褌は緩んでくる。

松陰は木綿帯を解いてそれを褌の代わりにしっかりと巻きつけ、金子が艪を漕ぐ間中、帯が緩まないように両手で力一杯押さえ続けた。

漕ぐ金子も必死だが、帯を押さえ続ける松陰も必死だ。だるくて腕が抜けそうになる。

沖の黒船の灯は漆黒の闇の彼方で波の間に間に揺れている。

ミシシッピー号は沖に最も近い所に停泊していた。

小舟はこの黒船の舷側《げんがわ》に当たり小さな音をたてた。甲板を見回っている士官たちは、舷側の物音に続いて人声を聞いた。

「メリケン、メリケン」と、人声が海風に乗って響いてくる。甲板にいた士官たちは驚いてカンテラを海上に向かって照らすと、小舟に立ち上がって叫んでいる二人の男を発見した。

二人は船に登りたい様子だ。

小舟がタラップに近づくと、小舟が流されないように帯をタラップに縛りつけた。タラップに手を架けると、慣れない格好でゆっくりとタラップを登り始めた。

「吾等は米利堅《メリケン》に往かんと欲す。君幸ひ、これを大将に請へ」

集まってきた二人の士官に松陰は懐から手紙を取り出し、漢文で来意を告げた。

士官たちは誰も漢字がわからず「船を去れ」と、手真似をする。

松陰は提督の乗っている船の名前を連呼した。

「ポーハタン」「ポーハタン」

彼らはペリー提督の船のことを言っているのだと判断し、「あちらへ行け」と、ペリーが乗っている船が停泊している沖の方を指差した。

大将船には通訳も乗っているらしい。

「バッテイラ、バッテイラ」と叫んで船体に積まれている小船を指差し、「それに乗せて連れていって欲しい」と、意志を示した。

彼らは顔をしかめて「自分たちが乗ってきた船でそちらへ行け。早く立ち去れ」と、まるで野犬を追い立てるような仕草をした。

「艪杭がないのだ」と主張したが、彼らにはもちろん通じない。

「しかたがない。もう一度小舟に戻ろう。ここまで来たらたとえ腕が折れても構わん。兎《と》に角《かく》ポーハタン号まで行こう」

二人は慎重にタラップを降りると、小舟に乗り移った。

ポーハタン号はさらに沖に泊っている。外海の荒波は容赦なく彼らの小舟を襲った。二人の必死の努力にもかかわらず、舟は遅々として進まない。

わずか一町ぐらいの距離だと思ってはいたが、小舟は波と風に翻弄された。

やっとの思いでポーハタン号に近づくことができたが、今度は小舟をタラップに寄せることができない。

外海の波の荒さは予想以上に激しく、小舟はポーハタン号の舷側にドーンと当たっては引く波によって離され、また荒波に乗り上げては舷側にドーンとぶつかる運動を繰り返した。艪杭がないので小舟の操縦が効かない。その内にポーハタン号の甲板上では人々が集まってきた。

彼らはカンテラで海上を照らしながら、「あっちへ行け」と叫んだ。

水兵がタラップを降りてきて、長い棒で彼らの小舟を突き離そうとした。

二人は必死でその棒を握るとそれを手繰り寄せて小舟をタラップに近づけた。タラップに片足を掛けると、ポーハタン号に乗り移った。

その拍子に小舟はポーハタン号から離れてゆき、小舟は刀と松陰の荷物を乗せたまま、暗い海上を漂流し始めた。

彼らはタラップを登り切ると筆談しようとしたが、筆も懐紙も小舟の中だ。この侵入者のために水兵や士官たちは通訳を連れてきた。

ウィリアムズという痩せて文学青年のような男は、長い間中国にいたので漢字が読め、そこで出会った日本人漁師から少しは日本語も聞き取ることができた。

彼は筆談で深夜の突然の訪問の理由を尋ねた。

「自分たちの目的はメリケンに行くことだ。この船でメリケンに連れて行って欲しい。自分自身の目で世界を見たいのだ」

ウィリアムズは彼らが昼間下田に上陸した士官に、手紙を手渡した二人であることを知った。松陰は下田を散歩していた士官に自分たちの志を書いた手紙を手渡すことに成功していたのである。

「少し待ってくれ」と、彼は言い残し、ペリーが寝ている艦長室へ行った。

「甲板に来た日本人二人は昼間わが士官に手紙を手渡した二人でした。手紙に書かれたように彼らの目的は見聞を広めるためにアメリカに渡ることです。自国の鎖国の禁を破っても目的を遂げたいの一念です。その意志は固そうに思われます」

ウィリアムズはこの若者の命懸けの思いを遂げさせてやりたい気持ちに襲われた。東洋を知りたいと燃えた自らの青春と、彼らとを重ね合わせていた。

真夜中にもかかわらず船室に吊り下げられた燈籠の光の下で、ペリーは机に向かい日本に関する書物に目を通していた。

　ペリーは五十代後半の年齢を感じさせない若々しい顔色をしていた。堂々とした体格と同時に精神も若者のように、日本との条約締結に燃えていた。

「どのような身分の男ですか」

　甲板での騒ぎから不法侵入者が舟でやって来たことを察した。

「手紙の内容といい、書かれている漢字からはかなりの教育を受けた者らしく、態度も非常に礼儀正しいし、洗練された侍のようです」

　ウィリアムズはこのような好学の人物をアメリカに連れてゆくことをペリーに勧めた。

「彼らが再び日本に戻ってきた際、彼らがアメリカの文化や文明を日本人に伝えることによって、日米の絆が深まる。それこそが真の交流というものです」

　彼が大人しいだけの男だと思っていたペリーは驚いた。

「わたし個人としてはそうしてあげたいのは山々だが」

　と、前置きすると、

「われわれは今、日本と修好条約を結んでいるところだ。彼らには鎖国という国法がある。われらが彼らを連れて帰ると、へたをすると折角ここまで漕ぎ着けた条約締結にひびが入る可能性が生ずる。君の勧めだがここは大事を取って、下田に引き取ってもらおう」

「しかし艦長、彼らがこの船から下田へ戻ると国禁を破った廉《かど》で、死罪となります。どうか再考を願えませんか。夜中のことですから誰も見ていません。われわれが幕府に告げなければ、秘密は守られます」

ウィリアムズはいつもの彼に似ず、執拗に食い下がった。

「こんなことは考えたくないのだが、もしも彼らが幕府の意を受けたスパイであったらどうする。これがわれわれの誠意を測るための彼らの罠ならどうするのだ」

ペリーにここまで言われるとウィリアムズは折れざるを得なかった。

再び甲板に顔を現わしたウィリアムズに、二人は顔が触れんばかりに近づいて「アメリカ行きの許可」を懇願した。

「『あなた方二人が幕府の許可が取れるまでは乗船を断わる』というのが提督の考えです。われわれは下田滞在を延長する積もりなので、あなた方には幕府の許可を得る機会は十分にあるでしょう」

「下田へ戻るとわれわれは首を刎ねられてしまう。どうしてもここに置いて下さい。もう一度ペリー提督にわれわれの思いを伝えて欲しい」

二人は首を揺り、ウィリアムズの腕を捕まえた。

「残念ですが、ペリー提督の決意は変わりません」

二人はそれでもウィリアムズに言い寄り、直接ペリーへの面会を懇願したが、彼はやんわりとそれを拒否した。

帰るよう説得された二人は、この時になって小舟が流されていることに気付いた。

「これは不味《まず》いことになった」

松陰の大小刀から荷物として持ってきた一斉のものが小舟に乗っていた。小舟が下田のどこかの海岸に打ち上げられれば、国禁を破った証拠品が暴露されることになる。その内には恩師佐久間象山《しょうざん》や友人たちの黒船密航への寄せ書きなどが入っていた。

ウィリアムズに小舟を捜してもらうことを懇願した。ウィリアムズの要請に提督も同意して小舟を捜査することを約束してくれた。

水兵たちは二人をバッテイラに乗せると、一番近い海岸へ運んだ。二人を海岸に降ろすと、早々に立ち去った。

真夜中に起こされた彼らは提督やウィリアムズの命令を無視し、早く眠りたかった。

松陰と金子の運命は彼らによって運び去られてしまった。

夜は明け始めている。黒一色だった海面が朱色に染まりだした。

二人は密航に失敗し、証拠品を残した舟まで見つけられない絶望の淵に立たされた。

上陸した海岸には大きな岩がごろごろしており、鬱蒼《うつそう》と樹木が生い繁っていた。

徐々に空は白んでくると今まで耐えてきた疲労が急に体内に広がってきた。

「万策尽きました。武士らしく切腹しましょう。松陰先生、介錯《かいしゃく》して下さい」

疲労で思考能力を失った金子は、機械的に腹を寛《くつろ》げようとした。刀は松陰の小刀を借りる積もりらしい。

「金子君、これしきのことで腹を切っておったら、いくつ腹があっても足らん。自首して、またの機会を待とう」

「世の人はよしあしことも言わば言え
　　　　賤《しず》が誠は神ぞ知るらん」

松陰は項垂《うなだ》れている金子に、元気を出せと言わんばかりに大声を張り上げた。

数日後、下田を散策していた士官が町の獄屋《ごくや》に居る二人を発見した。籠のように前面に柵があり、一畳にも満たぬ広間に二人は投獄されていた。

士官たちが近づくと、無表情であった彼らは急に微笑し、板切れを手渡した。

ウィリアムズは士官から板切れを受け取ると、士官たちに二人の様子を尋ねた。

「彼ら二人は籠の中でも不運に屈せず、逆境を平然と耐えている様に思えました」

「可哀相に。ペリー提督に会ってくる」

ペリーを通じて二人の若者を救ってやりたかった。

彼はペリーの部屋に入るなり二人が投獄され、酷い待遇を受けていることを報告した。

「それは気の毒なことだ。その板切れには何と書かれているのか知りたい。訳してくれたまえ」

ペリーは国禁を破ってアメリカに渡ろうとした勇気ある日本人のことを気にしていた。

「英雄もその志を失えば、その行為は悪漢盗賊とみなされる。われわれは人前で召捕られ、縛られ、数日間幽閉されている。村の長老頭らはわれわれを軽侮し、その虐待は実に悪虐である。暫し探してみてもわが身を非難すべき何物もなく、今こそ真の英雄か否かを知るべき時である。六十余州を行く自由は余《よ》らの欲望には充分ならずとみたれば、余等は五大大陸遍歴をなさんと欲した。これぞ長年月のわれら衷心《ちゆうしん》の願いだ。突如わが志は破れその身を半間に及ばざる所に見い出す。食するも休むも坐すも眠るも難き場所である。いかにしてここより逸れるべきか。泣けば愚者の如し、笑わば悪漢の如く見えん。ああわれわれは唯黙するのみ」

「まるで政敵に破れた偉大な政治家が牢に入っているような心境だ。この文章には哲学的諦観が漂っている。さぞかし有能な若者であるにちがいない」

ウィリアムズは板切れを読みながら目頭を押さえた。

「日本人が海外へ渡航することはこの国の法では重大な罪になる。しかし人道的な観点からすれば、有能な若者の特権である溢れんばかりの好奇心のために、首を斬られるということは許されんことだ。寛大なる処置を取るよう幕府の役人に断固談じ込んでくる」

その結果、斬首を逸れた二人は江戸へ送られ、伝馬町《でんまちよう》の牢に入ることになった。

そして伝馬町の牢から出された二人は、萩の野山獄送りとなり、九月十八日に江戸を発った。

萩行きにも苦難は続いた。

慣れない半年あまりの伝馬町の牢暮らしで、金子は下痢を発症し、衰弱し切っていた。江戸から萩までは約一ヶ月の道中である。身動きすらできない駕籠に入れられて、その駕籠には網が被せてある。

ろくに与えられない食事も駕籠の中で取り、用足しも外ですることは禁じられていた。春に下田で捕えられてより衣服はそのままで、着替えを要求しても許されない。駕籠の中は汚物と悪臭とが満ち溢れ、金子の衰弱ぶりは日に日に強くなる。

「着物を替えてくれ」

駕籠の中から絞り出すような金子の声を、護送役人は無視した。

「金子の着物を替えてやれ。お前たちは金子を殺す積もりか。お前たちは武士の情けを知らんのか」

松陰も駕籠の中から叫ぶ。

「罪人の分際でつべこべ言うな。お前たちの指示は受けん」

激怒する松陰に役人たちは喚《わめ》いた。

あまりの駕籠内の悪臭に、役人たちは金子の袷《あわせ》を剥《は》ぎ取ってしまった。裸にされた金子は小布団にくるまり、寒さに震えた。

役人の横柄ぶりに、松陰は自分の綿入れを脱いで「これを金子に与えよ」と言うや、駕籠から投げ棄てた。

「先生を寒さで震わせておきながら、自分が綿入れなど着ることができません」

金子は涙を流して恩師の着物を身に付けることを強く拒んだ。

役人たちは病人が途中で死んでしまっては、その責任が自分たちに掛かることを恐れ、無理やり金子に綿入れを着させた。

季節は秋に入っており朝夕はめっきり冷える。

単衣の松陰は寒さに震えながら布団にくるまった。

金子は重病ながらなんとか萩まで辿り着いた。

十月二十四日に駕籠が萩に着くと、武士である松陰は野山獄、そうでない金子は岩倉獄に入れられた。

野山獄と岩倉獄とは道一つ隔てて建っている。松陰は金子に直接声を掛けてやれない。

独房の奥の手洗いの高い小窓から彼の身を心配し、大声で詩を吟じた。

金子は寒さと下痢に悩まされながら、恩師の励ましの声を耳にして、布団の中で涙を流して手を合わせた。

金子にはもう起き上がる体力が残っていなかった。

「金子を医者に看せろ」

松陰は獄司に叫んだ。松陰は手紙を書き、家族の者が金子を見舞ってくれるよう頼んだりしたが、その甲斐なく金子は正月十一日に死んだ。

「わたしは再び起つことができません。日本の将来に明るい見通しがつかない時に、死ぬことは非常に残念です。生きている内に、ひと目会いたいと念じていた両親の顔を見ることができたのは、せめてもの喜びです」

金子の最期の言葉を、金子の両親から聞かされた。

その夜、松陰は一睡もできなかった。

翌日より金子の回顧文を書き出し、金子の墓を建てるために、自分の食事を減らしてその費用を拵《こしら》え始めた。

現在、彼の墓のある萩の保福寺には、松陰による石の花立が墓前に立っている。

(二) 涙松

「もう六年にもなるのか。墓場で金子と別れがしたかったが、妹さんが来てくれるとは。これで思い残すことはなくなった。墓前で金子に伝えて欲しい。わたしは金子の霊と一緒に江戸へ行く積もりだ。たとえ萩へ帰ってこれなくとも、彼はわたしと一緒に居ることを喜んでくれると思う」

松陰が覚悟を吐露すると、門下生たちは目を閉じ頭を垂れた。

突然年少の品川弥二郎が声をあげて泣き出した。

「弥二、目出度い門出に涙は禁物だ。泣くな」

久坂が止めるが、彼の目にも涙が光る。

「福川君が見えられたよ。『そろそろ出発の用意をしてくれ』とのことだ」

兄の梅太郎が縁側の外から声を掛けた。

空もしらじら明け始めてきた。

「長居していては彼に迷惑が及ぶ。そろそろ発とう」

松陰は門下生たちの方に向き直った。

「世話になった。諸君も世の行く末をよく見て行動して欲しい。これからの国の将来を君たちに託す。よろしく頼んだぞ。身を大切にせよ」

門下生一同を見渡し、席を立ち上がった。

裏門の前には網の付いた駕籠が待っている。

「福川君、ありがとう。これで悔いはない。出発しよう」

松陰が駕籠に乗り込むと、久坂が福川の前に立った。

「御苦労だったな。福川君、まだ先生との別れを惜しみたい者がいる。『涙松《なみだまつ》』の茶屋あたりでどうか。そこで一服してもらえないか。そこで最期の別れがしたいのだが」

「人目につかないように頼む。山口まで付いてきてもらっては困るが、朝早いので『涙松』のところが一番人目につかなくて良いだろう。それまでは別の道を通って『涙松』に集まってくれ。別れの時は、われわれが気を効かせて茶屋でお茶でも飲んでおこう」

久坂は福川に感謝して深く頭を下げた。

萩から山口を経て三田尻《みたじり》に抜ける萩往還は殿様の「お成《な》り道《みち》」として昔から整備されている。萩から出ていく時、城下を見納めする場所が「涙松」である。

ここに樹齢何百年もの老松が生い繁っている。それが萩城下を見下ろす位置にあり、この風雨に晒された年齢を重ねた老松を「涙松」と呼ぶようになった。

萩城下を南から見下ろす格好の焼下山《やけしたやま》の山麓を街道が走っている。萩城下から峠を登ってきた街道がこの「涙松」のところで大きく左へ回り込むので、ここから山口の方へ向かう者には、焼下山が邪魔をして萩城下が隠れてしまう。

萩を出る人も帰る人も「涙松」の茶屋で一服して城下を見納めたり、城下に戻ってきた実感をしみじみと味わったところである。

朝早い時刻なので人目につかないと福川は判断し、「そこで別れを惜しめ」と久坂に告げたのだ。

夜中まで降り続いた雨は明け方には上がり、泥濘《ぬかる》んだ峠道の中腹の茶屋には人影はなかった。茶屋の周辺の山々は暗い霧に包まれ、朝日が昇ると、樹木からは白い靄《もや》が立った。

「おい、まだ来ておらん。先に行ってしまったのかも知れん」

「馬鹿な。われわれは走ってきたのだ。追い抜かれる筈《はず》がない」
四、五人の若者たちが峠を登っている。
城下は霧に煙っており、人々は深く眠りこけていた。

「馬が茶屋にいるぞ」

品川弥二郎は先頭に立って茶屋へ駆け上がった。

しばらくすると転がるように坂を駆け下りてきた。ぜいぜいと喉が鳴っている。

「家老だ。周布が茶屋にいる」

彼らは驚いて顔を見合わせた。

「福川が家老に言い付けたのだ」

「いや福川は信用に足る男だ」

前原の邪推を久坂が打ち消した。

「先生との別れができなくなるかも知れんな」

吉田稔麿がぼそりと呟いた。

「まあ、茶屋へ行って周布の顔でも拝んでやろう」

飯田正伯は思慮深い男で松下村塾でも兄貴株である。

五人が恐る恐る茶屋を覗くと、周布が床几に腰を下ろして、茶屋の爺さん相手に柏餅を食べている。

「お前たち、朝早くから御苦労だな。江戸へ行く寅次郎と別れを惜しむ気なのか。それとも駕籠に斬り込んで松陰を奪おうと考えておるのか」

大きな目をした周布の鋭い眼光が五人を睨みつけた。

「周布殿に聴きたい。何故松陰先生を江戸へ送って幕府の手に渡さねばならないのですか。あなたには先生を保護する気はないのか」

前原は恩師に似て情熱家だ。目上の周布に嚙みつかんばかりに詰め寄った。

「幕府の命令だ」

「長州藩は幕府の命令に従わねばならぬほど、腰が引けているのですか。松陰先生を見殺しにしてでもあなたは幕府に媚びるのか！」

殺気を帯びた前原は周布に詰め寄った。

危険を感じた久坂は前原の腕を摑《つか》み、後ろへ引き戻した。

「松陰の門下生なら彼のやろうとした夢を実現させることを考えよ」

周布は久坂の方へ向きを変えた。

「義助《よしすけ》、松下村塾の面倒をみて、松陰の志を継ぐ者を育てよ。松陰もそれを願っている筈だ。わしも数日中に江戸へ上る。松陰のことはわしに任せよ。決して悪いようにはせん」

周布は懐中から紙包みを取り出して、それを久坂の方へ投げた。

「松陰の御母堂からの言付かり物だ。『江戸までの道中に食べさせてやってくれ』とのことだ」

言うだけのことを言うと、周布は茶屋の脇に繋いでいた馬の手綱を外し馬に鞭を当てると、驚いた馬は嘶《いなな》き城下目差して疾走した。

「何ですか、それは」

品川と飯田が久坂が持つ紙包みを覗き込んだ。

「先生の好物の生姜の砂糖漬だ。風邪を引かぬようにとの御母堂様の配慮だ」

「腹のわからん男だ。本当に周布は先生の助命のために働く気があるのか」

前原はまだ拘《こだわ》っている。

「彼は赤字財政を建て直した村田清風の本家筋の者だ。一旦やると言えばやる男だ。萩に居るわれわれが心配しても始まらん。先生のことは彼に任すしかあるまい」

久坂は周布の政治力が幕府にも通用すると信じた。

「駕籠がやって来た」

品川が叫ぶと他の四人も峠の方に目をやった。

福川を先頭に網を張られた駕籠を数人の役人たちが守るように取り囲む。

「涙松」と呼ばれる老松の所へ来ると、福川は「この茶屋で休息を取る」と命じた。

駕籠の窓は福川の好意で開かれていた。五人は代わる代わる座っている松陰の顔を覗き込んだ。

「先生……」

松陰は五人の顔を順々に眺めた。

「われわれに何か御言葉を賜りたいのですが…」

五人の目はもう濡れている。

「そうだな。これが君たちとの最期の別れになるかも知れん。今に到って残すべき言葉は何もない。僕が松下村塾で君たちに教えたことを思い出してくれればそれで良いのだ。しいて言えば…われ日に三度わが身を顧《かえり》みる。人のために謀りて忠ならざるか、朋友と交わりて信ならざるか。伝えて習わざるか……。諸君が国のために行動する時、このことをいつも胸に抱いて自分の指針としてくれ。それから身体を大切に。それだけじゃ」

五人は無言で頷いた。

「福川君、そろそろ出立したらどうか」

福川は名残惜しそうにしている五人の顔を見た。

「まだ時間はあります。どうぞごゆるりとして下さい」

「いやこれではいつまでも名残は尽きん。一首浮かんだ。弥二郎書き留めてくれ」

最年少の弥二郎は愛嬌があり、松陰が可愛がった少年だ。喜んで矢立を取ると懐紙に向かった。

「帰らじと思いさだめし旅なれば

ひとしほぬるる涙松かな」

五人とも松陰の覚悟を聴くと、急に黙り込んでしまった。

「もうこれで思い残すことはない。さらばじゃ」

駕籠舁《か》きが駕籠を持ち上げると、福川は松陰に一礼し、五人に背を向け、峠を登り始めた。

(三) 大和魂

江戸の長州藩邸で高杉晋作は桂と、松陰に対する幕府の処置について話し合っていた。

「桂さん、松陰先生はまさか死罪になんか、ならんでしょうね」

桂は江戸滞在が長く、松下村塾の兄貴分となっていた。

「周布さんが幕閣に手を打っているそうだ」

周布の存在は長州藩では大きく、政策面では彼の右に出る者はいない。

「しかし井伊大老は狂ったように開国に異議を称《とな》えた者たちを死罪にしていますからね」

「まずは梅田雲浜の参考人として、意見を聴く腹らしいが」

桂は周布から聞かされている話をした。

「松陰先生は取り調べで、自論を吐かれるのではないか。わたしはそれが気掛かりです」

高杉は世間擦れした取り調べの役人が、子供のように純粋過ぎる先生を罠に嵌《は》めることを危惧した。

他人を見る目は鋭敏であるが、松陰は自分に危害を加える人間の存在など露ほども気付かぬ、世間に疎い一面を持っていた。

桂に松陰との面会の機会を作ってくれるよう頼んだ。

「高杉君、君の言うことなら松陰先生も聴き入れてくれるだろう。先生に余計なことは一切言わぬよう忠告してくれ。牢番にはわたしから話を付けておく。くれぐれも細心の用心をしておくに限る」

桂は動き出し、高杉が松陰と面会できたのは彼の取り調べが始まってからであった。

高杉の危惧が的中した。

善人である松陰は簡単に彼らの誘導尋問に引っ掛かり、間部暗殺未遂のことまで喋《しゃべ》ってしまったのだ。楽天家の彼はそれでも死罪になろうとは思っていなかったが、牢内にいる同志が次々と死罪になってゆくのを見て、さすがに死を覚悟した。

「死は求めて赴《おもむ》く場所ではなく、結果として到着するところである。死ぬことが大切なのではなく、大義を実行することが、それに先立たなければならない。それは死に到ることもあるかもしれないし、また死を避けられる場合もある」

牢番を通じて松陰は高杉に遺言を残した。以前、高杉が松陰に〝武士としての死に場所〟について聞いたことへの返答であった。

皮肉にも松陰自身が死と直面する場に立たされた時になって初めて、彼なりにその答えを見つけ出したのだ。

この手紙を読んだ高杉は号泣し、松陰の仇を討つことで恩師に報いようと決心した。

松陰との異常な接近を心配した父親の配慮から高杉は帰藩命令を受けた。

牢内の高杉の労《いたわ》りを唯一の安らぎとしていた松陰は、高杉の帰藩のことを聞くと気力を落とした。

最期の別れの機会を桂が作ってくれた。

「やあ高杉君、いろいろ牢内への差し入れありがとう。帰藩するらしいね」

久しぶりに見る牢内の松陰の顔はいつもの見慣れたものと異なり、頬は削げ、無精髭が顎を覆い、眼窩は落ちくぼんでいた。窶《やつ》れた外見にもかかわらず、眼窩の奥に光る目だけは、松下村塾の頃のそれと同じく強い不屈の色を帯びていた。

「先生を残して萩へ帰ることは非常に残念ですがしかたがありません。小心な父親が先生と係わっていることを心配しているのです」

「一人息子の君を気に掛けてのことだ。元気な顔を両親に見せて安心させてあげなさい」

松陰の声はいつもの耳慣れた温和なものであり、優しさを失っていない。

「伝馬町の牢内では高杉君に随分と世話になった。僕への尽力は一生忘れないだろう。本当に世話になった」

不意に高杉の目に涙が溢れた。泣くまいと意識すればする程、涙は湧き出る。

「涙を拭きたまえ。男子は人前では涙を見せぬものだ。僕のことは大丈夫だ。安心して萩へ帰りなさい。わたしの家族に僕が元気にしていることを伝えてもらえればありがたい」

自分の死という立場を忘れたかのように、松陰は高杉のことを思いやる。

「最期に一つ君に言っておきたいことがある。よく聴いて欲しい」

遺言にも成りかねない恩師の言葉だ。

「君は遊学を済ませたら、早く結婚し、就職のことは両親の言われるようにしなさい。もし藩主の近くに勤めることになれば、深く誠忠を尽くし、君心を得るようにしなさい。その後、正論、正義を主張しなさい。その後に必ず、職を外されることがあるだろう。その時は退職し、栄利を忘れ謙譲な人となり、自分を鍛えなさい。そうすれば十年後に必ず、大忠を立てる日が来るでしょう」

深い愛情に胸が張り裂ける思いがし、彼を救えない自分の微力さを恥じた。

「そろそろ面会時間は終わりだ」

牢番が高杉の背中を叩くが、彼はその場を動こうとしない。

「高杉君、名残は尽きないがもうそろそろ帰りたまえ」

牢の格子から差し出された松陰の両手を力一杯握りしめた。

干《ひ》涸《から》び、かさかさになった細い腕から伸びる松陰の両手にも力が込もる。

「名残惜しいですが、これでお別れいたします。御身体を御厭《いと》い下さい。お達者で……」

別れの決心が鈍ることを恐れるように、後を振り返ることなく伝馬町の牢を後にした。

「親思うこころにまさる親ごころ
　　　けふの音づれ何ときくらん」

死を覚悟した松陰は自分のことを心配する親を憂えてそれを和歌に詠んだ。

「母上、養母様、ひたすら身心を大切にして下さい。私が死罪となっても首を葬ってくれる方があれば、まだ天下の人に捨てられたわけではない、と思いお笑い下さい。児玉家、小田村家、久坂家の三人の妹へ、くれぐれも兄松陰の死を悼み悲しむより、それぞれ嫁としての務めを果たすことが大事です。私の首は江戸に葬り、家には日頃より使っている硯と、昨年十一月に父上と玉木叔父、兄上に差し上げた書を祀って下さい。墓には『松陰二十一回猛士』とのみ記してくださるよう頼みます」

家族宛に遺書を認《したた》めた。

家族への遺書を書き終えると、十月二十五日からは門下生たちに書き残すために「留魂録」の執筆にかかった。

「身はたとひ武蔵の野辺に朽ちぬとも
　　　留め置かまし大和魂」

の和歌で始まり、約五千字にのぼる遺書を書き上げたのは十月二十六日の黄昏の頃であった。

「心にあることを色々と書いた
もはや思い残すことは何もない
役人の呼び出しの声を待つほかには
今の世に待つべき事はない
処刑される私を哀れと思う人は
天皇を崇めて外国を打ち払って欲しい
愚かな私を友と思ってくれるなら
諸君共々で結束して欲しい
七回生き返ろうとも
外国を打ち払おうとする心を
私は決して忘れない」

翌日処刑のため牢内を出る時、同じ揚がり屋の獄舎にいる同囚に言葉を掛けることを禁じられた松陰は、詩を吟じながら同志との別れを告げた。

吾れ今国のために死す
死して君親に負《そむ》かず
悠々たり天地のこと
鑑照、明神にあり

安政六年十月二十七日の午前十時、三十歳の若さで松陰は獄内の処刑場の露と消えた。

松陰が「江戸送り」になってより、松陰の実家では家族が不安な日々を過ごしていた。

松陰処刑前日の二十六日の晩、滝は風邪《こじ》を拗らせて床に伏せる梅太郎の看病をしていた。

疲れて眠るともなくうつうつとしていた時、松陰が元気に明るい輝くような笑顔で母親の前に座った。

「おお寅次郎無事だったのか。江戸から今戻ったのか」

喋った拍子に自分の声で目が覚めた。あたりを見渡すが松陰の姿はどこにもない。

不思議に思って家族に言うのも控えていた。

翌日夕食で家族が集まった時、滝は思い切って夢の中の出来事を話した。

「お前も寅次郎を見たのか。実はわしも昨夜寅次郎を夢の中で見たのだ。家族に心配をかけると悪いと思い、今まで黙っておったのだが」

父親の百合之助は唾を飲み込むと話を続けた。

「わしのは寅次郎が処刑された夢だ。彼は悠々自若として処刑場へ行き、少しも取り乱した様子もなく首を討たれた」

家族は百合之助が息子のことを心配するあまり、そんな夢を見たのだろう、と信じようとした。

数日後、「松陰刑死」の悲報が杉家に齎《もたら》された。

「寅次郎は親孝行な息子だった。江戸送りの時、『きっと萩へ戻ってきます』という約束を果たすために、わたしの夢枕に立って無事な顔を見せてくれたのだろう。父親にはいつもあなたがお訓《おし》えしている通りに卑怯な振る舞いもなく堂々とした身の振り方をしたことを見せてくれたのでしょう。それであなたを安心させようとして、夢の中まで姿を現わしてくれたのでしょう」

そう言うと今まで気丈に耐えていた滝は泣き崩れた。

「身はたとひ武蔵の野辺に朽ちぬとも
　　　　留め置かまし大和魂」

百合之助は役人より手渡された松陰の辞世の句を、何度も口の中で繰り返した。

「寅次郎は平生の教えの通り立派に国に報いてくれた」

こう言うと百合之助は目頭を押さえて、肩を震わせた。

妹たちは頬に伝わる涙を拭おうともせず、辞世の句を食い入るように見詰めていた。

久坂玄瑞

攘夷決行

一 涙袖帖

「夫、久坂玄瑞《くさかげんずい》は兄松陰が江戸で刑死してから、兄の目差した『尊王攘夷《そんのうじょうい》』に命を捧げた一生でした。

長井雅楽《うた》さまの『航海遠略策』が藩論となると、それに反対して、長井さまの『公武合体論』を崩してしまいました。

これで長州藩も兄の熱望していた『尊王攘夷』で進むことになり、久坂も藩の先頭に立って奔走し忙しい日々を送りました。

私は兄が見込んだ久坂と結婚し、彼が禁門の変で亡くなるまで、家庭生活は八年間になります。久坂は藩のために家を空けることが多く、実際に家庭らしい生活を営んだ月日は二年に足りません。

私は二十二歳で寡婦となりました。その後明治十四年に、楫取素彦《かとりもとひこ》に嫁していた姉、寿《ひさ》が亡くなりました。母、滝は老境に向かう楫取の身を案じ、また残された二人の孫を不憫がりました。

二年後、考慮の末に私は決心して老母の言葉に従って楫取の後妻となりました。私は前夫から受け取った手紙を携えて楫取の元に嫁ぎました。

昔の人の面影を偲んで朝夕に小箱からそれを取り出し繰り返しては読んでおりました。そんな私の姿を見て、楫取は私のために久坂の手紙を発信の年月や居所などによって整理してくれました。丁重に装幀までしてくれ、『涙袖帖《るいしゅうちょう》』と名付けてくれました。

『久坂君は勤王の苦闘に喘《あえ》ぎ、共に艱難辛苦《かんなんしんく》を嘗《な》めた同志だ』とも言ってくれました」

文《ふみ》は後年久坂のことをこう回想して、懐かしそうに目を細めた。

(二)　凱歌

攘夷決行は五月十日と決まると、居城を萩から山口へ移した。

萩の菊ヶ浜では藩士の妻や娘たちが襷《たすき》掛けになり、海岸や近くの山から石を掘り出し、畚《もっこ》でそれを担ぎ、積み上げてゆく。石が不足した所は砂浜の砂を土嚢にして石の代わりとした。

老いも若きも額に汗を滴らせながら、身体を動かしている。

「男なァら
お槍かつがせ御仲間となって

ついてゆきたや、
下のうせえき（関）」

海岸線に立ち並ぶ松林を渡る日本海からの浜風に乗って女たちの歌が響き渡る。

男たちは下関を守っている。

下関の台場は持ち場を守る隊士たちで固められた。砲門は海に向けられ、いつでも砲撃できるよう準備されていた。

下関防備総奉行には毛利能登《のと》が、警衛総督には家老の国司信濃《くにししなの》があたった。

高台に構築された台場には「一に三つ星」の毛利の家紋の陣幕が張られ、兵士たちが弾薬を運んだり、大砲の点検を行ったりしていた。

長い沿岸線に沿って台場が造られた。西から彦島、亀山八幡宮、前田それに長府の城山まで。総砲数二十八門、総兵士は約二千名。

京都から勇躍し戻ってきた久坂は先鋒隊として出動の希望を毛利能登へ願い出たが、藩は防備組織を決めた後だったので、敵状偵察隊として一種の遊撃隊を組織した。

隊士は専念寺と光明寺とに分屯させ、光明寺を本陣とした。それで彼らは光明寺党と呼ばれるようになった。

久坂と山県、入江、時山ら三十名と、脱藩浪人を合わせると五十名を超した。

待ちに待った五月十日がきた。

朝、商船風の蒸気船が海峡に姿を現わした。風が強く波が荒いため、豊前田の浦に停泊して、潮待ちをしているらしい。

長府藩の城山砲台から空砲が海峡を揺るがすと、西に向かって前田、壇の浦、亀山、彦島と各砲台から号砲が撃たれた。

久坂は光明寺の高台にいる。

激しい風波により商船は立ち往生しており、国旗は千切れんばかりにはためいていた。

(どうやらメリケンの船らしい)

いよいよ砲撃開始というので壇の浦砲台へ光明寺党が押しかけてゆき、守備兵たちに砲撃を促した。

「ここは海峡で一番狭いところだ。早く撃て」

そこへ毛利能登からの遣いの者がきた。

「おい、『砲弾をぶっ放せ』の命令か」

久坂ら光明寺党の面々は勢い込む。

「いや、『砲撃を見合わせ』との命令だ」

「何だと。何故だ」

「あの商船は神奈川奉行から長崎奉行宛ての書状を積んでいるらしい」

「今日から攘夷決行を行うことになっているのではないか。何と弱腰なことを言っているのか。ゆっくり構えている時か。潮の流れが変われば逃げられてしまうぞ」

光明寺党の連中は納得しない。

そこへ一隻の帆船が近づいてきた。「一に三つ星」の毛利家の家紋が風に靡《なび》いている。

「おい、あれはわが藩の庚申丸《こうしん》だ。三田尻から来たようだ」

「漁舟を取ってこい。庚申丸へ乗り込み、メリケンの商船を乗っ取りにゆくぞ！」

数名の決死隊は見つけてきた漁舟に分かれて庚申丸に乗り込んだ。

光明寺党が甲板に登ってゆくと、庚申丸の艦長の松島剛蔵《まつしまごうぞう》は彼らを迎えた。

「久坂か、あれはメリケンのペングローブ号という商船らしい。毛利能登殿の砲撃命令はまだか」

松島も攘夷決行で駆けつけてきたのである。

「毛利能登が幕府に遠慮しておるのだ」

「商船は対象外か」

松島は首を傾《かし》げた。

「どんな船でも異国船は異国船だ。乗っ取ってしまおう」

光明寺党の連中が騒ぎ始めた。

「相手は庚申丸の何倍もある大船だ。それに蒸気船なので逃げ足も速い。無理だ」

「いや方法はあるぞ。夜襲じゃ。こちらは数隻の小舟に分船し、庚申丸と連絡し合って、メリケンの船に近づく。甲板に乗り込んだらこっちのもんだ。日本刀の切れ味を十分に教えてやろう。元冠の時も御先祖様はこの方法を採った。神風が味方しておるわ」

光明寺党の鼻息は荒い。

「よろしい、やろう。夜になったら庚申丸へきて欲しい」

松島は長崎で洋式海軍の勉強をしてきた男だ。前時代的戦法に無理を承知でこの提案を受け入れた。

薄暮になると光明寺の境内には提灯が灯り、陣中見舞の酒樽が堆《うずたか》く積まれていた。
五、六十名もの武装した男たちが集まり、決死隊を選ぶため、籤《くじ》を引いていた。
「いざ出陣」

久坂は白鉢巻姿で、兄譲りの長刀を腰に差している。目は興奮のためにか、血走っていた。

亀山八幡宮の船着き場より小舟に分乗し、沖合いの庚申丸の船明かりを目差す。月が雲間から顔を出し、黒い海面を照らす。対岸の小倉の町明かりが海岸線を浮び上がらす。波が荒く小舟は大きく揺れるが、光明寺党の意気は盛んだ。誰かが剣舞をやり出した。

全員が庚申丸に乗り移ると、庚申丸は潮流に乗ってペングローブ号に近づき、三、四丁の距離まで来た時、錨を降ろし砲撃の準備に移った。

「的は特別に大きいし、闇雲に撃っても弾は当たるだろう」

光明寺党の連中も砲弾を大砲に詰めるのを手伝う。

庚申丸は三十斤《きん》砲を六砲積んでいた。

「お～い、敵の船が動いとるぞ」

松島は甲板に飛び出すと双眼鏡を覗いた。

ペングローブ号の甲板では水夫が錨を引き上げているらしく、石炭を焚き始めたようだ。船体から火光が見えた。

「こりゃいかん。逃がしてなるものか。砲撃用意」

甲板での動きが慌ただしくなった。

庚申丸から放った砲声が闇に包まれた海上に響く。

驚いたペングローブ号は全速力で逃げ出した。ペングローブ号の行く先に大きな水柱が上がった。

「飛び過ぎた。もっと砲の角度を下げろ」

松島は怒鳴った。

ペングローブ号は必死に豊後水道へ逃げる。庚申丸は立て続けに砲撃した。

「当たったぞ」

双眼鏡を手にした松島は大声をあげた。

「また当たった」

この頃になると空も白らんできて、島影もうっすら見える。

ペングローブ号が逃げている方向から一隻の帆船がこちらへ向かってくる。

この船からも轟音《ごうおん》が響く。ペングローブ号を追撃しているようだ。

「あれはわが藩の癸亥丸《きがい》だ」

松島は双眼鏡で海上を睨んでいる。癸亥丸も全速力で追うが、徐々に離されてゆき、やがてペングローブ号は見えなくなった。

彼らは意気揚々と壇の浦へ引き揚げた。光明寺の本陣には中山忠光《ただみつ》卿が来ていた。

彼は明治天皇の母方の叔父に当たる人で、天誅組に参加し山口に脱出した。その後元治元年に豊浦郡にて暗殺される。

「攘夷決行の日に皆よく働いてくれた。天皇に成り代わり礼を言う。御苦労であった」

戦意はますます上がった。

翌日、久坂は宮城彦助《みやぎひこすけ》と共に、壇の浦砲台の本陣へ行った。

総奉行毛利能登に面会するためである。

能登はうるさい連中が来たと思ったが、久坂らに会った。

「攘夷決行にもかかわらず、あなた方は静観しようとなされた。この度のペングローブ号の件ではわれわれが攻撃しなければ、どの砲台も砲撃しようとしなかった。これでは藩命に背きますぞ。これからのこともあり、忠告しに参った」

「藩命は『攻撃しかけてきた相手に対しては砲撃せよ』となっておる。この度はお主らが攻撃したことで藩主は迷惑がっておられるわ」

能登は能力はなくても一門衆なので久坂を見縊《みくび》った調子だ。

「攘夷決行は朝廷で決まったことだ。この一戦に長州の命運がかかっている。わが藩が立派に『攘夷決行』を行ってこそ、天下に長州藩の存在を示す又とない機会なのだ。あなた方ももっと本腰を入れて頂きたい」

この久坂の抗議によって毛利能登は戦意がないと見做され、その息子毛利宣次郎《せんじろう》が代わって指揮を取ることになる。父の不名誉を挽回する機会が与えられた。

正規軍から厄介者として扱われていた光明寺党が、総奉行に行った抗議が通る程、この藩は変貌を遂げようとしている。

光明寺党の士気はますます上がる。

光明寺の本堂は長い石段を登り切った所にあり、その石段の登り口に艦首像が置かれていた。

本殿に登ってくる隊士は下駄でそれを蹴って登ってゆく。艦首像は海龍を退散させる西洋の海の神様だ。彼らは船員が信仰している西洋の神を土足で蹴り飛ばし戦意を高めた。

二十三日、外国船が豊浦に停泊した。小舟を出して偵察したところ、フランス軍艦キンシャン号とわかった。給水のため長府沖に入ってきたらしい。

この日久坂は庚申丸の甲板にいた。脇の松島は双眼鏡で軍艦との距離を測っている。

突然天を揺るがす音がして、壇の浦、杉谷、前田、豊浦の砲台から砲撃が始まった。

キンシャン号の前方で大きな水柱が上がり、島の砲台は砲煙で陸地が曇る。

キンシャン号は驚いて錨を上げると、豊後水道を目差す。

「それ逃がすな」

庚申丸と癸亥丸が左右からキンシャン号に迫る。甲板に備え付けてある大砲をぶっ放した。亀山、壇の浦砲台からの砲弾が逃げ回るキンシャン号の甲板に命中した。

「やった。当たったぞ」

砲台から大きな歓声があがる。

「よし、こちらもしっかり狙って撃て」

庚申丸から大砲を放つと、今度は相手も撃ち返してきた。

癸亥丸からの砲弾が偶然にキンシャン号の胴体に当たった。艦体から黒煙と火花を噴き上げながら船体を少し傾け、豊後水道へ逃げ去った。

光明寺党並びに各砲台の隊士たちに、藩主から祝い酒が届けられた。一同はその酒に舌鼓を打ちながら凱歌を揚げた。

来島又兵衛《きじままたべえ》は軍監として下関にいる。彼はこの年四十八歳だが、若者のように元気が良い。口は悪いが面倒見が良いので、若者に人気があった。

来島はその夜各隊の指揮官を奉行所に集め、今後の対策を錬った。

「砲台からの砲弾百八十発の内、命中したのはたった七発とは聞いて呆れる。今後はもっと弾が当たるように砲手の腕を上げずばなるまい」

各隊の指揮官たちは神妙な顔をしていたが、勝利に酔っており、来島の苦言は耳に入らなかった。

二十六日、今度はオランダ軍艦メジュサ号が長崎港を出発し、東から関門海峡に入ってきた。彼らは二度の砲撃の噂を聞いていたが、日本との長年の国交を信じていた。この日は総領事ホルスブルックが乗船し横浜に赴くところであった。

彦島の砲台がこの船を見つけ空砲を放った。各高台には狼煙《のろし》が上がり、続いて空砲が次々と山に木霊《こだま》した。

各砲台から一斉に砲撃が開始され、そのうち、光明寺党が守備する専念寺からの砲弾がメジュサ号に命中した。

陸地の砲撃も激しさを増し、陸地が硝煙で見えなくなった。

岸に待機していた庚申、癸亥丸もメジュサ号を追いかけ砲撃するが、動きが速いのでなかなか弾は当たらない。メジュサ号から発射された三十斤弾の一発が庚申丸に命中した。

メジュサ号も沿岸に沿って走っている二隻に向かおうとしたが、水深が浅いため攻撃を諦めて東へ向きを変えて逃れようとした。

沿岸に接近しすぎたため、各砲台からの砲弾が届く距離となり、十七発もが命中した。砲台は歓声に沸き返った。

(三) 報　復

世子《せいし》定広《さだひろ》が藩主敬親《たかちか》の名代で、三回の攘夷の慰労と激励のため、下関へやってきた。白石正一郎邸が宿舎となり、総奉行毛利宣次郎、家老益田《ますだ》弾正以下政庁の役人が列席し、白石邸に滞在している中山忠光公も交えて、御前会議が開かれた。上京している久坂に代わって光明寺党を代表して、山県、時山が出席した。

毛利宣次郎が世子にこれまでの経緯を申べた。

「わが守備兵は三度ともよく働き、砲台からの砲弾もいたって正確で、敵艦をもう少しで沈めるところまで行きましたが、何しろ蒸気船なので船足が速く生け捕ることができませなんだ。今度来るならきっと生け捕りましょう」

「わが海軍も敵艦に甚大なる損傷を与え、敵艦を撃沈寸前まで追い詰めました」

海軍を任されている庚申丸艦長の松島剛蔵も大勝利に酔っていた。光明寺党も自分たちの働きぶりを世子に認められて鼻息が荒い。

「今後のことだが、中島殿はどのように思われるかな」

益田弾正がこれからの方針について、砲術家の中島名左衛門《なざえもん》に意見を求めた。

中島名左衛門は九州の高島秋帆《しゅうはん》の門下で、有名な人物だ。長州藩に頼まれて萩の明倫館で砲術教授をしていた。

彼は砲術の知識に乏しい連中が、無抵抗の相手だとわからずに戦勝気分で浮かれている様子を苦々しく思っていた。

「一言申し述べたい。わが砲の飛距離から見ても、幅の狭い関門海峡では辛うじて敵船まで届きますが、少し離れるともう届きませぬ。もっと高台に砲を据え付ける必要があろうかと思われる。それにしても各砲台は急拵《ごしら》えで、砲台も貧弱である。砲の扱いや照準の合わせ方などまちまちで専門家がいない。この度は相手がこちらの戦意を知っていなかったので事なきを得たが、砲台を造り変えねばならぬ。攻撃面では二回の戦さでの話だが、たまたま命中弾もあったが、百八十発砲撃して七発当たったぐらいではなはだ正確さを欠くと言わざるを得ない。専門家の養成と実弾の射撃技術を磨くことが急務である」

「実践は理論通り事が行われるとは限らぬ。攘夷決行も始まったばかり、徐々に成果は上がっていくので心配はござらん」

松島は折角の戦勝気分に水を差されて不満気だ。

「西洋の書物を読むことは結構だが、中島さんは西洋を恐れ過ぎているのではないか」

松島の腹の虫は治まらない。

「そうだ。実戦経験のない者の戯言《たわごと》など聞いている暇はない」

光明寺党の連中も松島に加勢した。

「どちらの意見も根拠のあってのことだ。各々の立場で藩のために励んでもらいたい」

重役の山田宇右衛門《うえもん》が論争している二人に口を挟んだ。

「この度は皆が忠節を尽くしてくれてありがたく思う。お互いに協力できるところは協力してやってもらいたい」

益田弾正がお互いの顔を立てて会議を締め括ると、酒宴となった。

中島は白石邸の酒宴の席から宿舎に戻った。新地妙蓮寺の南側の旅宿「藤屋」である。湿気で汗だくになった身体を風呂に入って浴衣に着替えてさっぱりさせると、芸妓を呼んで飲み直した。

ほろ酔い気分になると、御前会議で自分を貶《おとし》め、戦勝気分で浮かれている者たちへの腹立ちは少し薄らいできた。

下関の盛り場が近いので嬌声が浜風に乗って伝わってくる。

(どこも戦勝気分で浮かれているらしい。今に外国の艦隊が本気で押しかけてきたら、やつらもおれが主張していたことが正しかったことがわかるだろう)

にやりと頬を緩めた。

「まあ憎らしい。他の女の人のことを考えて」

芸妓が中島の腕を抓《つね》った。

その時だった。黒覆面の三人の男が音もなく座敷に入り込むと、行灯《あんどん》を蹴り倒して、一太刀を中島に浴びせた。

急のことで中島はその太刀を右手で摑んだ。五指が斬り落とされた。激痛にもかかわらず相手の太刀を払うと、床の間に置いていた太刀を取ろうと腕を伸ばした時、別の一人に首筋を斬られた。太刀に手が届いた時、三人から背中を数ヶ所刺され息絶えた。

警備隊は犯人を捜した。御前会議の論争で遺恨を持った光明寺党の仕業だという噂が頻《しき》りだった。

藩も攘夷に殺気立っている者たちに迂闊な処置もできず、結局犯人はわからず仕舞いだった。

遺骸は門弟の郡司千左衛門《ぐんじせんざえもん》が請け取り、藩費をもって近くの妙蓮寺に埋葬された。

親長州派の姉小路公知《あねがこうじきんとも》が暗殺された。これを知った中山忠光は攘夷も大切だが朝廷が反長州派に牛耳られることを心配して上京した。その際久坂ら光明寺党の連中も京都へ出発した。

六月一日朝靄《もや》に霞む関門海峡に豊浦砲台からの号砲が鳴り響いた。

間もなく亀山砲台に伝令が来た。

「メリケンの国旗を掲げた軍艦一隻が豊後水道へ移動中」

各砲台守備兵たちは色めいた。

この日壬戌《じんじゅつ》丸は世子を乗せて小郡《おごおり》へ行くため亀山八幡宮の船泊りに停泊していた。庚申、癸亥丸も近くにいる。

「メリケンのワイオミング号という軍艦らしい」

靄が晴れてくると軍艦の姿がはっきりとしてきた。前田、杉谷砲台は火蓋を切った。あまりに沿岸に近づいてきたので、砲弾はワイオミング号を飛び越えて水柱が立った。

ワイオミング号は庚申、癸亥を目差して亀山八幡宮に近づいてきたかと思うと、庚申、癸亥丸の間を抜けて一番西に位置していた壬戌丸に迫った。

壬戌丸には世子が乗る予定で、甲板に「一に三つ星」の家紋に染めた紫の幔幕が張ってあったため、大将の乗船した旗艦と思われ、ワイオミング号は壬戌丸に砲弾を浴びせた。

敵の一弾が壬戌丸の蒸気釜を破壊し、壬戌丸は船尾から浸水し始めた。

庚申丸は壬戌丸を助けにゆこうとしたが、庚申丸もワイオミング号から発射された砲弾が機関室に飛び込み、船は航行不能になった。

火薬、兵器を小舟に乗せ、乗組員が乗り移った。間もなく、船は斜めに傾き沈没してしまった。

癸亥丸はワイオミング号からの砲弾が二ヶ所命中して大破し航行不能となった。

ワイオミング号は亀山砲台にも砲撃を加え、一時間にわたる攻防で亀山砲台は沈黙した。

壬戌丸を追いかけていたワイオミング号は彦島沖に出ようとした時、浅瀬に乗り揚げて動かなくなってしまった。

それを知った壇の浦砲台はここぞとばかり砲撃を始めた。距離も近く、動かない標的なので、弾は良く命中する。一弾がワイオミング号の船腹を貫いた時、船体が激しく振れたため、その弾みで浅瀬を離れた。

慌ただしく船首を東に転換すると、逃げるように姿を消した。

ワイオミング号の大砲からは五十五発。長州側の戦死者は八名、重軽傷者多数。ワイオミング号の受けた弾丸は二十発で舷側には六つも大孔が開いた。

アメリカ側の戦死者六名。重軽傷者四名を出した。

武器の性能から見ても長州側は善戦した。

松島は中島の説が正しかったことを悟った。彼は山口政庁へ出頭し、陸戦の備えと、大砲の鋳造を急ぐことを進言した。

六月五日の朝、二隻のフランス軍艦がやってきた。

前回の戦いで長州側はもう戦える船はない。フランス側は彼らの戦意低下を知らされており、各砲台の中央部に位置する前田砲台に砲撃を開始した。

軍艦セミラミス号からの第一弾は砲台を飛び越えて山中に落ちた。第二弾は砲台の前の土塁に当たり、砲台は土煙と砲煙とで見えなくなった。

軍艦からの砲撃は五分毎に続いたが、前田砲台は沈黙したままだ。

軍艦タンクレード号は大胆にも前田砲台に上陸しようとした。軍艦が前田砲台に近づくと突然砲撃が始まり、一弾はマストを折り、もう一弾は右舷吃水《きっすい》線上に穴を開けた。タンクレード号は応襲した。

一弾が前田砲台に命中し、砲撃手が空中に四散した。他の者は山中へ逃げ込んだ。

この援護砲撃下に三隻のボートに分かれた二百五十人の上陸部隊が上陸を開始した。

フランス軍艦から放たれた砲弾は前田村や後方の山中まで飛んでくる。

「前田砲台は全滅です。敵は三方から前田村に上陸してきます」

本陣の亀山八幡宮の台場に、傷だらけの宮城彦助が急を告げにきた。

海防総奉行毛利宣次郎は益田豊前に敵兵の上陸阻止を命じた。

益田は鎧姿で馬に乗り、兵たちは幟《のぼり》を立てて東の前田村へ救援に行く。

彼らは前田村沖の軍艦の格好の標的となった。二隻からの砲弾は彼らに集中した。

後軍は西にある阿弥陀寺へ、前軍は東方面の長府へ逃げた。

前田砲台が上陸部隊の手に落ちたのは、午後三時頃だった。

上陸した仏部隊は三つに分かれ、一部隊は砲台へ、一部隊は村中へ、一部隊は山中に隠れている伏兵に向かった。

一隊は砲台に登り、砲を破壊し、火薬庫を崩し、弾丸を海に棄てた。

佐々木四郎の率いる別部隊は慈雲寺の裏の森陰に隠れて、上陸部隊を待っていたが、夕ンクレード号からの砲撃で森は焼け、慈雲寺の堂塔は吹っ飛んだ。

上陸部隊はこれ以上内陸へ深入りすることを避け、慈雲寺に入り、甲冑《かっちゅう》、刀、槍などを奪い、堂と民家に火を点けた。前田村は猛火に包まれた。

彼らは自分たちの死傷者をボートに収容すると、軍艦に戻り、夕方になると、横浜目差して関門海峡を去った。

蛤御門

(一) 来島又兵衛

文久は三年で「元治」と改元された。

「京都に上って君側の奸をがんじ（元治）絡めに引き縛れ」

これが藩のスローガンとなった。

君側の奸とは薩摩と会津のことである。

朝廷は攘夷決行で外国艦隊に敗れた長州を見限った。

裏で朝廷の糸を引いたのは薩摩と会津であった。そのため長州は憎しみを込めて「薩賊《さつぞく》会奸《かいかん》」と呼んだ。

いわゆる文久三年の「八月十八日の政変」である。

長州藩内は黒幕である薩摩と会津を京から追い払おうと沸騰した。

三田尻《みたじり》で遊撃隊を任されている来島又兵衛が怒りの先頭に立って騒ぎ始めた。

彼は四十八歳で直情径行型の人間である。

重役の周布政之助《すふまさのすけ》たちはあくまで京都進発に慎重であった。

周布は来島の説得に年齢でいうと半分ぐらいの高杉を遣った。

高杉が三田尻に行くと、遊撃隊士たちは防府天満宮の境内に集まっており、来島は春風楼と呼ばれる二層から成る建物の床に腰を下ろしていた。

ここからは三田尻の町並みを見晴らすことができ、瀬戸内の海まで見ることができる。

瀬戸の風光は四季を通じて春風のように絶佳であるところから、ここは春風楼と呼ばれていた。

春風楼の前に相撲場が作られており、若い隊士が組み合っていた。

一月末で梅の蕾《つぼみ》はまだ硬いが、彼らの裸の上半身からは湯気が立っている。

来島は盃に酒を満たして、彼らの組み打ちを観戦していたが、石段を登ってくる者に気付いた。

男は石段途中にある大専坊で頭を下げると、再び石段を登り始めた。

彼は「相撲を続けろ」と声を掛け、石段の方へ歩いていった。

「晋作か。よく来たな。今、防府天満宮のお告げを聴いていたところだ。『望むものは北より来る』という御神籤《おみくじ》は当たったな。お主が福を持ってくるとはな」

酒臭い息を吐いて高杉を迎えた。

「遊撃隊士たちは血気盛んで、御老体も『老いてますます盛ん』というところか」

高杉は来島を冷やかした。

「馬鹿を言え。お主に『御老体』と呼ばれる程、まだ老けてはおらぬわ。彼らの血気を体を動かすことで冷やしておるのだ。わしも一汗かいたところよ。さっきお主が大専坊で祈っている姿を見た。神を信じないお主が神妙な顔をして何を祈っていたのだ」

「お告げを聞いたのだ。毛利元就公は陶《すえ》を討つために大専坊を本拠として防長二ヶ国を掌握された。元就公のお告げでは『何事も慎重にやれ』と言われた」

来島は顔を顰《しか》めた。

「そんな寝ぼけたお主の作り話より世子から『京へ上れ』との藩命を持ってきたのか」

「残念ながらその反対だ。わしが老体の説得に来たのだ」

「何！　反対だと。今上京せずしていつ京へ出発するのだ。重役たちの生温い交渉では埒《らち》があかん。兵をもって嘆願するしか方法がないことはお主でもわかるだろうが」

来島は酒が入ると威圧的になる。

「老体が年甲斐もなく騒いでいるので藩主父子とも迷惑をされている。そのことを伝えに来たのだ」

「何じゃと。『静かにせよ』とか。この時勢にか」

全身が怒りで震え言葉が吃《ども》り、火山の爆発寸前のようになった。

「重役はわたしに『老体を山口まで引っぱってこい』と命じたのだ」

「馬鹿を言うな」

「何が馬鹿か」

高杉はこの老人の扱い方に慣れている。強く出るとますます意地を張り、自説を曲げない。逆に相手の言い分に耳を傾けると付け上がる。情に訴えるのが一番である。

「これ以上、老体が無理にでも京へ進軍するなら、朝廷を守っている幕府勢と一戦交えることになるだろう。もし万が一、敗れるようなことになれば、藩主父子は腹を斬らされ、藩禄も削られるだろう。下手をすれば藩は潰される。そうなれば老体は藩の不忠者だ」

「馬鹿を言え。ここでわれわれが立ち上がり、冤罪を打ち払わなければ、永久に長州の汚名は濯《すす》がれんわ。だいたいお主のような若いもんが立ち上がらんといかん。百六十石ばかりと端《はし》た知行を貰って腰が抜けたか」

癇癪が破裂すると人の意見などに耳を貸さず、頭ごなしに噛みつく。

「『腰抜け』と言ったな」

「腰抜けに腰抜けと言って何が悪い」

酒が入っていることで老人の理性は失われている。

「おれが腰抜けでないことは後で見せてやる。新地百六十石はおれから藩主に頼んで貰ったものではない。勝手に呉れたので受け取っておいただけのことだ」

頑固者の説得を諦め、高杉はその足で京都の長州藩邸を目差した。

京都にいる久坂や桂に来島のことを相談しようと思ったのだ。

しかしこれは脱藩行為で、萩に戻った高杉は野山獄《のやまごく》に投じられることになる。

来島の暴走は藩主直々の説得で一時抑えられた。

が、時が経つにつれ、不満が募る。腹が収まらない来島は、山口の政事堂へ押しかけた。

政事堂は内堀の内にあり、大手門は萩城と比べて遜色のない立派なものだった。

周布は政事堂の二階に詰めている。無断で人が入らないように鐘が吊るしてある。二階に用のある者は下から糸を引いて鐘を鳴らして、承諾を得る仕組みになっていた。

怒り切っている来島はそんな規則など一向に構わず、どんどんと二階に上がってきたところ、上から下りてくる波多野金吾《はたのきんご》に出くわした。

波多野金吾は後の広沢真臣《さねおみ》である。

「やあ来島どうしたのか。鐘を鳴らすことを忘れたのか」

波多野はこの規則破りの男を止めようとした。

「規則もへちまもあるか。国家の大事な時だ」

来島は波多野を押し退《の》けて上へ登ろうとする。波多野は来島が登ってくるのを止めようとした。

二人とも大男だ。階段で取っ組み合いを始めたため、階段がどしどしと響いた。

何事が起こったのかと、二階にいた周布が部屋から顔を出した。

「来島か、何を騒いどる」

「来島が規則を破っておるんです。老人なので遠慮してやっているとつけ上がりおって」

波多野は肩で息をつき、来島の手を振り解《ほど》きながら来島を罵倒した。

「まあ、波多野、そう向きになるな。このじいさんの悪い病気が出たのだ。来島の気性はお主もよく知っておろう。来島、お主の用件を聴くから二階へ登ってこい」

「二階に用があって来たんだ。登らずに帰れるか」

「まあそうかっかするな」

周布は部屋に入ると来島に酒を勧めた。

「わしがここへ来た理由はお主にはわかっておろう」

「上京のことか」

周布は来島の気心がわかっている。

「無論そのことよ。どうする積もりなのだ」

来島は周布より年上であるが、彼を兄として尊敬しているところがある。

「お主は重役も務めたことがあるし、年も取っているのだから、血気盛んな若者を抑えてもらわんといかん。お主が先頭を切って騒ぐようではわしとしても困るわ」

「わしはお主の意見を聞きにきたのではない。京都へ乗り込むために、お主の許可を貰いにきたんじゃ」

「井原主計《いはらかずえ》殿が嘆願のため上京されておる。わしはその返事を待っておる。わしもいざとなれば藩のために立ち上がる積もりだ。今は怒りを抑えてしばらく井原殿の返事を待つことにしてはどうだ」

来島は首を横に振った。

「お主の言うことにも一理はあるが、おれは既に命を棄てて掛かっておる。お主はおれがやることは『過激だ』と言う。わし自身は自分がやることが過激かどうか知らんが『過激だから何でもいかん』というお主の考えがおれには気に食わん」

来島は日頃の鬱憤《うつぷん》を周布に打《ぶ》つけた。

「いや、わしはお主が過激だとは思っとらん。いざとなればおれの方が過激になるだろう。しかしおれは重役として藩の舵取りを任されておる。来島又兵衛の命が百あろうと、二百あろうとそんなことは一向に構わんが、藩の利害は深く考えねばならん。来島の命より藩が重いのは当たり前だ」

周布は酒で一息入れると続けた。

「一人の馬鹿な男の軽率な振る舞いが、藩を滅亡へと導く。わしはお主を兄弟のように思っているが、藩のためなら、たとえ親兄弟たりとて容赦はしないぞ。もしお主がどうしてもおれの意見を聞けぬとあれば、お主と刺し違えて死ぬ積もりだ」

説得する周布の言葉には、数年来長州を背負ってきた重役としての重みがあった。

来島は癇癪を引っ込めて周布の意見に耳を傾けていたかと思うと、急にポロポロと涙を零《こぼ》した。

「お主何で泣くのか」

「何で泣くかと、これが泣かずにおれようか。わしはお主を親友と思うておるが、その親友はおれの意見に耳を貸さず、無理に抑えつける。おれがお主のような慎重な意見を吐けば、同志に疑われるし、家に帰れば嬶《かか》が『お前のように戦さ好きな人はいない。大概に止せ』と言いやがる。これではおれの立つ瀬がないわ」

豪傑の涙を見ている内に、周布も少し気の毒な気がしてきた。

その後来島はしばらく鳴りを潜めていたが、ある日周布の宿所へ訪ねてきた。

「どうかわし一人でも良いので京へ遣ってくれ。進発が待ち切れんわ」

周布は前回のことで彼のことが気になっていた。そこで藩主に伺いを立て、京都へ行く人選に来島を推挙し、許可を得た。

このことを来島に伝えると彼はまた泣き出した。

「この度のお主の計らいにおれは非常に感謝している。お主の恩は死んでも忘れん」

来島は周布の手を取らんばかりに頭を下げ、またポロポロと涙を零した。

「殿もお主の忠勤を認められておられるので、この役目がお主に回ってきた。心して働いてもらわねばおれが困る。京都へ行っても騒ぎを起こしてくれるなよ」

「わかっておる」

来島は素直に頷いた。

翌日周布のところへ伝えられた話によると、藩命を漏れ聞いた五十名もの者が脱藩し、彼の後を追いかけて行ったという。

(彼らに突き上げられ、京で騒がねばよいが)

周布は一本気なところのある来島の性格を危惧し、大坂の藩邸にいる宍戸《ししど》九郎兵衛へ使いを遣った。

久坂も桂も宍戸から来島が京へやって来ることを知らされ頭を抱えた。

「桂さん、来島のじいさんが騒ぎを起こせば大変だ。会津や薩摩の目が光っている京で、一人の無鉄砲者のために藩の大事を誤まってはならぬ」

桂も久坂も来島の暴発を恐れた。

「よしわしが大坂へ行く。長州へ戻るように説得しよう」

桂はその日の内に伏見に出て、淀川を舟で下って大坂へ入った。

翌日来島が大坂藩邸へ顔を出した。

「来島さん、今度大坂へ来たのはどんな藩命なのか。京は大層物騒な所となっている。新撰組とかいう会津藩の手先の者がうろうろしている。しばらく大坂へ留まっている事だ」

穏やかに桂は京の情勢を説明する。

「いや、京の情勢を調べるのが今回の役目だ。どうしても京へ行く」

桂も宍戸も顔を見合わせた。

「京には久坂や野村、山田、乃美《のみ》さんがおられ、これ以上の人数は必要がない。在京の長州人の枠は限られているので、上京を見合わせた方が良いでしょう」

宍戸も桂の援護射撃をした。

「お主らは何故寄ってたかってわしを邪魔者扱いするのだ」

彼らの余所余所《よそよそ》しい態度に、来島は怒り始めた。

「そんな理由《わけ》ではありません。今言ったように人数は足りているということだけです」

もっと言いたかったが、来島を怒らせると余計に頑固になるのでこの辺で矛《ほこ》を収めた。

翌朝来島はもう出発して、その日の内に京都藩邸へ乗り込んでいた。

「しばらくやっかいになる」と乃美に言うと、その足で藩邸を出ていってしまった。数人の若者が彼の後をついてゆく。

数日間藩邸には顔を見せなかった。

不審に思った乃美が彼らの行動を調べさせると、驚いたことに提灯や縄梯子を用意しているらしい。

「どうやら会津藩邸へ討ち入る積もりで、赤穂浪士のような装束を作っているらしい」

乃美が久坂や桂に報告した。

「困ったじいさんだ。彼の動きは筒抜けだ。正直で善人なのだが、思慮が浅くていかん」

「乃美さん、藩邸では目立つので、今井さんの座敷へ来島のじいさんを呼ぼう」

桂一人では来島の説得は荷が重い。

来島も今井には多少の遠慮をするだろうと思い、乃美も頷いた。

桂と乃美は高倉夷《えびす》川上ルの大黒屋の離れ座敷へ来島を呼んだ。

今井太郎右衛門《たろうえもん》は大黒屋の当主で、長州藩や尊王の志士の世話を親身になって行った清廉の人である。

桂も文久三年の政変以来、彼の家に潜伏していた。

来島の酒が十分回ってくると桂から切り出した。

「来島さん、わしの聞いたところによると、お主は会津藩邸を襲う計画を立てているとのことだ。計画はしばらく見合わせてもらいたいのだが」

「折角じゃが思い留まる訳にはいかん」

「藩主に迷惑がかかるとは思わんのかね」

「藩主の御為と思っている」

来島は悪びれずに平然としている。

「僅かの人数で会津藩邸を襲い、松平容保《かたもり》の首を取ることは難しいことだ」

乃美も脇から口を出す。

「失敗しなかったら良いではないか」

「お主がそう思っていても、相手があること由それは当てにはならん。もし万が一成功しても今度は会津が黙ってはいまい。そうなれば戦さが始まる」

来島は酒が十分に回ってきたのか、自説を曲げない。

「戦さになっても良いではないか。どうせ会津と薩摩とは戦わんといかん。『薩賊会奸』は滅さねばならん」

とろんとした目つきになってきたと思ったら、口の中でもそもそ呟き、座布団を枕にして横になったと思うと、大きな鼾《いびき》をかき出した。

「この寝相を見れば子供みたいに天真爛漫な憎めない人だが、この時期には困った人だ」

乃美は頬を緩めた。

「さてさて、どうしたものかのう。今井さん良い知恵を貸して下され」

桂もほとほと疲れた。

「この人には理屈を言っても無駄ですね。彼の計画が前へ進まないように、こちらが仕向けてゆけば、結局自然に立ち消えになるでしょう。それが一番の良策です」

「そうですな。それでいきましょう」

桂も宍戸も愁眉《しゅうび》を開いた。桂は今井の策を実行し、陰に陽に彼の計画を潰していった。さすがの来島も大人しくなってきた。

久坂が京へ顔を出したのは、こんな時だった。

「来島さん、一緒に帰国しませんか」

「何故じゃ」

「帰国して藩主に上京を願い、長州兵揃って上京する。一人や二人でこそこそしてもだめだ。正々堂々と正面から会津や薩摩と対決する。どうです、一緒に帰りましょう」

来島も計画が上手くいっていなかったので、渡りに舟といった格好で久坂と帰国した。

(二) 嘆願出兵

六月五日夜に「池田屋騒動」が起こった。吉田稔麿《としまろ》や杉山松助《まつすけ》ら長州人も新撰組の手に掛かって殺された。

これが火に油を注いだ。長州の進発が「池田屋騒動」を切っ掛けに始まった。

来島又兵衛、久坂玄瑞、真木和泉《まきいずみ》ら浪士組三百名が五卿および藩主父子の冤訴嘆願のため、三田尻を出発したのは、六月十六日のことであった。

第二発の福原越後は三百人を率いて、六月十六日に山口を出発する。

六月二十四日、国司信濃は第三発として、手兵百三十名に遊撃隊を加え、総勢五百名を指揮し山口を発した。

次いで七月六日には益田右衛門介《ますだうえもんのすけ》が六百名の兵を率いて出発。

大儀名分はあくまで五卿の復職と藩主父子の勅勘《ちょっかん》を許されるための哀訴嘆願である。そのため、空手《くうしゅ》の請願では効果が乏しいため、兵力を背景とする強訴を行うのである。

久坂、真木らは淀川を遡《さかのぼ》って山崎に着き、天王山とその山麓の宝寺に本陣を構えた。福原越後も伏見藩邸に、益田右衛門介は山崎、国司信濃は嵯峨天竜寺に陣を張った。

久坂は石清水八幡宮へ参籠して水垢離《みずごり》を執り、神水で身を浄め、社務所に籠もり嘆願書を書く。

真木和泉はこの時五十一歳で、筑後国久留米藩の水天宮祠宮の家に生まれた。藩校きっての秀才で、江戸で会沢正志斉《せいしさい》の水戸学を学んだ熱烈な尊王攘夷家である。今や長州藩の指導者であった。

社務所の板戸を開け放っているが、蒸し暑い。樹林から湧き上がる、油蟬の合唱がかしがましい。

真木が額の汗を拭いながら、久坂の清書した嘆願書に目を通した。

「なかなかのものです。手直しする箇所は一ヶ所もありませぬ」

「ではこれを淀城《よどじょう》の老中稲葉美濃守とわが藩に同情的な公家衆へ差し出しましょう」

久坂らの思惑通り、親長州藩の因州・対州・備前藩の三藩主は長州に同情を示し、大炊御門《おおいのみかど》家信等三十八の公家らが連署して、毛利家入京の許しを乞うた。

これに危険を感じた会津・松平容保は彼らの官位を剥奪した。

公家たちは竦《すく》み上がった。

徳川慶喜《よしのぶ》は会津、桑名藩主と相談して、福原、国司らを大坂まで退かせ、代表者を入京させて彼らの嘆願を聴くことにした。

大目付永井尚志《なおゆき》、目付戸川鉡三郎《はんざぶろう》は長州伏見藩邸へ向かった。

藩邸内に足を踏み入れた二人は驚いた。兵士たちは甲冑を身に付け、槍、弓、大砲が所狭しと置かれていた。

福原は一室に籠もり、文机に向かい筆を持って布地に何かを書いていた。

よく見ると幟に使う布で「高良天明神」、「香取明神」、「尊王攘夷」と力強い筆使いだ。

福原は徳山藩主の息子で世子の異腹の兄となる人で、萩の名家福原家の養子となった人物である。温和な性格で書道は堪能だ。

福原は甲冑姿で応対した。

「これでは嘆願というより、戦さ支度ではないか」

永井が詰《なじ》ると福原は二人に床几を勧めた。

「京は物騒な所なので、われわれもこのような格好をしておりますが、戦さをしにきたのではありませぬ」

「このように京を取り囲むように陣を張って居座っておれば、嘆願も難しい。大坂まで引き上げ、入京の許しを待つがよかろう」

戸川も口を添えた。

「入京の嘆願はしばしば出したが、お返事もなく、しかたなしに上京しておるのです。入京の返事を頂くまでは、われら動くことはできませぬ」

福原は決戦も辞さずの決意を示した。永井と戸川は誠意を込めて説得を続けた結果、福原の態度も軟化した。

「お二人の意見、じっくりと考慮いたしましょう。嵯峨天竜寺へも相談し、協議の上御差図通りに致したい。ひと先《ま》ずお引き取り願いたい」

二人は脈があるとほくそ笑んだ。

山崎、伏見の長州兵の居座わりを目の前にして、強行派の会津、桑名藩と徳川慶喜との意見が分かれた。

慶喜は穏健策を取ろうとした。彼は因州、備前、芸州、筑前、対州、津和野六藩の代表者を招いて長州藩と交渉させようとした。

薩摩はこの調停を断わり、傍観の立場を取る。

慶喜は酒井若狭守邸へ因州藩の河田佐久馬、松田正人《まさと》、対州藩の多田荘蔵を招いた。京都長州藩邸の留守居役、乃美織江もこれに加わった。

「この度は呼びつけて集まってもらったのは他でもない。このように長州が八幡・嵯峨に陣取っていれば、町衆もいつ戦さが始まるかと騒ぎ立てて、人心が収まらぬ。天皇も心を痛めておわす。ここは一旦兵を大坂まで引かせてくれ」

慶喜はいつものぞんざいな態度から一変して誠意ある顔つきである。

「そうでないと、止むを得ず撃退しなければならぬ。今、京で兵端を開くと応仁の乱のようなことになるやも知れぬ。乃美一人では藩家老たちを説得するのは荷が重いだろう。この三人を連れてゆけ。後はわしが朝廷に執り成し、長州藩主父子の冤罪嘆願を聞き入れさせるよう努めよう。約束する」

こう慶喜から下手に出られると、乃美も強く拒めない。結局乃美は三人を連れて伏見にいる福原の説得に行くことになった。

彼らが伏見藩邸に入ると、福原は丁寧に迎え入れた。

「戦いも辞さずという長州勢の強い意志が慶喜にも通じたようだ。幕府も長州勢の扱いに窮しているらしい。この上は強引にやりなされ。幕府も折れてくるだろう。われら六藩もお主たちの味方だ」

三人の態度は慶喜の居た場所とではがらりと違う。

福原は彼らの意見に大いに力を得て、伏見に腰を据えて動こうとしなかった。

七月十三日に益田右衛門介が山崎に到着した。これで長州兵力は福原の兵を合わせて二千名余りになった。

八幡、天王山では山頂で篝火《かがりび》を焚き、夜になると篝火が赤々と天を染め、京衆は今にも長州勢が乗り込んでくると恐れ戦《おのの》いた。

七月十五日、幕府側は緊急会議を開いた。

過激派は会津と桑名の藩主。公家では有栖川宮。彼らと公家の温和派と親長州六藩らが激論を交わすが、結論が出なかった。

世子上京の知らせが伝わると、温和派の声が小さくなり、過激派が主導権を握った。

「三家老が兵を率いて入京を迫り、その上世子が兵を率いて入京するとは怪しからん。この上は一戦あるのみ。長州勢が十八日に撤兵しなければ、十九日に追討発令とする」

この会議の様子は長州派の公家を通じて福原に知らされた。

彼らは期限通り撤兵して、累を藩主父子にまで及ぼさぬよう勧告する。

福原は主なる者を一堂に集めて、今後の方針を決めるため緊急会議を開いた。

いわゆる「男山会議」である。

(三)　男山会議

八月十七日午後、男山八幡宮社務所に益田、福原、国司の三家老をはじめ、伏見からは竹内正兵衛、佐久間佐兵衛。嵯峨からは来島又兵衛、児玉小民部、中村九郎、大田市之進。山崎より久坂玄瑞、入江九一、寺島忠三郎《ちゅうざぶろう》、真木和泉。他に宍戸左馬介、佐々木男也など軍監参謀その他二十余名が参集した。

社務所の板戸を外してあるので風が通るが、蒸し暑い。

三家老は小具足を付けたまま上段の床几に腰掛け、他の者は下段の板敷きの床に車座になって座る。彼らは額に滲む汗を拭おうともしない。

久坂が世子から送られてきた手紙を開き、皆の間で披露した。

「藩主様は『如何なることがあっても、決してこちらから手を出すな。先方から手を出させるようにしろ。そうして開戦の責任を幕府に負わせるのだ』と、申されておる。それ故この度は一旦大坂へ退くべきだ」

久坂の声はよく通る。彼が意見した後、部屋の内は一時静寂が広がった。

境内の蟬の声が社務所を満たす。涼風が額の汗を冷やした。

「それはいかん。われわれ長州武士は進むことは知っておっても、退くことは知らん。京都へ押し入って会津の松平容保の首を挙げて藩主父子の汚名を晴らすべきだ」

来島が顔を朱にして怒り出した。

「藩主より進んで兵を動かすことを禁じられている。われわれは二千足らずの兵だ。七万もの幕府の兵と戦っては勝ち目はない。それにわれらの準備も不十分だ。ここは必勝の見込みが立つまでしばらく待つべきだ。一応幕府の勧めに従って撤兵して世子の上京を待つべきである」

久坂は来島の向こう見ずな突進を恐れた。

「医者や坊主には戦さのことなどわかるもんか。お主、京都へ進むのが嫌なら、天王山に登っておれが会津松平容保の首を取って帰ってくるのを見物しておれ」

桂は医者の家から出ており、久坂は坊主頭になったことがあった。桂はこの場にはいないが、来島は桂の小利口ぶった顔が苦手であった。

他の者は来島の傍若無人ぶりに声がなく、久坂に気の毒そうな顔を向けた。

士気が高揚している時には威勢の良い意見が正しいように思える。

勇壮な来島の意見がこの場を支配しようとした。

福原、国司、益田の三家老は久坂と来島の意見を静かに聴いていた。ほぼ大勢は来島の説に決したように思われたが、藩士以外の者の意見を聴こうとした。

「真木殿、貴方はどのように思われるか」

「御所に向かって兵を進めることは、心苦しいことではあるが、事態がここに到れば、しかたがござるまい。長州勢の行動はたとえ尊氏のようだと伝えられても、心さえ尊王の楠木正成のようなら宜しかろう。わたしは来島殿の説に御同意申すほかござるまい」

これで評議は「進発」と決まった。

酒と菓子が出てしばらく雑談となった。蟠《わだかま》りはなかった。

慎重派も過激派もこれがお互いの見納めと思い、昔話に花を咲かせた。

閉会となりそれぞれの持ち場に引き揚げようと腰を上げ、久坂も社務所を出て、男山八幡宮の参道を下り始めた。

久坂は後ろから軽く肩を叩かれ振り向くと、赤ら顔の来島のじいさんが立っていた。

「お年寄りも、今日は若者のようにえらく元気でしたな」

「お主とはもっと前に酒でも飲んで騒ぎたかったたな。明日に備えてよく眠っておけ。堂々と胸を張って戦え。見苦しい死に方はするな」

頑固者らしい励まし方に、久坂の目は潤んだ。

夕刻となり、蒸し暑さは少々ましになったが、歩くたびに顔から汗が滴り落ちる。

久坂が立ち止まっていると、入江、寺島、大田市之進が一緒に参道を下ってきた。

参道の脇の松や杉の樹木が快い木陰を提供している。彼らは射し込むような強い日射しを避け、木陰に寄る。蟬の声は盛夏の衰えを思わすが、直射日光は真夏のそれである。

久坂ら四人の胸中は複雑に揺れていた。

明日は決戦でもう生きて故郷の土を踏むことはあるまい。

軍議の緊張からの解放感が、久坂の気持ちを晴れ晴れとしたものにしていた。来島との激論の痼《しこり》はなかった。

頭は明日の決戦のことに飛んでいた。

参道の脇に竹藪が生い繁り、その付近を流れる小川の音が妙に涼しさを誘う。

「おい、川があるぞ。水を被るか」

久坂の誘いに他の三人も、童心に返り、われ先にと竹藪に入り、小川に足を浸し両手に水を掬《すく》い、頭から水を被る。

膝までもない清流だが、直接日光に当たらない場所だけに冷たい。足から頭部へと涼感が広がった。

「こうしていると、松下村塾の頃を思い出すなぁ」

松陰は授業を屋外でも行った。田植えや稲刈りをやりながら『孟子《もうし》』や『孔子《こうし》』を教えた。手狭になった塾の増築も門下生と共にやりながら講義を行った。

「増築の時、弥二郎が松陰先生の顔の上に泥を落とした。先生が『師の顔に泥を塗るか』と、笑いながら弥二郎を追いかけた時はおもしろかったなぁ」

寺島忠三郎が頬を緩めた。

「弥二郎も必死に逃げていた」

年長である入江も、小川の水を頭から被りながら、ふと大切に仕舞っておいた昔の思い出を楽しむような表情になる。

「あの頃が一番良かったなぁ」

松陰の教え子たちにとって、松下村塾は共通した心の拠り所であった。

急に大田市之進が「水盃を交わそう」と言い出した。彼だけは松下村塾生ではない。

この発言で、急にしんみりとした雰囲気に変わった。

生還の望みは稀薄である。今ここで生前の別れをやろうというのである。

「よし、明日の皆の奮戦に期待して、本日別れの盃を酌み交わそう」

入江がそれに賛成した。

彼の目が充血している。胸中には松下村塾での出会いから、幼かった頃の仲間の顔が、そして松陰の思い出が、代わる代わる浮かんでは消えた。

しばしの沈黙が続いた。

「松陰先生の名前を辱めぬよう、明日は立派な働きをしよう」

久坂の声が静寂を破った。

久坂の脳裏には野山獄にいた松陰の顔が蘇った。自分の考えが過激すぎて塾生に理解されず、無念そうに眉を曇らせた表情であった。

〈先生の夢であった〝討幕〟にはまだ手が届きませんでしたが、あとは高杉や桂さんが

やってくれるでしょう。自分としては精一杯生きた二十五年間でした。わたしも大手を振って先生に再会できそうです)

萩で別れた妻の文の姿が浮かんできた。寂しさを押し殺した眼差しは悲しみを秘めていた。

(許してくれ。もし生還することがあれば、おれは決してお前を離しはしない)

大田市之進の涙混じりの大声で、久坂ははっと我に返った。

道端に切り倒された木材の上に腰を下ろし、小川の水を小鉢に取り、次々と盃を回す。一同じっとお互いの目の奥を見つめながら、水盃を交わした。

幕府側は伏見の福原勢が強敵と見ていた。ここに最強の兵力を配置したが、実際福原勢が一番弱い七百の先鋒隊であった。

下関の攘夷戦での弱兵ぶりを心配した福原は、国司に頼んで大田市之進以下二十名の勇士を借り受けた。

伏見街道を北進して京都に入り、鷹司《たかつかさ》邸裏門より松平容保の本陣凝華洞《ぎようかどう》に攻め入る。これが福原隊の任務であった。

福原勢は予定より二時間遅れて午前零時に伏見藩邸を出発した。

鉄砲隊、槍隊を率いた大田市之進が先頭を切る。中央に福原越後本隊がその後を行く。

馬上にある福原の風折烏帽子《かざおりえぼし》に陣羽織姿は戦国武将を彷彿とさせる。

大砲を引く者、槍組がそれに続き、福原自筆の幟が風に棚引《たなび》く。

松明は持たず、月明かりを頼《たよ》りに人馬とも黙々と進む。

藤ヶ森には大垣藩が出張《でば》っており、福原勢を待ち構えていた。先鋒が藤ヶ森を通るのを遣り過ごして、中軍が筋違橋を渡る頃になるや、突然側面から一斉射撃が始まった。

福原勢も橋を挟んで両側に散開して射ち返した。

砲声を耳にした会津勢が応援に駆けつけた。先行していた大田は引き返して藤ヶ森の大垣勢に斬り込むが、先鋒隊が後に続かない。わが身を守るに精一杯であった。

大垣勢は民家の二階から発射し始めた。福原勢は身を隠す所がなく、逃げ惑う。

一発の銃弾が福原の頬を貫き、危く落馬しそうになるが、参謀佐久間が彼を支えた。

福原は溢れ出る血を片手で押さえ、苦痛に顔を歪ませた。

「殿は伏見藩邸へ戻って下され。後はわたしが指揮します」

佐久間は福原を伏見へ戻した。

大垣勢の戦意は高揚し、銃弾は激しさを増した。福原勢は逃げ腰になった。

「逃げるやつは斬るぞ」

大田は両手を広げて味方の退路を塞《ふさ》ぎ、抜刀して大垣勢に斬り込んだ。彼の後を部下が追うが、後続の先鋒隊がついてこない。大田隊は圧倒的多数の大垣勢の前に孤軍となり、前進できない。大田は進むことを断念して、伏見まで退却した。

伏見藩邸には逃げ帰った兵たちが傷の手当てをしたり、放心したように座り込んだりしていた。

どの顔からも敗者の雰囲気が漂っている。

大田は負傷した福原を見舞った。佐久間を呼び出して再度進軍することを勧告した。

「いや、これ以上の進軍は無理だ。藤ヶ森の大垣勢は大軍で、これを抜くことはできん。ここは一旦天王山まで退くべきだ」

「何で退くのか。今退くということがあろうか。御所へはわが隊が一番乗りしないと、国司や久坂らの兵と齟齬《そご》をきたすことになる。彼らはわれらを待っているのだぞ」

大田は戦意喪失した佐久間を詰った。

「いや無理だ。一度天王山に退いて兵を整えることが先決だ」

実戦経験の乏しい佐久間は退却を主張した。

「お前みたいな馬鹿な参謀の元では働けんわ」

「馬鹿とは何だ、大田」

佐久間は大田に詰め寄った。手は刀に掛かっている。驚いた部下が彼を引き離した。

「馬鹿参謀とは一緒に行動はできん。われらはお主らと別行動を取る」

言い棄てると、大田は藩邸の兵を自ら編成して、再び竹田街道を京へ向かった。

幕府側の守備はますます固くなっており、鳥羽街道に道を代えたが、今度は彦根藩兵に阻まれた。

ようやく御所まで辿り着いた時には、嵯峨勢も山崎勢も退却した後であった。しかたなく敵兵と戦闘を繰り返しながら天王山まで退いた。

さて嵯峨勢は十二時に天竜寺を出発して嵯峨街道を東に進んだ。「尊王攘夷」、「討薩賊会奸」の旗や幟が月光に輝き、総勢九百三十名の兵士が堂々と進軍する。

国司信濃は風折烏帽子に大和錦の胴着、萌黄《もえぎ》縅《おどし》の鎧脛当、白絽の陣羽織。二十三歳の若い家老だ。

帷子《かたびら》が辻で二手に分かれ、国司は北野を経て中立売門に、来島又兵衛が兵二百を率い、児玉小民部の兵二百は出水通りで更に二手に分かれた。

来島は蛤門に、児玉は下立売門に向かい、伏見勢と合流して松平容保のいる凝華洞を襲う予定であった。

総勢五百余りの国司勢は中立売門が見える頃には薄暗い朝靄は晴れてきて涼しい風が肌に気持ち良い。

中立売門の前には一橋家の兵士二百名程がおり、野砲を据えて抜刀して身構えていた。

国司は落ちついていた。戦さは下関攘夷の軍奉行で経験している。

相手側が銃撃し始めると、采配を振り攻撃の下知をした。

一橋勢、それに中立売門を守備していた筑前勢は国司勢の勢いに押され、四散した。

彼らは中立売門にある烏丸邸を本陣として、東の禁裡の公卿門を守る会津勢を攻撃し始めた。その時徳川慶喜が兵四百名を連れて国司勢と衝突し、激戦となった。

国司勢も多数の死傷者を出した。

南の蛤門で砲丸の弾《はじ》ける音と喊声《かんせい》とが上がった。国司は来島勢が幕府勢と戦闘に入ったことを知った。

それと同時に今度は下立売門からも激しい大砲の音と、銃声とが響いた。

児玉勢も時を違《たが》わず御所に到着したらしい。

国司勢は会津勢と、応援にきた桑名勢を撃退し、来島勢と合流するために、蛤門へと南下した。

来島勢は「『薩賊会奸』を討て！」と叫び、われ先にと蛤門へ殺到した。

蛤門の守備は会津勢だったからである。

来島率いる遊撃、力士隊は下関攘夷戦での猛者揃いだ。

足元に弾丸が飛び散る。

全員銃を構え抜刀して蛤門へ突貫した。

下立売、中立売の御門に潜んでいた会津勢は築垣の中から顔をのぞかせ、銃弾の雨を降らせた。その凄まじさに来島勢の足が止まり、逃げ腰となった。

「こら、逃げるな。相手は怒り心頭の会津だ。『薩賊会奸』を葬れ。返せ、返せ」

来島のだみ声が響き、馬上で金の采配を振る。

「敵は憎き会津だ。死んでも良いから一太刀浴びせよ」

相手が会津と聞くと、兵士の目の色が変わった。

「よし、大砲をぶち込んでやれ」

来島は会津勢が隠れている築垣に大砲をぶっ放すよう命じた。

轟音と共に土煙が立ち込め、会津勢の勢いが止まった。

土煙の中から突然鎧と小具足に身を固めた会津の槍隊が出現し、来島勢を目掛けて突進してきた。

その勢いに今度は来島勢が怯《ひる》んだ。

この時下立売門の仙台勢を駆逐した児玉勢が中立売門へ馳《は》せつけた。児玉勢が敵の側面を衝くと、会津勢は堪え切れず、四散した。

国司勢とも合流した長州勢は蛤門を占領した。戦意は最高に盛り上がった。

「よし、残すは松平容保の首だ」

来島は公卿門突入を図った。公卿門を入ればその中は天皇のいる禁裡だ。

幕府側も必死だ。

乾門から薩摩勢が大砲を引っ張ってきた。

西郷も馬に乗って駆けつけ、長州勢の側面を攻撃した。一橋、会津勢も薩摩勢の攻撃に加わり、彼らの背面から攻めた。

数千名もの幕府勢相手に千人余りの長州勢では、持ち堪えることは時間の問題だ。

馬上の来島は金の采配を振りながら全軍を鼓舞し続け、脇に抱えた槍で縦横無尽に突きまくり、鬼神さながらの働きをしていた。

来島の働きに勢いづいた長州勢は激しい銃撃を繰り返した。

西郷の乗っている馬が倒れ、彼も脚を撃たれた。

怒った薩摩勢は来島一人に狙いを定めた。

「金の采配を振っている男を撃て」

金の采配が格好の標的となった。

胸に弾を受けた来島は一瞬馬上で伸び上がると、のけ反るように落馬した。

倒れたが槍を片手に再び起き上がると、

「おのれ『薩賊会奸』めが」

と叫んだ。

手にした槍の鋒先を逆手に持つと自分の咽《のど》を突いた。四十九歳であった。

銃弾が飛び交う中を甥の北村武七が走り寄り、介錯して来島の首を両手で抱えた。死体は力士隊の片山常吉が背中に担いで運び去った。

勇将の元に弱兵なし。討死した来島勢の死体は皆敵の方に向いて倒れていた。

激戦の末、蛤門は再び幕府側に占領された。

山崎勢五百は十九日午前四時に天王山の宝寺を出発して、山崎街道より桂川へ出て北へ方向を代え堺町門に向かった。先着した伏見勢とここで合流して松平容保のいる凝華洞へ迫るという計画であった。

益田右衛門介の手兵三百は戦況を見て動くために天王山に陣取っている。

山崎勢は桂川までの道が悪く、大砲を運ぶのに手間取った。夜が明けて河原で朝食を摂っていると、東の方向で砲声がした。

(福原勢と合流する時期を逸したか)

久坂は気が気でない。

「急げ、友軍はもう御所で戦っているぞ」

腹が膨れると大砲を押す力も増す。八時頃に堺町通りに出た。

堺町門の越前勢を撃退すると、別方面より薩摩勢が襲ってきた。

これを避けて柳の馬場を通って鷹司邸の裏門から邸内に入った。

山崎勢はこの邸の塀に拠って銃撃をしたので、身を隠せない薩摩勢は容易に邸内に踏み込めなかった。

ここからは凝華洞が近い。松平容保が本陣としていたが、この時彼は天皇を守備するため禁裡に詰めていた。

鷹司卿は束帯を身に付け、これから参内するところであった。彼は親長州派の公家の一人である。

久坂は彼に参内の御供を求めたが、久坂が握っている袖を払って参内してしまった。

京の地理に疎《うと》く到着が遅れたのと、福原勢が伏見に引き返してしまったことが原因で、山崎勢が一番割りの悪い役を引き受けた。

中立売、蛤門が幕府側の手で占拠されたので、周辺にいた幕府側の兵たちが堺町門へ集まってきた。

鷹司家の門から山崎勢は押し出し鉄砲を放ち、抜刀して斬りかかっては、また屋敷内へ入り、門を閉めるような戦いを繰り返していた。

奮戦していた久坂は門外へ押し出した時、股を撃たれた。

会津勢は大砲の向きを変え、鷹司邸に向けて発射した。

塀が崩れ、裂け目から会津兵が乱入してきたが、邸内に籠もる山崎勢に押し戻された。

この時屋根が砲弾で引火した。黒煙が広がり地を這う。

このままではどうしようもない。

久坂は全員に邸から脱出することを命じた。彼は河北義次郎《ぎじろう》を呼び寄せ、世子への伝言を頼んだ。河北は松下村塾で一緒だった男だ。

「この有り様では、藩主父子に申し訳ない。世子も進発されたと聞く。入京しないよう世子に申し上げてくれ。おれは負傷したのでここで死ぬ積もりだ。君たち四人の中で相談して、どのような手段でも良いので、この囲みを脱して世子の入京をお止めしてくれ」

河北、志道、南、天野の四人は奥の間で相談した。

「この囲みを破って脱出することは不可能だ。むしろ一同ここで戦死する方が良い」

「それではしかたがないな」

そう言い残すと久坂は奥の間に入り、入江を呼んだ。

「入江、お主はこの場から脱出し、世子の入京を止めてくれ」

親友には多弁は不要だ。

入江は胴から櫛を取り出した。ばらばらになっていた久坂の髪を櫛で整えてやると、槍を持って囲みの薄い鷹司邸の裏口から出ていった。

その時、立ち塞がった会津兵一人を刺したが、他の者に槍で眼球を突かれた。目が見えず、邸内の塀に凭《もた》れた。鎧の紐を解こうとするが、両手に血糊がべっとりと張り付いて思うように手が使えない。

この間に邸内の残兵たちは裏口から脱出できた。

「介錯してやろうか」

河北は入江に走り寄って叫んだが、入江は虫の息で声を発することができなかった。

辛うじて手を上げ「去れ」という仕草をした。

河北は瀕死の入江を残して、弾丸が飛び交う鷹司邸を脱出した。

久坂はこれで思い残すことはなかった。

胴巻を外して軍資金を取り出した。

「些少だが家中諸人に分配して下さい。お世話になりました」

柴田弥一という鷹司家の家僕に邸内を騒がせた礼を述べた。

寺島忠三郎が二階から下りてきた。

「久坂さん、もう良かろう」

「寺島君と一緒に死のうとは思っていなかった」

寺島も久坂同様下級武士だ。〝死ぬ時は上級武士以上に武士らしく死ぬ〟ということが彼の念頭から離れない。

煙が家の内に押し入ってきた。

「介錯をお願いする」

寺島は腹を寛《くつろ》げ刀を腹に突き立てた。

久坂は全身の力を込めて刀を振り降ろすと、寺島の首は前へ転がった。

今度は兄から譲り受けた太刀を右手に握り、左手をそれに添えた。目を閉じると懐かしい松陰の顔が浮かび、やがてそれは親友の高杉の顔となった。

「お主は長州の宝だ。決して無駄死にはするなよ。おれのためにも、藩のためにも」

高杉が久坂との別れに見せた、あの真剣な表情であった。

(済まん、高杉さん許してくれ)

久坂は首筋に置いた刀を持つ右手に力を込めた。

井上聞多
伊藤俊輔

ロンドン留学

㈠ 決　意

日露戦争も終わり、大国ロシアに勝った余韻が全国到る所に残っていた。

井上は下関から人力車に乗った。

五月晴れの雲一つない汗ばむ陽気で、井上は忙《せわ》し気に襟元に扇子で風を送り、それでも顔面から滴《したた》る汗を何度もハンカチで拭った。

話好きな井上は人力車から身を乗り出すようにして、黙々と前を向いて走っている車夫に話しかけた。

「お主の出身はどこだ」

車夫は前を向いたまま「彦島です」と答えた。

「ほう、彦島か。懐かしいのう」

井上は遠くを見るような目つきになり、何か考え事をしていた。

「お主は高杉晋作という長州人を知っておるか」

「功山寺で挙兵した人でしょう。長州人なら誰でも知っていますよ」

「そうか、それを聞いて安心した。若い者で高杉を知らん者がこの頃いると聞いて心配しておったのだ。彦島は高杉が救った島だ」

全身汗だくの若者は、半纏《はんてん》の袖で顔面の汗を拭った。

「今日はその奇兵隊を創った男と四十年ぶりに会うことになっておるんじゃ」

井上の声は喜びに溢れていた。

「わしの父親も清水山に眠っておるんです」

車夫は奇兵隊と聞いて永い間忘れていた父親を思い出した。

「元奇兵隊士か、懐かしいのう。で、どこで死んだのだ」

「長岡だと聞いております」

人力車の速度が少し遅くなった。

「そうか。それは気の毒したな」

まるで彼の父親を殺したのは自分自身であるかのように井上の声は湿った。

明治四十四年五月二十日、高杉晋作顕彰碑の除幕式が吉田清水山で行われる。

吉田は下関から萩へ向かう街道と、山陽道と交差する交通の要所で、下関まで七里の距離である。そこに奇兵隊の屯所があった。

高杉の愛人「おうの」が「梅処尼」と名を変えて、彼の菩提を弔った。

奇兵隊にいた山県有朋が個人的に所有していた土地を高杉のために寄贈し、「東行庵」と名付けた。

明治十七年のことである。

「梅処尼」も二年前に亡くなり、彼女も高杉の墓近くに眠っていた。

街道は小月《おづき》に入ると吉田清水山へと向かう人力車で混雑し、風で土埃が舞った。

吉田清水山までまだ四里もある。

「ここらで一服するか」

眠気と戦っていた老人は車夫に休憩を命じ、近くの茶店へずかずかと入り込んだ。

酒を注文し、店前の床几に腰を下ろし、車夫にも団子と酒を振る舞った。

老人は懐から折り畳んだ分厚い紙を取り出し、それに目を通すと旨そうに酒をやりだした。

しばらくすると、こっくりこっくり居眠りをし始めた。

街道の周囲は松林が続いており、小月は下関から少し北に入り込んでいるせいか、陽気も幾分凌ぎ易く、木陰に入ると冷っこい。

松林の間から田植えの準備に忙しい百姓たちの長閑な田園風景を眺めることができる。

山の樹木の新緑がこれ以上の美しい緑色がないかのように、山全体を青一色に染めあげていた。

「さあ、そろそろ出発するか。若い者は回復が早いじゃろう。わしが若い頃は『攘夷《じょうい》』や『討幕』だといって、朝も夜もなかったわい。藩のために命懸けで働いたものだ」

井上は人力車に乗ると、再びこっくり、こっくりと居眠りをし始めた。

人力車が吉田の東行庵に着いたのは昼前だった。どこから降って湧いてきたのかと思う程、「東行庵」は人力車で溢れ返っていた。

井上は若者のように勢い良く人力車を降り、車夫に心付けを渡すと、歩き始めた。

彼の周りには人垣ができた。政財界の関係者や役人、奇兵隊縁《ゆかり》の者たちの顔が並ぶ。

「やあ、久しぶり。今日はご苦労さん。賑やかな事が好きだった高杉もお主たちの顔を見て地下で喜んでおろう」

彼はそう言うと、皆の先頭に立って足早に石段を登る。

清水山の斜面には高杉が好んだ梅が植えられており、四十年近くの歳月を経て、大木の梅林となっていた。

新緑の眩しい梅の木々の間に、紫や赤の三葉躑躅《みつばつつじ》が咲き誇っている。

墓石に「東行墓」とだけ刻まれているのが高杉の墓である。墓石には何の装飾も施されていない。その両端に二基の簡素な石灯籠が並んでいる。

墓石は長年の風雪に耐え、苔生して黒ずんでおり、高杉晋作という男がもう過去の人になったことを示していた。

周囲を松林に囲まれた一画に、最近開墾《かいこん》された広場がある。そこだけが赤茶けた地肌を剥《む》き出しにしていた。

その中央に顕彰碑が布に包まれていた。

三メートルはあろう巨大な布包みの四辺は鉄柵で囲まれていた。

鉄柵は黒光りしているものもあれば、赤く錆び付いているものも混じっている。

鉄柵をよく見るとそれは奇兵隊が使用した銃身であることがわかった。

井上の胸が熱くなった。それは彼と伊藤とが長崎の貿易商のグラバーから購入したものであった。

これらは井上と伊藤の維新史を飾るものだけでなく、長州藩のシンボルとなった奇兵隊の精神そのものであり、長州藩そのものの魂でもあった。

貴賓席にはテントが張られており、多数の者は鉄柵の周りに群がっていた。山麓からは長蛇の列が続いている。

数千人もの人々の記帳も終わり、式が始まった。

井上が皆を代表して除幕を行う。

撰文は伊藤博文によるものであった。彼はこの日を楽しみにしていたが、二年前にハルピン駅で凶弾に倒れた。

「動けば雷電の如く、発すれば風雨の如し、衆目駭然《がいぜん》として敢て正視するもの莫《な》し。これ、我が東行君に非ずや」

　これが伊藤の撰文の始まりである。

　二十九歳で大業を成し遂げて死んだ高杉という男の特長を見事に捉えていた。

　井上は撰文を読み続けるうちに、当時のことを思い出していた。

　溢れる涙を堪《こら》えることができず、しきりとハンカチを目に押し当てた。

　彼の大声は次第に泣き声に変わり、周囲からは啜《すす》り泣きが漏れる。

　井上の用意した除幕式記念演説は延々三時間も続き、緊張と暑さのために倒れる人が出る一幕もあった。

　聴衆の啜り泣きを耳にすると、井上の演説は一段と熱が籠もった。

　最後に井上は「高杉の行動は自分の名聞ではなく、忠義の精神から出ている。この碑を見て、高杉の忠、孝、信の精神を思わなければ、一片の石塊となる」と結んだ。

　やんやの喝采が周囲に湧き起こる中を井上は壇上を下り、自分の席に戻った。

　若い頃一緒に活躍した高杉や伊藤たちが、隣席に座っているような錯覚を覚えた。

　演説の余韻が過去の思い出に彼を誘《いざな》った。

　彼の脳裏に「攘夷」、「討幕」と騒いでいた幕末維新の頃の興奮が蘇ってきた。

「藩がロンドンへ留学生を送るらしい」

井上がどこからか聞き込んできた。

伊藤が羨《うらや》まし気に溜め息をつく。

「おれも行きたいなぁ」

「よし、おれが行けるようにしてやる」

井上は勢い良く長州藩江戸藩邸を飛び出していった。

井上は藩主敬親《たかちか》公の小姓をやっていた関係上、お目通りが許される。

敬親公の前で一席ぶった。

「攘夷も結構でございますが、敵を知るためには相手の懐まで入り込まねば敵の正体がわかりません、どうやって黒船を造り、それをどう動かすのか。西洋はアームストロング砲という大砲を黒船にも積んでおります。これらを実地見学しとうございます」

敬親は井上の弁舌に釣り込まれ、四月十八日、井上聞多《もんた》、山尾庸三、野村弥吉（井上勝）、遠藤謹助の四人にロンドン行きの許可を出した。

士分でない伊藤は井上の推薦《すいせん》で何とか彼らの仲間入りができた。

この井上、伊藤のコンビは余程気が合ったのかこの留学後、彼らは行動を共にする。

維新前は井上が伊藤を助け、また維新後は伊藤が井上をリードした。

横浜で英国領事ガワーに会い、五月十二日夜半に出航するチェルスウィック号に乗り込む手筈《てはず》となった。

大小を脱し町人姿となった五人組は大田町の「佐野茂」に集まり、彼らの費用を立て替えてくれた伊豆倉商店の番頭・佐藤貞次郎と打ち合わす。伊豆倉は長州藩の御用商人である。

その席には彼らの留学費用五千両の保証人となっている村田蔵六がいた。

この村田は長州出身で蘭学を大坂の適塾で学び、江戸で宇和島藩の禄を食《は》んでいたところ、桂小五郎が彼の才能を見出し、頼み倒して長州藩に呼んだ男だ。

彼を見出した桂の功績はこの後に続く四境《しきょう》戦争の際、実証されることになる。

藩内では火吹きダルマで通っている。

彼の頭の中には、西洋文明とその歴史、そして戦略・戦術が詰まっており、それも直訳したままではなく、日本人に応用できる形で、彼の頭の中の引き出しに順序良く整理整頓されている。

酒宴となった。

「いよいよ君たちの行きつけの品川の遊郭も見納めとなる。本来ならわしがロンドンに行きたいところだが、今回は若い人に譲ろう。わしの分まで君たちは西洋文明を身に付けて藩に持ち帰って欲しい。その知識でこれからの日本の舵取りをやってくれ。これからの日本は西洋人とも対等に貿易をやらなければいかん」

酒が入ったせいか、必要なこと以外はめったに口にしない村田は冗舌になった。

「君たちは若い。ロンドンでは見る物聴く物、目新しい物だらけだろう。貪欲に吸収して欲しい。本日は無礼講だ。酒も肴もたっぷりある。密航なので君たちの好きな芸妓の方は無しだ。蛇足だが、君たちのことだ、抜かりなく遊び納めはしてきたと思うが…」

堅物の兵学者で通っている村田が主催者だ。

膝を正して畏《かしこ》まっていた五人の若者も、今日は何をしても許されそうな雰囲気を感じて、胡坐《あぐら》をかき頰を緩めた。

「村田さんの期待に沿うよう努力します」

井上は下戸《げこ》の村田に酒を勧めた。

一、二杯の盃の酒で村田の顔は茹《ゆ》でた海老のようになっている。

「わたしは軍艦を造る技術を身に付けようと思います」

蒸気船の試運転に手子摺《てこず》った経験のある山尾は自分の目標を主張した。

「わしはまず英語の読み書きに不自由がなくなることを第一とします」

野村も齧《かじ》りかけの英語を物にしようという意志を示した。

「わが心は今熱く燃えている」と言うや、突然伊藤が立ち上がり、何やら唸り出した。

「ますらをのはじをしのびてゆくたびは
　　　　すめらみくにのためとこそしれ」

生きて帰国できるかどうかわからない。技術を身に付けるまでどれくらい長くロンドンに滞在するかそれすら不明だ。

五人の胸の内に興奮と不安が交錯した。

宴もひけて、佐藤の家へ行き、用意された洋服に着替えた。洋服といっても水夫のセーラー服である。

上衣もだぶだぶだが、ズボンの方はもっとサイズが大きい。ズボンにバンドを通し引き上げるが、殿中の裃《かみしも》のようだ。

お互いその格好を見て笑いこけた。

「おい、髷《まげ》はどうする」

伊藤が、

「異人のザンバラ髪を真似る必要がある」

と主張すると、山尾は、

「日本人の魂は刀と髷だ。おれはこの格好でロンドンへ行く」

と自説を曲げない。

「そんな形《なり》では西洋人が野蛮人と見るだろう。誰もそんな人間に知識を教えない。格好よりも知識を吸収しようとする精神が大切だ。髷など二の次だ」

「皆さん急いで下さい。出航の時間が迫っています」

佐藤が急《せ》かす。

長崎で多くの西洋人と接してきた伊藤の意見が通った。

佐藤が用意してくれた鋏で五人とも髷を切り落とした。

切り取った髷は村田への贈り物だ。まさかの時はこれが形見の品になる。

「その形で良いでしょう。一応清国人ぐらいには見えます。船が横浜の港を出るまで、絶対に日本の言葉を交わさないようにして下さい」

佐藤が念を押した。

「私とケスウィックとが英語で話をしますので、運上所の前ではお互い訳のわからない言葉を喋《しゃべ》って下さい。日本人だと見破られぬよう気をつけて早足で通り抜けましょう。もし見破られれば、皆さんは密航の罪を、伊豆倉商店はそれを助けた廉《かど》で取り潰しとなりますので」

「伊藤、お主は英語は喋られるだろうな」

井上は伊藤の英語力を当てにした。

「おれの英語は外人には通じないらしい。聞く方も全然だめだった」

「山尾、お主はこの間オロシヤへ視察に行ったな。オロシヤ語はどうだ」

「忘れてしまったわ」

山尾も語学はめっきり弱いようだ。

「合《あ》いの手だけはわかる。『イエス』と『ノオ』の二語だけでなんとかなるわ。英国人は何かというと『イエス』『ノオ』と言っておる」

「よし、それでいこう」

井上は五人組のリーダーである。先頭に立ってガワーと佐藤の後ろからついてゆく。

五人組は運上所の前を「イエス」、「ノオ」を連発しながら通過した。

運上所の役人は妙な格好をした団体に注意を払ったが、西洋人と問題を起こすことを危惧した。

英国人に奴隷として本国に連れてゆかれる清国人と思い、呼び止めなかった。

彼らは素早く海岸に泊っていた小蒸気船に乗り込み、沖に停泊しているチェルスウィック号に乗船した。

出航まで時間があり、幕府の税関吏が船中に出張してきているというので、五人は石炭庫の中で夜明けまで身を潜めた。

室は明かりがなく、熱気が籠もり、湿度が高く、呼吸が苦しい。

出航してしばらくすると、ガワーが知らせに来た。

「もう大丈夫だ」

五人組は甲板に出て、新鮮な空気を胸一杯に吸い込んだ。生き返った気分だ。

江戸の町が後方に霞んでおり、富士山が微《かす》かに見える。大島が右手に朝日を浴びており、陸地がどんどん遠ざかっていく。

帆船なので揺れはあるが、海は穏やかで潮風が気持ち良い。

「上海までどれくらいかかるのか」

「火吹きダルマによると、だいたい五日ぐらいらしい」

井上は事前にいろいろ情報を仕入れている。

「五日か。船内には遊郭もないし、一日が長いなあ」

伊藤が呟いた。

「おれは多分暇をもて余《あま》すことになろうと思い、これを持ってきた」

井上が英和辞書を懐から取り出した。

「われわれの目的は藩に西洋の技術を持って帰ることだ。そのためには一日も早く彼らの言葉を覚え、彼らの知識を吸い取らねばならぬ」

井上が自信あり気に喋るので、山尾は心配顔になった。

「お主は簡単そうに言うが、蟹文字は難しいぞ。俺は何度か習ったがだめだった。言葉を覚えることすら困難なのに、彼らの技術を物にするにはどれくらいかかるのか見当もつかん。二、三年の留学では何もできんかも知れぬ」

「『五年ぐらいはロンドンに留学しなければ、彼らの知識・技術は物にできぬ』と、あの火吹きダルマが言っていた」

一番年嵩《としかさ》の井上は十分に覚悟ができているところを見せようとした。

「五年か。長いなぁ。その頃は長州も変わっていよう。今は『攘夷』で藩内騒いでいるが、五年後には『開国』に変わっているかも知れん。そうなれば西洋人が下関や萩の町を闊歩《かっぽ》しているかも知れん。へたをすれば、異人と結婚する者が出るかも知れんなぁ」

最年少の野村がこう言うと、遠藤が、

「いや、その頃にはわれわれのように長州だけでなく、他藩からもロンドンやメリケン、オロシヤにも留学する者が出るだろう。かの地の技術や知識を学んでわが国も豊かになるだろう。日本人もメリケンやオロシヤに住むようになるやも知れん」

と、付け加えた。

「それならば皮切りであるわれわれの責務は重いということだな」

井上の言葉は四人の胸にずしんと響いた。

井上二十八歳。山尾二十六、遠藤二十七、伊藤二十二、年少の野村が二十歳であった。

(二)　ナビゲーション

航海の初日は船が少々揺れても平気だった。甲板に出て飽かずに海上を眺めていたが、東シナ海に入ると、船は大波に翻弄された。

五人は船底で死んだように横たわっていた。

彼らが猛烈な時化《しけ》に苦しんでいる頃、長州では「攘夷」が決行された。

船が揚子江に入ると、水の色が黄色くなり、上流へ遡《さかのぼ》っていくに従って交通量が増えてきた。色とりどりの国旗を付けた商船や軍艦が寄ってくる。国内では目にしたこともないような巨大な蒸気船が盛んに河口を遡ったり、下ったりしている。

船側にはアームストロング砲が装備されており、甲板には制服に身を包んだ兵隊たちが西洋銃を肩に担いで整列していた。

「これが高杉さんの言っていた蒸気船か。すごいのう。ペリーの七隻の黒船ぐらいで驚いていては、どうにもならんのう」

甲板で五人組は行き交う蒸気船を凝視した。

溜め息しか出てこない。

「こんなのが十隻ばかりわが藩にあれば、幕府を驚かしてやれるのだが。やはり高杉さんの言うように『百聞は一見にしかず』じゃ。上海へ来て西洋諸国の強さがわかったわ」

やがて洋館が立ち並ぶ河岸に船が着いた時、五人は完全に度胆を抜かれた。

岸には世界各国の国旗を掲げた大小の汽船が繋《つな》がれ、蒸気船、ジャンクが走り回っている。清国人が品物を船に積んだり、降ろしたりして西洋人に扱《こ》き使われている。

「こりゃ『攘夷』は無理じゃ。『攘夷』と騒いで国を閉ざすより『開国』して世界各国の技術や製品を日本に入れなければ、ますます彼らに水をあけられてしまう」

井上はもう開国論を説き始めた。

「上海に着いてすぐに自説を変えるとは、腹の据わらんやつだなあ」

伊藤も内心そう思っていたが、強気な振りをした。

五人は上海に上陸した。

洋館が立ち並ぶ通りを歩く。ガス灯を珍しそうに眺めたり、ガラス越しに店屋の中を覗いたりした。あまり熱心に洋装の婦人を付け回してその主人に睨みつけられたりした。

横浜で書いてもらったジャーディン・マジソン商会上海支店の住所を道ゆく人を捕まえては聴く。五人とも彼らが話す英語が理解できず、紙に略図を書いてもらった。その図をまた別の西洋人に見せながら、やっとのことで目的地に辿り着くことができた。

上海支店の支配人は横浜支店で働く英国人ケズウィックの兄であった。彼らはガワーの添書きを渡した。

添書きには五人がロンドンに留学することが書かれていた。

「長州は西洋兵器や軍艦を買ってくれる上得意先である」と、最初に説明されており、「彼らは長州の優秀な若者であり、将来藩の上層部に出世して、益々自分たちの良い顧客となってくれる」と、五人を紹介した後、「失礼のないように彼らをロンドンに送り届けて欲しい」と結ばれていた。

ケズウィックが彼らの渡航の目的を聴こうとした。

が、彼らの英語力では何を言っているのか、さっぱりわからない。

五人はお互いの顔を見合わせて黙り込んでしまった。

「おい、野村と山尾。お前たちは英語を学ぶために函館へ行っていたが、少しは彼の言っていることがわからんのか」

井上に聞かれた野村が自信なさそうに言う。

「ワットドゥユーウオントツーラーン」と聴こえる。

「ワンスモァープリーズ」と、野村がゆっくりと発音すると、ケズウィックの口元を食い入るように見ていた野村は「どうも『ウオントツーラーン』と聴こえる」と、繰り返した。

山尾も「わしにもそう聴こえる」と頼りなさ気に相槌《あいづち》を打った。

「どうも彼は『われわれの渡英の目的は何か』と問うておるようだ」

井上はわが意を得たりと、懐から例の英和辞書を出して、

「ナビゲーション」

と大声で日本訛りの英語で発声した。

彼は井上の変な発音を聴き間違えたような、腑に落ちない様子だ。

もう一度「ナビゲーション?」と語尾を上げた。

「イエス」

井上は更に聴き取りにくい発音で応じた。

ケズウィックは癖のない英語で「アンダースタンド」とゆっくり発音した。

「おい、おれの英語も捨てたもんではないぞ。われらの意志が通じたわ」

井上は有頂天になった。

この井上の「ナビゲーション」は彼ら（特に井上と伊藤）に大いなる苦難と忍耐とを強いることになる。

「五人一緒で出発できる船はないらしい。わしと伊藤が先発隊となろう」

二人が一足先にロンドンに向かうということになった。

港には小型の帆船が停泊しており、艀《はしけ》で水夫が飲み水や食糧を船内に運び込んでいる。

ケズウィックによると、二人の乗る船は中国茶をイギリスに運ぶ運送船らしい。

大量の中国茶をロンドンに運ぶため、客室はない。

水夫が船を指差して頻《しき》りに「ペガサス」と言っている。

「ペガサスとは何の意味かな」

さっそく伊藤は井上の英和辞書を借りて調べた。

「天馬という意味らしい。船の名前が天馬ということだ。名前からするとロンドンまで一気に駆け抜けそうじゃ」

井上も伊藤もこの船が大いに気に入った。

二人が艀でペガサスに乗り込むと、他の三人が波止場に立っていた。

出航を見送る積もりらしい。

「わしらもすぐ後を追いかけてゆくからな。身体に気を付け、生水は飲むな」

彼らは盛んに声を張り上げ手を振っている。

彼らの喚声は出発のドラの音で掻《か》き消された。

異国での別れは永遠の別離と成り得る。

順風を背に受けてペガサスの帆ははちきれんばかりに張り、船は揚子江河口へと滑るように進んだ。

みるみるうちに波止場の三人の姿は見えなくなってしまった。

「いよいよわしらも二人だけになってしまった」

井上の目は潤《うる》み悄気《しょげ》返っている。遊郭で女に振られた時よりひどい落ち込み様だ。

「長い船旅だ。今から落胆していては先が思い遣られる。元気を出せ、聞多」

いざとなると伊藤は肝が据わっている。

突然水夫長が彼らのところへやってきた。

「ワーク、ワーク」と喚《わめ》く。

手にモップを持って甲板を磨く真似をする。

「『何か手伝いをせよ』と言っているようだ。われわれを水夫と間違えておる。何かの手違いがあったのかな」

井上と伊藤が顔を見合わせていると、再び「ワーク」と大声で怒鳴った。

とっさには「ノオ」以外の言葉が出てこない。

水夫長は彼らの「ノオ」を聞くと興奮してよけいに激しく喚き始めた。

「しかたがない」

二人はバケツとモップを受け取ると、しぶしぶ甲板掃除を始めた。

「モーアワーク」と一層激しく喚く。

「『どうももっと腰を入れて磨け』と言っているようだ」

水夫長が自ら掃除の仕方を演じてみせた。他の水夫もにやにやしながら横目で、日本人の働きぶりを眺めている。

「おい、こりゃ本気でわれわれを水夫にしようとしているようだ。金を払って働かされるとはまるで人買いに攫《さら》われた奴隷のようだ。断固船長に談じ込もう。こんな不当な扱いは許せん」

二人は腹を立てるが手は休められない。水夫長が恐ろしい顔をして彼らを睨み付け、手にロープの切れ端を持ってそれを振り回しているからだ。

ロープで彼らの足元を叩き、「モーアワーク」を繰り返している。

「こりゃえらいことになったわ。伊藤、お主船長に抗議する英語を考えておいてくれ」

「わしの英語は長崎でも全然通じなかった。その方は自信を持って言える」

「馬鹿め、そんな自信はいらん」

二人が言い争っている間も、水夫長のロープは彼らの尻を叩く。

「モーアワーク。ジャニー（ジャパニーズの略）」

翌日朝早くからこのロープで起こされ、仕事が遅いとロープが尻に飛んでくる。

食事は他の水夫たちが済ませた後だ。食事は日本と異なり、粗末なカビが生えたようなビスケット数枚に干し肉だ。

飲み物といえばブリキのコップに最下等の赤砂糖を入れた茶は甘みも薄い。

こんなものでは腹が減って腰に力が入らない。

週一回は豆のスープが出るが、そんなものは焼け石に水だ。

「米を腹一杯食いたいのう。それに味噌汁とたくわん一切れでも良いわ」

井上はだんだんと日本が恋しくなってきた。それに伊藤以外に話する相手がいない。

伊藤はさすがに百姓の子なので、粗末な食事や劣悪な扱いにも根を上げなかった。

しかし粗悪な食事と過度の労働とで猛烈な下痢を起こした。

船はインド洋に入り、暑さによる体力の消耗が激しい。脱水も引き起こした。

福々しかった伊藤の身体も骨と皮だけになり、動くのも辛くなる。

「またか」

「済まぬ。お主に苦労をかける」

伊藤は舷側に歩いてゆく。足は振らついていた。

この船は運送船なので便所がない。水夫たちは舷側の横に突き出ている桁に身を乗り出して用を足す。

海が荒れている時、足を滑らすと海に落下してしまう。命懸けで用を足すことになる。

井上は伊藤が下痢で用を足す時、海へ落ちないように彼の身体をロープに結び、もう一端は帆柱に縛りつけた。そのロープを井上が支えながら伊藤が用を足すのを助けた。

風雨の激しい時は死と隣り合わせだ。

「水分を十分摂れ。『水不足は命取りになる』と火吹きダルマが言っていた」

井上は水桶から伊藤のためにコップで水を汲んでやる。この水も制限されていた。

飲み水は船員にとって貴重品である。

雨が降るとデッキに溜まる水を水夫全員が掬《すく》い取ってそれを水桶に入れる。一滴の水も無駄にできない。

夜は甲板の上で寝転がり、蒸し暑さを凌《しの》いだ。

「今頃長州の連中は本気で『攘夷』をやっているかなぁ」

藩の行く末が心配になる。

「祇園の君香はどうしておるかのう。おれが居なくて寂しがっておろう」

井上は寂寥《せきりょう》を紛らすために京都の芸妓のことを思った。

「何んの、新しい情夫《いろ》を作っておるわい。その心配は無用だ」と、伊藤がやり返す。

「それぐらい減らず口を叩ければ、まだまだ大丈夫だ」

伊藤の下痢はまだ続いた。

インド洋から喜望峰に近づくまで小型帆船は木の葉のように波に翻弄された。

伊藤の激しい下痢は、脱水と栄養失調を引き起こし、甲板での仕事も覚束《おぼつか》なく、まったく半病人のようだ。

喜望峰を越えると風雨は収まり、徐々に下痢の回数も減り、井上の命懸けの仕事も少なくなった。

例の英和辞書を広げ、船員に色々と質問する余裕すら生まれてきた。

「どの港にも立ち寄らんのう」

彼らは早くしっかりと大地を踏み締めたい。

この船は一日も早くロンドンに到着しようとするせいか、寄港なしで突っ走っている。

この日は水夫たちが何やら前方を指差して「ドーバァー」「ドーバァー」と叫んでいる。

井上と伊藤は船舳に行き大海原を眺めた。

遠目に小さな島の姿が見える。

「イギリスが見える」

二人は望遠鏡を借りて島を眺めた。

崖が白く光っている。「ドーバァー海峡」には蒸気船が群《むら》がって遊弋《ゆうよく》していた。

「無事イギリスに着いた」

二人の視界は涙で曇った。

㈢　西洋文明

船は「ドーバァー海峡」からノースフォアランド岬を回りテムズ河口に入ってゆく。

河口の両側には五、六階建てのレンガ造りの建物が林立し、工場の煙突からは絶えず煙が立ち上っていた。

蒸気汽車の轟音が船上まで響いてくる。

「ものすごい所だな。こりゃ上海など比較にならんわ」

ペガサス号は十一月四日午前八時にロンドンドッグに入港した。

横浜を出航してから四ヶ月十一日ぶりだ。

ロンドンドッグには運送船が犇《ひし》めき、艀で船内の商品を慌ただしく陸揚げしたり、船へ積み込んだりしていた。

陸には砂糖、茶、煙草、酒、獣皮を保管する巨大な石造りの倉庫が立ち並び、人々の喧噪がまるで戦場のようだ。

二人は高層の色彩豊かなレンガや石造りの建築群を初めて目にし、唸るしかなかった。

「こりゃ、『攘夷』は無理だ。むしろ交易して、この豊かさと技術を藩に齎《もたら》すべきだ」

井上が呟くと、伊藤も黙って頷いた。

船が入港すると、水夫たちは直ちに陸へ上がり、二人は船内に取り残された。

午後二時頃になるとマジソン商会から迎えの者がやってきた。

彼は二人を鉄道に乗せ、「アメリカンスクェアー」という所へ連れていった。

蒸気で動く汽車に二人は目を回す。

連れてゆかれたのは、船乗りたちが利用する安ホテルであった。

ロビーに黄色い顔つきをした若者たちが長椅子に座っている。もしやと思って良く見ると、野村たち三人であった。

彼らは心細さと、言葉の通じない孤独とで不安な毎日を過ごしていたところ、二人を見つけて急に元気を取り戻した。

「お主らの方が先に着いていたのか」

井上と伊藤は先着組の面々と肩を叩き合って再会を喜んだ。

「十日も前に到着したんだ。お主らを待つ間にロンドンを探険したぞ。汽車にも乗った。まったくイギリスというのは大した国だ。こんな国を相手に攘夷しようとしたわれわれは『盲蛇におじず』というやつだな」

山尾ら三人も西洋文明の巨大さに度胆を抜かれた。

「洋食に慣れるのに苦労している。毎日牛の乳と豚や牛の肉が出る。生き物の生臭さが鼻に付く。これから何年も付き合わねばならぬと思うとうんざりする」

先着の野村や遠藤も十日の長で、先輩顔をした。

「お主、結構痩せたな。二人とも毎日海水浴でもしていたのか。真っ黒じゃないか」

肉付きの良い伊藤と、色白の井上を見慣れていたので、彼らの激変ぶりに驚いた。

「いやまったく航海の厳しさには参ってしまった。お主らも大変だったろう。まるで船乗りの訓練にロンドンまで来たようなものだ」

井上は四ヶ月にわたる航海での水夫長の扱いについて話した。

「いや、われわれはさほどではなかったよ。初め水夫並みに扱われたから野村を通じて談じ込むと、後は客室で暇をもて余していた」

そういえば彼らはあまり日に焼けていない。

「井上、お主上海でジャーディン・マジソンの支店長から、『何を勉強するためにロンドンへ行くのか』と尋ねられたことを覚えておるか。その時お主は、大声で『ナビゲーション』と言ったな」

山尾はさも気の毒そうな顔をした。

「海軍のことを英語ではナビゲーションと言うんだろう。違っていたのか」

「ナビゲーションは航海術のことで、海軍はネービーと言うんだ。お主がナビゲーションと言ったので、彼らはわれわれが航海術の勉強に行くと思ったのだ」

山尾が説明すると、「それでペガサスの水夫長や水夫がわれわれを奴隷のように扱き使ったんだな。悪気がなさそうに見えたので何故だろうと思ったが、早く航海に慣れるためにわれわれに厳しく教えていたのか」と、伊藤は頷いた。

「それにしても命懸けだったぜ。わしも随分参ってしまったが、伊藤はもう少しで死ぬかと思った。何せ食べ物が辛い上、飲み水も制限され、おまけに客室がないので用足しも甲板の舷側《げんそく》で命懸けだ」

井上は伊藤の必死の用足しの様子を皆に披露した。

三人は涙を流して笑いこけた。

「まあ無事に会えて何よりだ」

彼らは改めて再会を喜んだ。

彼らの世話はジャーディン・マジソン商会の社員クローリー氏が引き受けてくれた。

彼らがホテルに滞在している間、彼は彼らの下宿先を捜してきた。

「良い人の家庭に下宿できることになりましたよ。一人はロンドン大学の化学科の教授、アレクサンダー・ウィリアムソン博士で、もう一人は画家のクーパー氏です。皆さん五人ですから、三人と二人のグループに別れて下宿して下さい。何かあれば私がいつでもあなた方の下宿に伺います」

プロヴォスト街のウィリアムソン博士の家には、伊藤・野村・遠藤の三人が世話になった。ガワー街にあるクーパー氏の所には、山尾と井上が預けられることになった。

彼らは最初は洗濯の仕方とか、靴はどこで買うのか、風呂に入るにはどうしたら良いのか、次々と質問した。

文明国で生活する上で最低限必要なことからマスターしなければならなかったため、博士を少々煩《わずら》わせた。

クローリー氏は出来の悪い子供の保護者のように博士に弁明しなければならなかった。

「何しろ東洋の未開の国から来た若者なので、幼児のようなものです。だが、彼らは長州藩の優秀な人材です。徐々に西洋に慣れてきて、西洋文明を吸収するでしょう。彼らが日本へ帰ると長州藩の要職を占めます。彼らを文明人に育てることは、何かとわが国益に叶うものです。長州藩はこれまで以上にわが国から軍艦や大砲を買ってくれるでしょう」

「彼らに早く英語を覚えさせないといけないですね。それに海軍の勉強をするには数学と自然科学も必要です。わたしが彼らの学習計画を練ってみましょう」

「よろしくお願いします」

五人はガワー街にあるロンドン大学の聴講生となり、講義に出席することになった。

博士の担当は分析化学だ。

博士はロンドン大学の化学教授で、この時英国学士院会員でもあった。高名な学者には珍しく、偏見にとらわれない世界主義的見解の持ち主であり、博士から講義を受けられた五人は非常に幸運だった。

朝夕は英語教師が博士宅やクーパー邸にやってきた。英語と簡単な算術を教えた。教師はミットフォードというオックスフォード大学の学生であった。

昼間は彼らはロンドン大学で博士から自然科学の講義を聴く。

日曜はミットフォード君がロンドンの名所旧跡を案内してくれた。

グリニッジ天文台やロンドン塔、アームストロング造船所、大英博物館などを見学した。

彼らは目を輝かせてそれらの製造工程を見た。機械はすべて蒸気で動いており、多くの人間が工場内の騒音と汚れた空気の中で働いていた。

「何やら人間が機械に使われているようだ」

伊藤がそう言うと、皆黙って頷いた。

「蒸気の発明により西洋は変わった。蒸気が汽車を走らせ、また蒸気の力で兵器を造る機械を動かしている。鉄の製造法も彼らの発明品だ。鉄からすべての物が造られている。この二つが西洋文明の基礎らしい」

山尾、遠藤、野村の三人は長州藩の海軍の一員として、蒸気船を実際に運転した経験がある。その分観察にも力が入る。

ミットフォード君の英語の説明もなんとなくわかる。

「しかしわが藩では蒸気を起こす鉄釜すら、造ることができん。これからは腰を据えて一から学ばねばならん」

五人の熱意がミットフォード君にも伝わったらしく、彼の説明も熱を帯びる。

このミットフォード君は彼らの世話で日本に興味を持ったのか、慶応二年から明治三年まで日本駐在英国公使館書記官として、また明治三十九年にもリデスデール卿となって来日している。

「伊藤は精悍で、野性に満ちており、まるで隼《はやぶさ》のようだった。冒険好きで、無類に陽気だが、いざ仕事となると精確かつ機敏、優れた天稟《てんぴん》の溢れ返るような青年であった」

彼が日記を残してくれたお蔭で、留学生たちがいかに精力的にロンドンでの日々を過ごしていたか、まざまざとその勇姿が蘇る。

(四)　帰　国

ある日突然、マジソン商会から社員のクローリー氏が手に英国のタイムズ紙を携えて博士の家へやってきた。

「君たちの国のことが載っている。今長州は大変なことになっているようだ。長州が外国船を砲撃した報復を受けようとしている。イギリス艦隊が下関を攻撃するらしい」

マジソン商会は東洋に支店を持っているので、情報は速い。

「出発前から攘夷で沸き立っていたが、ついにやったか」

伊藤ら三人はタイムズ紙の記事を見せてもらうが、半年ぐらいの語学力では記事の内容が理解できない。

博士に易しい単語に直してもらいながら、その内容を彼らなりに理解しようとした。

まだ攘夷を続ける長州に、今度は米、英、仏、蘭の四ヶ国連合が長州を攻撃しようとしているらしい。

「こりゃ大変だ。一ヶ国だけでもどうにもならんのに、四ヶ国連合を相手にするとなると、敗北は目に見えている。巨万の賠償金を取られるか、領土を割譲させられるか。へたをすれば長州は滅んでしまう」

数日間、五人は顔を突き合わせてこれから取るべき方法を話し合った。

井上は「たとえ攘夷派の同国人に斬り殺されようと、藩論を開国へと変えねばならぬ」と、主張した。

「われわれ全員で帰国しよう」

誰もが祖国の滅亡を目の当たりにして、ロンドンに残りたくない。

「しかし五人一緒に帰国しても攘夷派のやつらに全員殺されるかも知れん。それなら何のために英国へ修業しに来たかわからん。この際、帰国組と居残り組に分かれよう」

井上は四人の顔を交互に見た。

「わしは君たちと違って学問もできんし、この先長年居ても、英語も上手く喋られんし、西洋文明を身に付けて、それを持って帰れる頭はない。だからわしは帰る。皆は残って将来藩のために役に立ってくれ」

「お主一人殺させる訳にはいかん。わしはお主と行動を共にする。お主にロンドンへ来る船で命を助けてもらった。今度はわしがお主を助ける番だ。死ぬ時も一緒だ」

伊藤も帰国を主張した。

しばらく他の三人も考えていたが、「わかった。長州のことは二人に任そう。われわれはお主たちの分まで勉強に励もう」と、井上の意見に従うことを決心した。

井上はマジソン商会の社長ヒュー・マジソンに帰国の手続きを頼んだ。

「君たち二人の若者が帰国しても大した役に立たぬだろう。たとえ一身を犠牲にしても、政局は変わらない。それよりもこのまま英国に残って勉強に努めるように」

二人は逆に説得された。

「帰国の時期を待ってはどうか」

博士も心配する。

しかし二人の決意が固いことを知った社長は、渡航の手続きをしてくれた。

四ヶ国艦隊

(一) オールコック

蒸気船で帰りたかったが、出来るだけ居残る留学仲間に金を残すため、値段の安い帆船に乗り込むことにした。

帰りもマダガスカルに向かう途中で大時化に遭った。

甲板のものは吹き飛ばされ、海水が室内まで浸入してきた。

甲板に上がると揺れが激しく海へ投げ出されそうになる。ロープで体を床船梁《とこふなばり》に縛りつけて、三日三晩苦しんだ。

帆はほとんど裂け、このままでは沈没を避けられない。帆柱を切る覚悟をした。

幸いなことに、風雨は徐々に弱まり、彼らは死を免れた。

上海から蒸気船に乗り換え、六月十日に船は横浜に入港した。

横浜に上陸すると、二人はさっそく英一番館にあるマジソン商会のガワーに会った。

「これはまた早いお帰りで。どうしましたか」

五年間の留学予定が、半年足らずに帰国した二人にガワーは驚いた。

「長州と四ヶ国との間に戦争が起こりそうだと知り、ロンドンから急遽《きゅうきょ》戻ってきました。貴国の公使オールコック氏と出会えるよう取り計らって欲しい」

「あなた方二人がですか」

「そうです。われわれは貴国並びに西洋諸国の技術、国力が優秀であることを知りました。長州と四ヶ国が戦争すれば、間違いなくわが藩は敗北するでしょう」

「残念ながらそうなるでしょう」

ガワーは気の毒そうな表情だ。

「そうなればわが藩は滅んでしまう。ぜひ貴国公使を紹介して下さい。努力すれば何とか解決の糸口を見出せるかも知れない」

二人の必死の懇願にガワーも根負けし、公使に掛け合うことを約束した。

二人は横浜から江戸の長州藩邸へ行こうとした。

「江戸にはあなたたちが安全に泊れる所はどこにもない。あなたたちの藩は幕府とも敵対しているのです」

ガワーは、政局が激しく変化したことを二人に説明した。

「知らなかった。四ヶ国相手だけでもどうしようもないのに、幕府も敵であるとは。これはどうしても四ヶ国とだけでも戦争は避けなければいかんな」

「しばらくは横浜の居留地が安全です」

ガワーは懇意にしているホテルを彼らに紹介してくれた。

ホテルに身を隠していると、ガワーから「公使が面会する」と、伝えてきた。

二人は英国公使館でオールコックと会った。

彼は五十歳を過ぎていた。顔には顎髭を生やし、イギリスでよく見かけたブルドックのように顎が張った目が鋭い男だった。

「われわれは貴国へ留学し、貴国の技術力を具《つぶさ》に見てきました。この勝負到底わが藩に勝ち目はありません。われら二人が藩主に会い、戦争を思い留まらせるよう努めたい。日本人は今まで鎖国していたので、攘夷という愚かしい行為をしました。わが藩のやっていることは子供が大人に石を投げつけているようなものである。大人である貴国らが子供を四人掛かりで殴りつけるのは大人気ない。日本人はまだまだ幼児なのだ」

井上はここまで一気に話すと一息ついた。

「われわれは全力で藩主を説得し、藩の方針を開国に換えてみせます」

オールコックは勇気ある二人の若者に興味を示した。

「もし、君たちの熱心な説得が失敗に終わった時は、再び英国に留学するのかね」

この軽輩の意見を藩主が取り上げる確率は低いと思ったが、彼らの熱意に動かされた。

「われらの意見が用いられぬ場合は、攘夷派の先頭に立って討ち死する覚悟である」

井上の返答はオールコックをいたく感動せしめた。

藩への忠義心に、オールコックは思わず拍手を送り、目にうっすらと涙を浮かべた。

「よろしい、君たちに長州藩の運命を託しましょう。他の三ヶ国の公使にもわたしから承諾を取りましょう」

オールコックの尽力で四ヶ国共同覚書が調印された。

二人は四ヶ国の代表から藩主に宛てた書面を携え、藩主に会いに行くことになった。

英国公使館員のアーネスト・サトウと彼の日本語教師、中沢見作が、英語の覚書をわかり易い日本語に翻訳した。

中沢は小笠原家の家臣であったが、主人の不興を被った結果、生計の道を探す必要に迫られて通訳の役目をしていた。

「われわれの軍艦であなたたちを送りましょう。あなたたちに貴国の国運が懸かっているのと同様に、われわれも愚かしい戦争を回避できる可能性をあなたたちに託します」

二人を送り出すオールコックの厳《いか》つい顔は緩んだ。

「ところで、返事はいつ頃になりますか」

「十日ぐらい余裕をくだされば返事できると思います」

「良い返事を待っております」

「全力を尽くします」

井上と伊藤それに中沢と通訳官のサトウもバロッサ号に乗り込んだ。

この日本学の学者らしいサトウは大学時代に日本に関するロマンチックな香りの高い本を読んだことで、このお伽《とぎ》の国に憧れて遥々《はるばる》日本へやってきた親日的な青年であった。

六月二十三日の夕刻、バロッサ号は豊後姫島に錨を降ろし、井上と伊藤は姫島で島民の漁舟を雇って長州の富海へ向かった。

サトウは二人の英雄的行為に胸を打たれた。漁舟が見えなくなるまで海上を見つめた。

「多分彼らは殺されるでしょう」

中沢はぼそりと呟いた。

(二) 孤軍奮闘

彼らは富海に上陸すると二里ばかり歩いた。三田尻《みたじり》に着くと顔見知りの代官湯川平馬と出会った。

「おい井上か、久しぶりだのう。早い帰国ではないか」

平馬は彼らの洋服とざんばら髪の風体を珍しそうにじろじろ眺めた。

「実はロンドンから帰ってきたばかりだ。長州は英、米、仏、蘭の四ヶ国と戦さを始めるそうじゃないか」

「その格好で山口の重役たちの所へ報告に行くのか。攘夷派の餌食になるのが落ちだ。着替えと関所の通行手形を渡そう」

二人は羽織袴と大小を差して、山口の竪小路の萬代利兵衛という醤油業を営む商家を訪れ、その離れに泊った。

この頃外国艦隊の襲撃を危惧した藩は、萩から内陸部の山口に政庁を移した。山口の町では役所や役人の住まいが大量に必要となり、豪商、豪農の屋敷や離れが藩士の住まいとして使用されていた。

萬代家の離れも「十朋亭《じっぽうてい》」と呼ばれ、現在も保存されている。

井上と伊藤の帰国の報を耳にして、藩の重役はロンドン帰りの二人に西洋の様子を聴くために十朋亭を訪れた。

翌朝藩庁から井上に呼び出しが掛かった。

同じ釜の飯を食い、船では運命を共にした二人ではあるが、伊藤は士分ではないので藩主にお目見えできない。

藩主敬親並びに世子《せいし》定広《さだひろ》が上座に、左右に重役たちが雁首を並べていた。

(こんな頭の固い連中に和平を勧告するオールコックの書面を見せると逆効果になる)

井上は懐に書面を隠した。

「早い帰国の理由は何じゃ」

毛利登人《のぼる》が御前会議の口火を切った。

井上は西洋文明が進んでおり、蒸気力や兵器が格段に優れていることを実例をもって説明した。

重役たちの反応は鈍い。

居眠りしたり、生欠伸《なまあくび》を堪えていたり、西洋かぶれした者を軽蔑している顔もあった。

家老、宍戸備前は井上を詰《なじ》った。

「聞くところによると、お主は英国の船で送られてきたということだが、彼らに通じているのではないだろうな。もしそうだとしたら不忠者の極みだ」

「何を馬鹿なことを。敵に与したとは心外な」

井上は備前を睨みつけ、例の大声を張り上げた。

「それがしは、一日たりとも毛利の家臣であることを忘れたことはござらん。忠臣たらんと日々励んでおります。忠臣ということでは、それがしの方が御家老より忠臣でございましょう。なんとなれば、藩の危機を救うために、ロンドンから千里の海を馳せ戻ったのですから」

井上は刺すような目で居並ぶ重役の顔を睨んだ。

「英国との戦さはどう戦っても敗れるでしょう。武器が違い過ぎます。敗北の際、彼らは藩が百年かかっても払い切れぬ賠償金を要求してきます。これは世界の戦争の決まりです。負けた方が莫大な金を支払わねばなりません。領土も取られるでしょう。隣りの清国は西洋諸国に領土を割譲させられ、清国人は奴隷のように扱き使われています」

重役の誰かが口を挟もうとするが、井上は手で制して話を続けた。

「攘夷に狂っている者たちは、このような外国の事情を知らないのです。このまま攘夷を続けるならこの国は滅びます。国を滅ぼす者こそ不忠者でしょう。開国して彼らの技術や知識を受け入れ、わが国も西洋のように国力を豊かにするべきです」

若い参政の一人が井上の熱弁を遮《さえぎ》った。

「お主は戦さに敗れると決めておるようだが、日本人には大和魂というものがある。異人には大和魂があるのか。わが国が蒙古に侵襲された時より、わが国は日本古来の神々に守られておるわ。神風が外国艦隊を吹き飛ばしてくれようぞ」

「馬鹿な。昔と今では船の構造が違う。彼らの鉄製の蒸気船は嵐でも沈まない。船に搭載されている大砲はわが国の青銅砲の四倍以上飛ぶし、破壊力は物凄い。去年攘夷戦で攘夷が不可能だと身をもってわかったのではないのか」

毛利登人が井上の激高ぶりを注意した。

「殿の御前だ。言葉を慎め」

（こんな連中に話しても無駄だ。せめて桂か高杉でも居れば違うのだが）

会議は一方通行で物別れに終わった。

伊藤は寝ずに井上の帰りを待っていた。

「やはり攘夷でゆくのか。長州藩は滅ぶぞ」

「やれることはやった。攘夷で固まった石頭は外国艦隊に完膚無きまでに叩かれないと、西洋の強さがわからないだろう」

井上も伊藤も戦さは避けられないと観念した。

翌日毛利登人が十朋亭にやってきて、攘夷決行が決定したことを伝えた。

「今まで攘夷で走っているので、今更開国という訳にはいかんのだ。お主の意見に反発する重役が多くいてな。悪く思わんでくれ。藩主もお主に気を遣っておられたぞ」

登人は重役たちの立場の脆《もろ》さを吐露した。

「藩士の多くは去年からの攘夷で沸騰しておる。開国となると彼らは激高し、何をするかわからん。われわれ重役も殺されかねん。それで攘夷と決まった」

登人は気の毒そうな顔をした。

「そうそう、お主らも外出は避けた方が良い。お主たちを『売国奴』呼ばわりして、命を狙っている者がいる。彼らは『お主たちが藩主に開国を迫った』と怒っている。山口にいると身が危うい。再び英国へ渡って海軍の勉強を続けるのが安全だと思うが」

登人は井上の身を心配する口調になった。

「それがしは代々毛利家の家臣です。暗殺を逃れるために洋行するような卑怯な真似はできません。あなたたちは防長二州を焦土にしても攘夷を敢行する決心であるのに、われわれが洋行しても故郷が滅びてしまっていては、海軍の勉強も何の役にも立たないではありませんか。攘夷論者がわれわれ二人を斬って、この戦いが勝つというのなら、喜んで殺されましょう」

登人はこの頑固者をもて余し、そそくさと帰っていった。

井上は湯田の、伊藤は萩の実家に帰ることにした。

六月十四日、京都の池田屋で尊王攘夷の志士が新撰組に襲われた。

肥後の宮部鼎蔵《ていぞう》をはじめ長州藩士、吉田稔麿《としまろ》、杉山松助らが斬殺された。

この情報を聞くや、来島又兵衛、久坂玄瑞、真木和泉、入江九一らがぞくぞくと京都へ向けて出発した。

家老国司信濃、益田右衛門介、福原越後らも兵を率いて京都を目差す。世子定広も上京に備えた。

京都へ兵が出てゆくと、長州の守りが手薄になる。藩の重役は頭を抱えた。

毛利登人が再び十朋亭を訪れた。

「京の情勢が逼迫《ひっぱく》しておる。家老ら主立つ者たちが京へ出発してしまった。今外国艦隊と開戦すると、腹背に敵を受けることになる。藩主はそれを心配しておられる。京の情勢がわが方に好転するまで、約三ヶ月程、四ヶ国艦隊の来襲を待ってもらいたい意向でのう」

登人は「わが藩は攘夷で突っ走り、外国艦隊と戦う」と、宣言したことを全く忘れたような調子だ。

井上に外国艦隊との休戦交渉を命じた。

「そんなこちら勝手なことを外国艦隊は飲みますか。『喧嘩する相手がもう一人増えたから、後の一人に少し待ってくれ』と、そんな虫の良い話は誰も認めないでしょう」

「攘夷は朝廷からの命令でやっていることだ」

「そんな理屈は外国人には通じませんよ。朝廷を陰で動かしているのは長州だということぐらい、彼らは十分知っていますよ。それがしも武士ならそんな二枚舌のような交渉は断固拒否します。外国では交渉はお互いに信義をもって行うのがルールです。毛唐だって立派な人間です」

「しかし、これは君命だ」

君命には逆らえない。この時代の侍たちは儒教で縛られており、君に忠義を尽くすことは家臣として当たり前であった。

登人は十五両を井上に、十両を伊藤に手渡すと、「これは藩主からお預かりしたものだ。君命を守るように」と、念を押して逃げるように立ち去った。

七月五日に姫島に戻った二人は、沖合いに錨を降ろしているバロッサ号に乗船した。

「どうでしたか。藩主は戦争を止めますか」

サトウは二人に共感のようなものを持ち始めていた。

自分たちの命を顧みず、藩を救うことに尽力している姿が、イギリスを代表する勇敢な貴族の姿に重なったのだ。

　彼らの説得が不首尾に終わったことを知ると落胆した。

「今度お互いに見《まみ》える時は、銃弾が飛び交う中でしょう」

「あなた方は、この馬鹿げた戦いに参加するのですか。ロンドンに再度留学しなさいよ」

　サトウは彼らの才能と勇気を惜しんだ。

「国のために忠義を尽くすのは、わが国でも貴国でも同じでしょう。敗ける戦いでも全力を尽くそうと思っています」

「そうですか。仕方無いでしょう。それではわれわれも砲火の下での再会を期して、別れましょう」

　艦長が号令を掛けると、バロッサ号の兵士全員が甲板で整列をした。

　彼らが捧げ筒をして左右に分かれると、楽団が勇壮な曲を演奏した。

　二人は音楽が流れる中を甲板の中央を歩きバロッサ号のタラップを降りると、小舟に乗って夜の海上に漕ぎ出した。

「惜しい若者だが」

　艦長とサトウは小舟のカンテラの明かりが夜の闇に消えるまで、甲板に立ち尽くした。

　政局は目まぐるしく変わり、それから二週間後の七月十七日、上京した長州藩兵は会津・薩摩藩兵と蛤御門で戦闘を始めた。

圧倒的多数の幕府や諸藩兵のため、長州勢は壊滅的な敗北を喫した。

長州藩は将来を担うべき多くの人材を失う。

幕府はこの長州の暴発に朝敵の汚名を着せ、長州征伐を諸藩に命じた。

井上と伊藤は「売国奴」として命を狙われ、湯田温泉の瓦屋という旅館に隠れていた。

井上は長州藩滅亡の足音を耳にした。

死ぬ前に親友と最期の別れをするため、山口から萩へ向かった。

菊家横丁の高杉の家に立ち寄るためだ。

高杉は野山獄から自宅の座敷牢で謹慎していた。


「久しぶりだな、晋作。大人しくしておるようだな」

家人の導きで井上は高杉と再会した。

四ヶ月余りの牢暮らしで、色白の彼は頬が削げ、細い目が吊り上がって見えた。

「座敷牢で松陰先生のように、読書三昧《ざんまい》の生活で、浩然の気を養っておるところだ」

気力は充満している。

「なかなか見掛けよりも元気そうでなによりだ。久坂や寺島それに入江も京都で死んだことを耳にしたか」

井上は禁門の変の様子を語った。

「そうか、久坂らも死んだか…。得難い人材だった。残念だ」

しばし沈黙が続いた。

高杉は大きな溜め息を吐いた。

「御前会議の様子は家の者から聞いた。馬鹿な重役相手ではどうにもならんだろう。西洋諸国の強大さはわしやお主のように外国へ行った者でないとわからん」

高杉は家人が入れてくれた茶を一口飲むと、大きく伸びをした。

「おれもロンドンに行ってみたかったな。お主は西洋文明の強大さの秘密がわかったか」

「やはり蒸気と鉄の力だ」

「軍艦、兵器、それにレンガや石造りの住まいも立派だっただろう。上海以上だろうな」

高杉は上海を思い出したのか、頰を緩めた。

「お主もロンドンへ行くと腰を抜かすぞ。蒸気で走る汽車や、電気で手紙が遠く離れた場所へわずかな時間で届く電信というものがある。エレキの力を利用しておる」

二人は夜を明かして語り合い、井上は数日萩に滞在した。

「長州へ向かって十七隻もの大艦隊が横浜を出発した」

七月二十二日にこの情報が山口に齎され、京都から敗残兵たちが山口へ戻り始めた。

重役たちは慌てふためき、二十三日、山口政事堂で再び「君前会議」が開かれた。

ここにきてようやく戦争回避の動きが本格化してきた。

外国艦隊が姫島に集結すると、重役たちはおろおろし始めた。

井上と伊藤を「夷狄応接役」に命じて、彼らに交渉させようとした。

「一旦決まった攘夷を軽々しく変更するなど、武士として為せる業ではない」

ころころ変わる藩の方針に、井上は持ち前の癇癪玉を破裂させた。

二十六日になると、「長州征伐」が勅命として下された。

長州藩は外国艦隊と、幕府とを相手に戦わざるを得なくなる。

藩の重役たちは狼狽した。

二十六日、三田尻郊外の宮市にある大専坊で、再び「君前会議」が開かれた。

井上しかこの危機を救える者はいない。

重役たちは「攻撃中止」の懇願書を、外国艦隊の司令長官に届ける役を、彼にやらせようとした。

井上の怒りは爆発した。

「『防長二州焦土と化すも、攘夷を貫く』の方針はどうなったのです。外国艦隊が下関を攻撃しにくるということは最初からわかっていた。その時は『断固戦う』と豪語しておきながら、実際に彼らが下関に姿を現わすと和議を主張するとは、どういうことですか」

井上の憤怒は止まらない。

「そんなに藩の方針がくるくる変わると、国家は維持できないでしょう。それでは攘夷で走っている藩士も納得しますまい。前回の如く攘夷で押し通すべきだ。防長二州焦土となるまで戦おうではないか。変節の藩の交渉役など真っ平御免だ」

井上は一旦臍《へそ》を曲げると、たとえ藩主の命でも折れない男だ。

重役が彼を宥めても、怒りの形相で押し黙ったままだ。

「国が滅びる時には、不平を抱く者が多い。不平心から国の一致をみないで国は滅亡するものだ。井上君は外国へ行って西洋文明を視察できたのも藩主のお蔭なのに、この危機の場合に国家の為に尽くす義務を放棄するのか」

海軍提督の松島剛蔵は井上を不忠者と詰った。

井上は顔を朱色にして怒鳴った。

「わしは自分の不平を言っているのではない。この危機を招いたのはあなたたちだ。その責任は重い。外国艦隊の襲撃のあることはこの前わしが言った筈《はず》だ。その時諸君はわしに何と言ったか覚えていような。わしの意見を『卑怯』とか『西洋かぶれ』とか言って退けた。よもや忘れたとは言わさんぞ」

井上は松島を正視して睨みつけた。

「危機が現実のものになれば和議を乞う。諸君らの責任は重大だ。藩が滅亡することと比べれば、貴様らの皺《しわ》腹を斬るぐらいでは軽過ぎる。どう責任を取るのか」

松島は言い返すことができなかった。

結局、井上と政府役員前田孫右衛門が講和使節の役を引き受けることとなった。

下関で小舟に乗ろうとすると、外国艦隊の旗艦ユリアラス号から下関砲台に向けて砲弾が発射された。

和議は時間切れとなり、戦争が開始した。

全艦一斉に搭載した大砲から轟音が響き、壇の浦、前田村の砲台も負けじと撃ち返す。砲撃を始めてから約一時間も経たないうちに、長州藩の全ての砲台は沈黙した。

翌々日、工作部隊が上陸し、各砲台にある大砲をボートに積み込んだ。砲台に散在する野砲数門を破壊し、一部を船に持ち帰った。

歯向かう者は誰一人としていなかった。

長州の人民は、この時初めて攘夷が不可能であることを身をもって知った。

軍艦十七隻。英・米・仏・蘭の四ヶ国の兵士合わせて二千六百人。大砲二百八十八門。これに対して長州藩は正規、奇兵隊合わせて二千人足らず、大砲は百門を僅かに超える程度だった。

井上も伊藤も長州藩が敗北したことは、悔しくなかった。むしろ胸がすっとした。

自分たちが口を酸っぱくして主張しても耳を貸さなかった藩が、これでやっと目が覚めたことをむしろ喜んだ。

高杉晋作

講和交渉

㈠ 鬼　神

「外国の船がどんどん姫島に集まってくるという噂が騒がしくなって、国中がいよいよやかましくなって参りました。それをどうしてか東行（高杉晋作）が耳にはさみましたと見えて、それからは、居間のすぐ隣りに土間のたたきがありました所へ家来に大きな石を運ばせまして、毎日のようにその石を差し上げては下ろし、差し上げては下ろしていました。何のつもりでございましたか私共には少しもわかりませんでしたが、東行の考えでは長い間一室に閉じ込められていて自由に運動ができなかったので、力が失せてしまっていたものですから、外国の軍艦でも打ちはらうのにこんなことでは駄目だと思って、あんな力だめしをしていたものと思われます。

それから間もなくお許しが出て馬関（下関）へ出ることになりました。

馬関から例の殿様から拝領いたしました、鎧直垂《よろいひたたれ》を着て今の言葉では何と申しましょうか、外国の船との講和談判に参ることになりました。

なんでもその時は高杉という名前ではいけないとかいうことでありまして、宍戸刑馬とか変名をして参りましたように、記憶しています」

大正五年、三宅雪嶺《みやけせつれい》の主宰した機関紙「日本及日本人」の春季拡大号は高杉晋作を特集した。

その中で「高杉雅子刀自の回想」で晋作の妻である雅子は、外国艦隊の講和交渉に向かう晋作の様子をこう語っている。

「イトーさん、チョーシューはもう戦争に飽きましたか」

「イエス。藩全体が戦さに飽きました。本日はその和議交渉の打ち合わせをするために来ました」

「ほう、それは良かった。われわれも、もうこれ以上チョーシューの一般市民を苦しめたくありません。下関海峡を通過する安全が欲しいだけです」

サトウはほっと胸を撫で下ろした。

「今度は、殿様や重役の連中も、戦争に懲りました。講和の使節は海岸で待機しています。ぜひ艦隊司令長官に会わせて下さい」

しばらくして艦隊司令長官のクーパーが甲板に姿を見せると、長州と講和会談を開くことを承諾した。

合図の空砲が一発下関海峡に木霊《こだま》した。

高杉は胴巻きの上に陣羽織を着け、立烏帽子を被り、副使の二人は小具足を着け、まるで戦国時代に遡《さかのぼ》ったような出で立ちで現われた。

艦上の兵たちも好奇心に目を輝かせながら彼ら一行を迎えた。

「家老は、黄色の地に大きな淡青色の紋章（桐の葉と花）の付いた大紋《だいもん》と称する礼服を着て、絹の帽子を被っていたが、中部甲板を通る時それを脱いだ。すると、チョンマゲが房のように頭の後方へ緩く垂れているのが見えた。白絹の下着は、目が覚めるような純白だった」

サトウはこの日の高杉の出で立ちと、彼自身に興味を覚えた。

会談は艦長室で行われた。

クーパーは高杉が差し出した藩主の親書をサトウに通訳してもらうと、不思議そうに首を傾《かし》げた。

「ここには藩主自身のサインがない。代理人のあなたが、藩主の使節であることが証明できますか。引き返して、藩主から委任状を貰ってきて下さい。あなた方が戻られるまで、四十八時間休戦します」

「わかりました」

「それからこの文書によると『下関海峡の通行を許可する』となっていますが、これで降参の意志を示している積もりですか」

「ええ〜と。それはつまり下関海峡を通過しても良いということは、外国船を砲撃しないということなので和議ということです」

　クーパーはこの未開国の人種に嚙んで含めるように教え諭した。

「これではまるでわれわれが敗北し、あなたたちが勝ったような調子です。あなたたちは敗けたのですよ。敗北した方がこんな具合に強く物を言うものではありません。対等の立場ではないのですよ。遜《へりくだ》った文面に書き直して、もう一度持参して下さい。くれぐれも藩主のサインを忘れないように」

　高杉は何か言おうとしたが、クーパーはさらに付け加えた。

「砲台の大砲は戦利品としてわが国へ持って帰ります」

「それはわが藩が苦心して製造したもので、藩士の血と汗の結晶だ」

「あなたたちは敗戦国なのですよ。勝利した国が敗けた国の武器を没収するのは西洋のルールなのです」

　高杉はしぶしぶ彼らの主張を認めた。

「艦上に足を踏み入れた時には悪魔のように傲然《ごうぜん》としていたが、だんだん態度が柔らぎ、すべての提案を何の反対もなく承認してしまった」

　サトウはこの日の高杉の態度を、日記にこう記《しる》した。

高杉たちは一応引き揚げようとした。

「沿岸の大砲接収の見届けに誰か一人残ってくれ」

クーパーが指示したので、井上がその役を引き受けた。

舟木で代官の久保に会い、世子に講和会談の結果を報告し、藩主自身のサイン入りの親書を貰ってくれることを頼む。

「攘夷《じょうい》派たちが君たちの命を狙っている。注意するように」

「藩命で講和に行ったのに、重役たちはもう変節したのか。何たることだ」

「重役たちは攘夷のやつらを抑えられないようだ。反対すれば彼らですら殺されかねぬ雰囲気らしい。それで『お主らが藩主に講和を強制した』と言って、責任をお主たちに擦《なす》り付けたのだ」

「馬鹿馬鹿しい限りだ。藩のために必死の思いで尽くしても、結局われわれは重役たちの人身御供か。これ以上彼らのために、骨を折る義務はない」

高杉と伊藤は久保から百両ずつ受け取ると、逃亡してしまった。

翌日、藩主のサイン入りの親書を携えて、毛利登人《のぼる》が高杉の代役として全権家老となって会談に臨んだ。

副使には山田宇右衛門《うえもん》、渡辺内蔵太《くらた》らで、井上が通訳を務めた。

「宍戸刑馬氏はどうしましたか」

「宍戸は急病で床に伏せっております」

「日本人は大切な時になると、すぐ急病に罹《かか》るようだ。交渉が済む前に責任者を変更することは良くないことだ」

苦笑したクーパーは新たな親書に目を通した。

昨日の脅しの効き目があり、藩主の親書は講和を懇願する調子に変わっていた。

「これでよろしい。われわれは平和を希望する点において、貴下の藩主と同じ考えです。われわれは戦争ではなく、友好関係を強めて、交易することを望みます」

重役たちがクーパーに同意を示すと、クーパーは藩主と重役たちに好意を持ち始めた。

「われわれは貴下の藩主との会見を希望します。お互い顔を合わせて会談すれば、譲歩できる点は多いと思います。直接藩主に説明すれば用件の処理も早く片付きます」

クーパーは藩主が下関にやってくることを勧めた。

「さて、本題に入りましょう」

厳粛《げんしゆく》な表情になると、クーパーは和議の条件を提示した。
一、将軍と公使の間でこの問題が解決するまでは、藩は下関に砲台を築かないこと。
二、連合国側は、交戦国の市街を焼く権利があったのに、これをやらなかったので、その分賠償金を支払うこと。
三、海峡通行の外国艦隊が薪炭、水、食糧を希望する時は、これを販売すること。

賠償金のことはどれくらいの金額となるのか、重役たちは戦々兢々としていたが、具体的な金額は後に定めるということで、彼らはほっと胸を撫で下ろした。

クーパーは友好を示すため、彼らに艦内を案内し、テーブルでブドウ酒を振る舞った。

一行が甲板に上がってくると、彼らが目にしたこともない楽器を手にした楽団員が整列していた。

彼らに音楽を奏で、一行は美酒と妙《たえ》なる調べに送られてタラップを降りた。

井上は舟木に戻ると、高杉、伊藤の逃亡のことを久保から聞いた。

「若殿も若殿なら、重役も重役だ。全然頼りにならん」

井上は下関で武器の引き渡しを見届けると、世子のいる小郡代官所へ馬で馳せつけた。

「あなたたちの態度がぐらぐらするので、高杉たちは命を狙われて逃亡したのです。今度の講和はあなたたちがわれわれに頼んでやったことです。それなのにあなたたちは攘夷派に突っ込まれると、その責任をわれわれに擦り付けた。『高杉が藩主を言いくるめて毛唐に媚びを売った』と、信じた攘夷派が彼の命を狙っています」

ここで井上は出されたお茶で喉を潤した。

「『外国艦隊との和議は藩主の意志に基づくものだ』と、はっきり藩士と民衆に公布して下さい」

井上は憤怒で顔面を朱に染めている。

世子は仕方無く彼の主張を認めた。

前回の失敗に懲りた井上は講和メンバーに政府役員の大半を引っ張り出した。

そのため今度は大人数の講和使節団となった。

藩代表はもちろん高杉であり、伊藤が通訳として再び登場した。

前回と同様、宍戸刑馬は戦国時代の格好で現われた。

約束した藩主が見えないことで、会談は難航した。

クーパーは不信の念を示し、怒りを露《あらわ》にした。

「藩主は今山口にて『謹慎』しておられます。天皇の住んでおられる御所で戦さを起こしたことが『謹慎』の理由なのです。だから彼は自分の家臣との面会も拒んでおられるのです。提督との会見を楽しみにされておられましたが、その理由のため下関へ来ることができないのです」

伊藤の苦しい英語では「謹慎」という微妙なニュアンスが良く伝わらない。

サトウが見かねて「謹慎」という難しい日本語をわかり易く説明し、クーパーもようやく機嫌を直した。

賠償問題は予想以上に拗《こじ》れた。

「下関市街は、外国の艦隊に発砲したので、当然破壊されるべきだった。外国側の配慮でそのままにしておいた。その賠償金として、四ヶ国艦隊の出征費をも含めて三百万ドルを払ってもらう」

クーパーは西洋では当たり前になっていることを主張した。

高杉は三百万ドルと聴いて耳を疑った。

「そんな大金をわが藩が払う謂《いわ》れは全くない。なぜなら、わが藩は天皇と幕府の命令で砲撃したからだ。砲撃は藩主自身の考えではない。それ故賠償金は幕府に請求して欲しい」

伊藤は難しい英訳に汗だくだ。それでも何とか通じていると見えて、クーパーは首を傾げながらも伊藤の日本語訛りの英語を聴いていた。

「わが藩は三十七万石といっても、二十万石は家臣の扶持に当てられ、砲台、大砲などの軍備への出費も多く、ほとんど残らない」

クーパーはこの屁理屈に苦笑した。

「だいたい開戦する前から、賠償金のことを考えておくべきである。そもそも賠償金を払えなければ、戦争を始めるべきではない」

「貴国があくまでわが藩から賠償金を払わせようとするなら、われらは黙ってはいない。大砲はなくても、命知らずの藩士は二十万は下らない。二、三千人程度の貴艦の陸戦兵力では、たとえ上陸してもわれわれには勝てない。われわれはもう一戦する用意がある」

賠償金の話になると高杉は俄然声を荒げ、クーパーに激しく抗議した。

伊藤は英訳しながらまた戦争になると思うと、心配になってきた。

講和会議は破綻しそうな雰囲気となり、クーパーも別室でサトウと話し合った。

サトウは何故長州藩が攘夷行動に走ったのかを良く知っていた。

長州藩のみに責任を取らすには、あまりにも賠償金が高過ぎた。

その問題は江戸で幕府との交渉の場に移すことを、サトウはクーパーに進言した。

結局英国は取りはぐれのない幕府を賠償金の交渉相手に選ぶことにした。この賠償金は徳川幕府崩壊後、明治政府が分割で支払うことになる。

この時、クーパーは彦島を租借する話を持ち出してきた。

「これは賠償金問題とは異なり、日本という独立国の尊厳にも関わる問題であり、日本国の一大名として断固拒否する」

高杉の脳裏には二年前に訪れた上海での惨めな清国の人々の姿があった。

高杉の強い拒絶に、交渉慣れしているクーパーも主張を引っ込めた。

クーパーも現兵力をもって本州の一部を永久に占領することは不可能であると思った。

下関海峡の通行の安全確保さえ実現すれば、自分の任務は終了したと考えた。

通訳の伊藤は、この時の高杉の姿を生涯忘れることはなかった。

伊藤は明治四十二年、韓国へ渡る際、軍艦満州丸の甲板から彦島を眺めながら、その当時を追想した。

「もしあのとき、彼らの要求に負けて彦島を租借されておれば、彦島は香港のようになっており、下関は九龍とひとしい結果になっていただろう。高杉のあのときの働きは鬼神のごときものだった」

(二) 聞多危うし

長州藩は四ヶ国連合艦隊相手の攘夷戦で失ったものより、得たものの方が多かった。石頭の攘夷志士たちも、やっと攘夷が不可能だと悟り、藩論は攘夷から討幕へと舵をきった。

だがさらなる試練が待ち構えていた。

長州藩を討つため、第一次長州征伐軍が芸州まで大軍を進めてきたのである。

山口政事堂で「君前会議」が開かれた。

元治元年九月二十五日、会議は十時頃から始まった。

「謝罪恭順」か「武備恭順」かを決めるためであった。

謝罪恭順派が大多数を占め、保守的な彼らは俗論派と呼ばれた。

武備恭順派は少数で、急進的なところから彼らは正義派と名付けられた。

長州が攘夷で絶頂期の時は、正義派が藩内を牛耳っていたが、攘夷が落ち目になると、俗論派が幅を効かすようになった。

俗論派の頭目椋梨藤太《むくなしとうた》は、禁門の変を指揮した三家老や参謀や正論派の主な者を野山獄や自宅謹慎させていた。

彼らはこの君前会議で藩論を「謝罪恭順」に決定させようとして、ぞくぞくと萩から先鋒隊兵士を山口へ送り込んできた。彼らは政事堂近くの円龍寺や平蓮寺に駐屯した。

「君前会議」で武備恭順を説くことは自殺行為であった。

正義派である奇兵隊・諸隊は俗論派の動きを見張っている。

「君前会議」では俗論派の代表は、毛利伊勢であった。

謹慎している三家老を除けば彼は六千石の首席家老となる。

「下関の攘夷も京都出兵も敗北した。外国艦隊の方はやっと講和に漕ぎ付けたが、幕府征長軍は広島に集結している。全諸藩相手にわが長州藩一国ではとうてい勝ち目がない。ここは三家老の首を差し出し、幕府に恭順する以外方法がない」

「君前会議」に列しているものは、ほとんど俗論派だ。

藩主も彼の意見に傾いているようだ。

正義派を代表している者は井上一人だ。他の同志は脱藩か俗論派に捕まっていた。

「伊勢殿。『謝罪恭順』とは聞こえは良いが、幕府の言いなりになることだ。藩主父子の切腹、領地は削られても長州藩の名前だけが残ればそれで良いと言われるのか。それでは藩が滅亡したも同じだ。魂が死んで身体だけがあるようなものだ。そんな弱腰では藩を支えることができるか」

「そろそろ昼飯としよう」

藩主が彼らの激論に水を差した。

「国の存亡の議論を行っておるのに、一食や二食抜いたとて死にはしません」

井上の厳しい形相に一瞬、藩主は口を噤《つぐ》んだ。

「御決断を」

井上は目を吊り上げて裁決を迫った。

藩主は井上の恐ろしい表情に圧迫されたのか、「武備恭順といたす」と、明言した。

藩論は「幕府との一戦も辞さず」ということに一決した。

会議が終わったのは午後七時を回っていた。

「いざとなれば奇兵隊を使って、先鋒隊に夜討ちをかけます。彼らを山口の円龍寺と平蓮寺から追っ払ってやります」

井上は「君前会議」が始まる前に、家老宍戸備前を訪ねた。その時彼に心を許して、つい口を滑らしてしまった。

その話が備前から俗論派に漏れた。

激高した先鋒隊の数名が先回りして待ち伏せていた。

井上の家は湯田にある。彼は政事堂を出て、「袖解橋《そでときばし》」に差し掛かった。

大内時代、登城時に侍たちは、ここまでくると狩衣・直垂の袖をくっていた旅装を解いて、身づくろいをして山口に入った。それでこの橋の名を袖解橋といった。

この辺りは市街から離れており、街道は真っ暗闇である。

井上は中間《ちゅうげん》の浅吉の提灯の明かりを頼りに、湯田の自宅に向かっていた。

今まで盛んに鳴いていた虫の音が急に止むと、闇の中から押し殺した人声が湧いた。

「井上殿か」

「いかにも井上だが、何用か」

その声が終わらぬ内に「ブーン」という鈍い音と共に顔面に激痛が走った。躱《かわ》したと思ったところ、右の頬から顎にかけて、刀で斬られたのだ。

後ろへ退ったところ、別の一人に今度は足を払われて、前のめりに倒れた。

相手の一人が井上の背中を抜き打ちに斬りつけた。「カーン」と骨に響く鈍い音がして、背中に強い衝撃を受けた。

倒れた拍子に、佩刀が背中の方に回り、その鞘が刀を受け止めた震動だ。

立ち上がろうとすると、他の一人が後頭部を斬りつけ、また別の一人が前面から頬を斬りつけた。

井上は無我夢中で刀を振り回したが、下腹も斬られ、左足を滑べらせて一段低くなっている芋畑の中へ落ちた。

「芋畑へ逃げたぞ。早く止めを刺せ」

喚《わめ》き声と足音が後ろから迫ってくる。

闇が井上の姿を隠した。

井上は立ち上がろうとするが、あまりの出血のために意識が朦朧《もうろう》として、身体を支えることができない。それでも薄れかける意識と戦いながら、遠くに見える農家の明かりの方へ必死に這い進んだ。

あまりの出来事に腰を抜かしていた浅吉が、主人の危機に心を奮い立たせた。

「人殺し」と叫びながら近所の農家の戸を叩いて回った。

「ちいっ！　人が来る。手応えは十分だった。多分助かるまい。早く逃げろ」

浅吉から急報を受けて、聞多を捜しに出ていた兄、五郎三郎がわが家に戻ってくると、近所の人が彼を畚《もっこ》に乗せて土間に担ぎ込んでくれたところであった。

「誰にやられた」

五郎三郎の言葉はわかるようだ。口は開くが声にならない。

驚いた兄と母は浅吉を医者を呼びに走らせた。

来た医者は井上の満身の刀傷と出血の酷さに為《な》す術《すべ》もない。

出血多量のため、呼吸も早くなり、意識も失われそうになる。

片手を首のところへ持ってゆき「早く楽にしてくれ」と、手真似した。

弟の苦痛を見かねた五郎三郎は太刀を引き抜いた。

「早まった事をしてはいけません」

驚いた母親が五郎三郎の袖に縋《すが》りついた。

「まだ息がある者をどうしようとするのか。やれるだけのこともしないで、この子の命を絶つことはこのわたしが許しません」

五郎三郎は刀を握る手を緩めた。

「こんな出血が酷《ひど》くては、どんな名医が手術をしても、とうてい助かるまい。聞多の苦痛を早く取り除いてやらねば」

これを聞くと母親は、満身血に染まり、全身泥だらけの聞多の上に覆い被さった。

「是非にというなら、わたしと一緒に斬りなさい」

五郎三郎は刀を振り下ろすことができなかった。

この時、美濃国の浪人で遊撃隊にいた、所郁太郎が井上の遭難を聞いて、聞多の兄の家にやってきた。

井上とは気心の合う友人であった。

彼は適塾で蘭学を学んでおり、外科手術の心得もある。聞多の危機的状況を目にして、

「自分が手術を施そう」と申し出た。

「聞多君、私は所郁太郎だ、わかるか」

聞多の耳元で大声で叫んだ。

「君は兄上に介錯を頼むが、母上は手術を望んで、君に抱きついて、兄上の介錯を戒めておられる。君は私の目から見ても、非常に重傷である。わたしが手術しても助けられるかどうかわからん。しかし母上の切なる気持ちを無視することはできない。ここで介錯して一身を国家に投げ打つことも忠義だが、母上を悲しませることは不孝である」

彼の言葉を聞く聞多の頬が濡れていた。

「多少の手術の苦痛は母上の慈愛の心と思い、忍ぶべしだ」

聞多は頷いた。

「聞多君、やれるだけのことはしてやる。少々の痛みは辛抱してくれ」

そう言うと郁太郎は佩刀の下げ緒を解いて、これを襷《たすき》に掛け、焼酎で傷口を洗い、畳針で傷口を縫合し始めた。二人の医者も手伝い六ヶ所の創口に五十幾針を縫い合わせた。四時間の大手術だった。

三日目に意識が戻り、「水をくれ」と喚いたので、看病のため徹夜続きの郁太郎も安堵の溜め息をついた。

後日譚がある。

明治になり井上は明治新政府の要職に就き、名前も馨と改名した。

明治二十三年、児玉愛二郎が「わたしは井上馨暗殺者の一人だった」と告白した。愛二郎は井上と従兄同士であった。

明治に入ってから井上の引き立てで、従兄は宮内省の図書頭に出世していた。

愛二郎がその時の刀と、告白書を井上に差し出した時、井上は思わず叫んだ。

「お主がか…」

井上はあまりの事に絶句した。

井上が遭難した日、正義派の頭目の周布政之助が、吉富藤兵衛の離れで自刃した。

正義派の大親分の死を契機として、俗論派は勢いづき、政府役員である正義派の人々を政府から駆除し始めた。

彼らは政府役所を山口から萩へ移した。

奇兵隊・諸隊にも俗論派の手は伸びてきた。

俗論派は解散に応じない彼らに、扶助を停止した。

功山寺挙兵

(一)　二人の予譲

俗論派によって正義派の者が次々と野山獄へ投じられると、高杉は身の危険を感じた。

萩の自宅から夜半に脱出した。

萩往環は萩から三田尻《みたじり》まで十三里の道程で、山口までは八里余りある。

石畳の道が続き、歩き易い。萩市街から南下して明倫館の脇を通り、金谷神社の前が大木戸だ。

ここが萩城下の入口になる。そこからしばらく南へ歩いてゆくと、「涙松」がある。多くの旅人はここで萩城下に別れを告げた。

夜中なので萩城下は寝静まっており、何も見えない。

「松陰先生、必ず俗論派を潰してみせます」

「涙松」で立ち止まり、江戸へ送られた松陰の気持ちを思った。

一升谷の山道に入る。山頂に近い五文蔵《ごもんぞう》峠と釿 切《ちょうぎり》峠とを登り切ると、石畳の道は下りになる。

佐々並川のせせらぎが聞こえる。闇の中から梟の声が山に木霊する。鬱蒼《うっそう》とした樹木が繁る山道に、石畳を踏む足音だけが不気味に響く。

佐々並村に入ると夜が白々と明けてきた。

佐々並の村人たちは朝が早い。雨戸を開いたり、畑へ農作業へ行く姿が見られる。

高杉は山口へ出かける田舎の神主の格好をしており、神主姿が堂に入っている。

「これは良い日和で。神主さんは山口へ行かれますのか」

「はい、山口の親類の人を見舞いに萩から夜通し山道を歩いてきました」

「それは、それは大変ですのう」

まだ藩からは達しも、人相書も出回っていないようだ。

佐々並から緩やかな山峡の道を登ってゆくと、長門と周防との国境となっている板堂峠に出る。

ここは五百メートル級の高さの峠で、ひんやりとしている。

板堂《いたどう》峠を越えると下りが続く。

昼を過ぎたので六軒茶屋で握り飯と酒とを注文し、一服した。

「四十二曲」と呼ばれる曲がりくねった急な下りの坂道が一ノ坂まで続く。

歩きづめで、膝ががくがくするが、天花の集落の棚田が見え出すと山口は近い。

山口に入ると、田舎の神主が物見遊山している格好で、誰も怪しむ者はいない。

瑠璃光《るりこう》寺と洞春《どうしゅん》寺に立ち寄る。

瑠璃光寺の檜皮葺きの五重の塔が秋空に聳《そび》え立っている。

池に映る逆さの五重の塔が空の青色と、周囲の樹木の紅葉とを背景にして、池面上に幻想的な容姿を浮かべている。

洞春寺は瑠璃光寺よりやや南側に位置し、毛利元就公の菩提寺である。

山門を通り抜け、本堂の前で手を合わせ、俗論派打倒を誓った。

暗くなるまで湯田の温泉で、足を擦りながら時間を潰し、夕暮れが迫ってくると井上を見舞った。

「思ったより元気そうじゃないか。しかし凄味のある顔になったなぁ」

右頬から顎にかけての刀傷が醜い瘢痕《はんこん》を作っている。そのため右口唇が吊り上がり、不気味に笑っているような形相になった。

「切られ与三《よさ》になってしまった。まだ足元がふらつくので厠《かわや》へ行くのも人の手を借りている始末だ。わが家ではあるが藩の監視の目が光っており、外出できない。でもまだわしは何とか生きているぜ。まだやり残している事があるので、そう簡単には死なんぞ」

「よしその意気だ」

「お主が野山獄や座敷牢に入っていた不自由さを、今つくづく味わっておるわ」

脇には書物が堆《うずたか》く積まれている。

母親が二人にと酒と菓子を座敷牢へ届けてくれた。

「これが今のおれの心境だ」

高杉は筆に墨を含ますと、手にした懐紙に一気に書き下した。

「心胆未だ灰《おとろ》えざるに国灰えんと欲す
何人か払い尽くさん満城の埃
身に漆《うるし》し炭を呑むは吾曹の事
防長の坏土《はいど》を護り来たらんことを要す」

中国、晋《しん》の戦国の頃、予譲《よじょう》は智伯という人物に仕えていたが、智伯は数ヶ国の敵によって殺され、領土は敵に奪われてしまう。予譲は変装し敵王を暗殺するために、身に漆を塗って病人を装い、炭を呑んで喉を潰し、声を隠して敵王の馬車に接近した。趙襄子《ちょうじょうし》が橋に差し掛かると、馬が驚いた。

はたして予譲だった。襄子は面と向かって予譲を責めた。

「お前はかつて范氏、中行氏に仕えたではないか。それを亡ぼしたのは智伯だ。お前は、その仇を報いるどころか、誓いを立てて智伯に仕えた。智伯が亡んだ時だけ、どうして仇を報じようとするのか」

予譲は答えた。

「范氏、中行氏に仕えたことは仕えたが、待遇は十人並みだった。だから、十人前に報いたまでだ。だが智伯は、国士として遇してくれた。だから、わたしも国士として報いるのだ」

「ああ、予譲よ。もはや智伯に対する申し訳は十分に立った。覚悟してくれ。これ以上は許せぬ」

襄子の兵卒が予譲を取り囲んだ。予譲は言った。

「名君は人の義を妨げぬ。忠臣は名のために死す、という。あなたは一度わたしを許した。天下の人々はこぞってあなたを称えている。今は、わたしも喜んで死のう。ただその前にあなたの衣服を頂戴して、それを斬りたい。さすれば殺されても心残りはない」

襄子は心意気に打たれ、供の者に命じて衣服を取り出し予譲に与えた。予譲は剣を抜くと、気合もろとも跳び上がり、三度それを斬った。

「これで智伯に報いることができた」

予譲はわが身に剣を刺して死んだ。

「『戦国策』の予譲の心境か。良い心意気だ。わしの思いもお主と同じだ」

「身は数創を被《こうむ》っていまだ志灰《おとろ》えず
いずれの時か蹶起《けっき》し、氛埃《ふんあい》を払わん
喜ぶべし、君が雄略方寸《ほうすん》に存するを
病苦忘れ来り且《か》つ杯を侑む」

「愉快だ。二人の予譲なら鬼に金棒だ。わしはこれから九州へ渡り、同志を集めて諸隊と共に俗論派を討つ。それまでに傷を治しておけ」

二人は夜が更けるまで藩の行く末を話し合った。

井上の家を辞すると、その足で高杉は山口政事堂の南にある柊《ひいらぎ》村に出た。そこで武士の身形《みなり》に服装を改め、早駕籠で徳地に駆けつけた。

奇兵隊と諸隊は芸州に近い徳地に移っていた。

奇兵隊は高杉が総督をやめた後、赤根武人《あかねたけと》が務めていた。

彼は奇兵隊の解散を巡って俗論派と交渉するために留守がちである。

「山県はいるか」

寺院の山門から高杉が大声を出すと、見張りの者が本堂へ走った。

山県は中間の子で、松下村塾に一時期いたことがあったが、あまり目立たない男で、今は赤根の下で軍監として藩士を束ねていた。

後に総理になる山県有朋である。

山県が驚いて顔を出した。

「高杉さん、無事でしたか。もう俗論派のやつらに捕まったかと思っていました」

「奇兵隊も諸隊も立たんのか。俗論派はますます増長するぞ」

「今は無理です。扶持が打ち切られ、食い物にも困っています。寺の檀家がわれわれに差し入れをしてくれます。それでやっと食い繋《つな》いでいるようなもんです。とても戦さなどできる状態ではありません。隊員もわれわれを見限って脱走している始末です」

高杉は山県の態度から立ち上がる気がないと判断した。

「奇兵隊に居て下さい。食べ物は十分ではないが、ここにおれば俗論派も手を出せませんので」

「お主の勧めは嬉しいが、わしはこれから筑前に行き、義兵を募って俗論派を討とうと思っておる」

「本気ですか」

山県はこれまでも高杉の突拍子もない行動を間近に見てきた。

山県は獣が気配を窺《うかが》うような目つきになった。

「相変わらず慎重な男だのう」

山県の保守的な性質は松下村塾から変わってはいない。

彼は何かに命を懸けるという冒険を嫌った。

政治家になってからもこの慎重居士は、陸軍という権力を握ったまま放さず、それを背景に政治を行った。

山県の煮え切らない態度は奇兵隊にも伝染していた。

「九州から旗上げした時は、奇兵隊も立ってくれ」

高杉は下関の白石正一郎宅へ向かった。

(二)　三家老切腹

椋梨藤太が政府役員の頭目となった。

彼は幕府征長軍との戦さを避けるためには、手段を選ばない積もりだった。藩主父子の首や藩禄の削減も飲む腹である。

岩国藩主、吉川監物《きつかわけんもつ》に執り成しを頼んだ。

征長総督参謀である薩摩の西郷吉之助が岩国へ乗り込んできた。

長州総攻撃の日取りは、十一月十八日と決まっていた。

「尾張総督が広島に到着するまでに禁門の変で兵を指揮した三家老の処刑をするべきだ」

西郷は吉川監物に強い口調で「謝罪恭順」を実行することを促した。

西郷は戦さを避け長州藩内で事を収めさせようとした。

奇兵隊、諸隊はこの噂を耳にすると、三家老の助命を政府に嘆願し、応じなければ決起しそうな雰囲気となった。

なるべく戦さを回避し、藩の存続を図る椋梨は三家老の処刑を早めた。

十一月十一日に処刑は決行された。

三名の処刑は厳重な警備の下に実施された。

徳山の惣持院に益田右衛門介《ますだうえもんのすけ》は幽閉されていた。

十一月十一日夜、萩からの使者によって、罪状が読み上げられた。

「益田右衛門介、右在役中姦吏《かんり》共と徒党を結び、軍装を以って京師《けいし》を擁《よう》し……御国難に至り候段、不忠不義の至り、これによって切腹仰せられ候こと」

「その書状、わが目でみとうござる」

益田は納得しかねた表情で使者の方に向き直った。

書状を読み聞かせるだけで、本人に見せることは違法である。が、藩役人は益田が藩主の命令で上京したことを知っている。

　本来なら藩主がこの切腹の場にいる筈《はず》である。

　藩主に代わって死にゆく益田に哀れみを感じ、許した。

　益田は書状を食い入るように見た。口唇を噛みしめ、何事かを悟ったような目つきで書状を役人に返した。

　彼の脳裏には四ヶ月前、山口政庁で藩主から軍配を手渡され、「頼むぞ。わが藩の冤罪を晴らしてくれ」と頼む藩主敬親の懇願に満ちた表情が浮かんだ。

「今更に何怪しまん空蟬の
　　　善しも悪しきと名のかはる世に」

　用意していた辞世の句を詠むと、益田はゆっくりと諸肌を脱いだ。

　儀式通りに腹を切り、首が首桶に納められたのは、二時間後のことである。

　益田右衛門介、三十二歳であった。

　役人たちはそれが済むと、国司信濃《くにししなの》の待つ澄泉寺へと急いだ。

　国司信濃は二十三歳で、三家老の内一番年少であり、美々しい偉大夫であった。

　萩からの役人たちが待ち構える一室に、信濃は白衣、小袴で姿を現わした。

「皆々様御苦労」

　挨拶を交わすと、切腹の座に着いた。

夜十二時を回っていた。室内の行灯《あんどん》が信濃の端整な顔立ちをさらに引き立たせた。

役人より罪状が読み上げられ、信濃は顔色も変えず黙ってそれを聞いた。

辞世の句を懐から三方に載せるとしばらくふうっと息を吐いた。

介錯人は身内の者が行う。信濃は介錯人の国司助次郎にあらかじめ「腹を切り、喉を突き切り、完全に事切れるまで首を刎ねぬよう」申し渡してあった。

家老の一人として、立派に死ぬことに全精力を傾けようとした。

「諸肌を脱ぎ押し下げ、短刀を載《いただ》き抜き放ち、三方の上に紙にて三べん拭いその紙をもって切っ先五分余《あまり》出し刃は巻き、下腹を撫でおろし短剣を逆手に持ち、腹一文字に掻き切りただちに持ちなおし咽を右より左へ突き通し、左の手を掛け押し切り、終に打ち臥し絶命に及び候ゆえ国司助次郎首打ち切り立派な最期見届け、すぐさま首級を洗い首桶へ納め台へ乗せ一件相済む」

国司の見事な最期を見届けた役人は感動したのか、こう日記に書き残した。

すべてが終わったのが翌日の午前一時頃であった。

「よしやよし世を去るとても我が心
　　皇国のために猶つくさばや」

国司信濃の辞世の句である。

十二日の朝には岩国の竜護寺で福原越後の切腹が行われた。彼は三家老の中でも一番禄高が高い。彼は罪状を聞くと憤然と罪状に不満を唱え、切腹を拒んだ。

「肩が痛くて上手く首を落とせない」

介錯人の福原庄兵衛も介錯を辞退した。

彼の切腹は長引き、嫌がる越後を無理に押さえつけ、短刀を握らせて首を刎ねた。

「くるしさは絶ゆるわが身の夕煙
　　　　空に立つ名は捨てがてにする」

享年五十歳。

その日、椋梨は禁門の変の四参謀の首も野山獄で刎ねさせた。

十四日に広島の国泰寺へ三家老の首桶は運ばれた。

征長総督の尾張藩主、徳川慶勝はまだ広島に到着していなかったので、家老成瀬正肥《まさみつ》と目付戸川鉡三郎《はんざぶろう》が首を受け取った。

十六日に国泰寺に出頭した岩国藩主、吉川監物は二人の激しい問責を受けた。

「京都出兵の軍令は藩主からではなく、暴発した家老たちが藩主を脅して作り上げたものでござる」

監物はあくまで三家老を悪者に仕立てることで、毛利本家の藩主を庇《かば》った。

「『死人に口なし』とはこのことだな。何もすぐに殺せとは言っていない。しかし殺してしまったものはしかたがない」

十七日に国泰寺入りした慶勝は監物に不平を並べたが、監物の目論見は成功した。慶勝は征長総督の役職を与えられているが、長州との全面戦争まで望んでいない。恭順させればそれで良い。

出された恭順の条件は緩いものとなった。藩主父子の謹慎。五卿の他藩への移転。山口城の破却。これで総攻撃は延期となった。

三　奇兵隊立たず

奇兵隊、諸隊は隊の安全のために五卿を離さない。五卿を担いで長府《ちょうふ》に移った。毛利本家の支藩である長府《ちょうふ》藩主に頼った。

長府藩からの援助はあるが、大所帯のため食う物がない。寺の供物や仏飯やお宮に供えてある酒などを貪《むさぼ》り飲み食いしていた。

俗論派の連中は彼らの親類の者を通じて脱隊を勧めさせ、逃亡者が後を絶たなかった。

「これでは自滅を待つだけだ。俗論派の代官所を襲ってやろう。そうすれば俗論派の連中も黙っていまい。士気を高めるには一戦あるのみだ」

御楯隊の気骨ある者たちは騒いだ。

高杉が九州から長府へやってきたのは、ちょうどそんな時だった。

奇兵隊、諸隊の幹部が大庭伝七邸の離れ座敷に集まっている。

大庭伝七は白石正一郎の弟で、長府の大年寄衆で、勤王志士に資金を提供していた。

離れからは酒に酔った甲高い大声が響いている。

「藩主父子は萩の天樹院に謹慎された。幕府は三家老の首だけでは満足せず、『山口政事堂を潰せ』と言ってきた。悔しくないのか。いつまでぐずぐずしているのだ。藩主父子の身に何かあればどうする。まさに防長二州に危機が迫っている。一刻の猶予は千載の悔いを残す。諸君、立ち上がってくれ。一日も早く藩論を一つにして倒幕をせにゃならん」

行動の人である高杉にしては珍しく冗舌になった。

「高杉さんの言われることは良くわかる。しかしわれわれ諸隊は防長の要《かなめ》である。一時の義理に駆られて暴発し、失敗すれば防長は自滅する。ここは慎重を要する」

諸隊の隊長たちは時期尚早だと主張した。

「そんな悠長な議論をしている場合ではない。行動に移す時だ。最善の策などない。議論している間にも藩主父子に危害が及ぶことがあれば、後世の人は『防長二州を亡ぼしたのは諸隊である』と書物に記録するだろう」

高杉は煮え切らない諸隊の態度を詰《なじ》った。

今までじっと床柱に凭《もた》れて静観していた赤根武人が口を開いた。

「高杉さん、暴論を吐くな。君は奇兵隊を創った男だが育てたのはわしや山県だ。今まで奇兵隊を離れていた者は差出口を挟まないでもらいたい」

「お主、奇兵隊を抜けて萩へ何をしに行っとるのか」

赤根が藩主や藩の存在を心底心配しているとは思えない。

「諸隊の解散の再考を藩と交渉しておる」

「幕府の征長軍がそこまで来ている時に、そんな悠長なことをやっている場合か」

「五卿の九州転移と同時に征長軍も解散しようという動きになっている。上手くいくと諸隊も解散を免《まぬか》れそうなのだ」

「俗論派に丸め込まれたのか、赤根。寝ぼけたような事を言うな」

高杉は赤根を睨みつけた。

「正規の武士でない七百人程度の兵力では、萩の先鋒隊には勝てん。先鋒隊は二千人を超える武士たちだ」

赤根も負けじと高杉に食って掛かる。

「奇兵隊が決起すれば、諸隊が続き、百姓や武士以外の者も立ち上がるだろう。物ごとは勢いが大切だ。四ヶ国艦隊が下関や前田村に上陸した時も、奇兵隊は武士以上に勇敢だったではないか。お主も奇兵隊を指揮して、武士が頼りにならんことは十分わかった筈だ」

高杉の熱弁も彼らを奮い立たせることはできなかった。

依然奇兵隊、諸隊は動かない。

高杉は日を改めて、各隊の隊長を修善寺に集めた。

五卿は長府の功山寺《こうざん》にいる。

その功山寺を囲むように奇兵隊、諸隊は駐屯している。

遊撃隊は功山寺の末寺の江雪庵、御楯隊は功山寺東隣りの修禅寺に、赤根武人を総管とする奇兵隊は覚苑寺を本陣として、町中の徳応寺、長願寺に分営している。膺懲《ようちょう》隊は本覚寺に、八幡隊は清末領小月にいた。

赤根が口火を切った。

「前回の高杉さんの意見だが、決起におれは反対じゃ。決起は喧嘩する相手の前で、兄弟喧嘩するようなものだ。正義派も俗論派も手を取り合って、共通の敵である幕府に当たらんといかん」

「俗論派は犬だ。幕府に尾を振っているだけじゃ。赤根、お主はそれでも彼らと手を組めと言うのか」

高杉は眦《まなじり》を吊り上げて赤根を睨んだ。

「俗論派といえども毛利の禄を食《は》む者だ。二派に分かれて家が潰れるよりはましだ。俗論派も毛利家のことを思っている忠臣だ」

「お主が言っていることは屁理屈と言うもんじゃ。俗論派が忠臣と言うのなら、何故彼らは藩主父子の謹慎や三家老の切腹を認めたのか。お主は何もわかっとらんわ。一致ということは心が一致しなくてはならんのだ。ただ形だけ一緒になっても幕府軍には勝てん。俗論派は太平の夢に慣れて、身の安全、家名の存続を願っているだけのものだ。幕府の言うことに何でも尾を振っているだけだ。これでは長州武士が泣こう。洞春公《どうしゅん》（元就）も地下で嘆かれておるわ」

高杉はここで片手に持っている盃を飲み干した。

「幕府に一度膝を屈して平身低頭すれば、もう伸ばすことはできんぞ。正、俗論派の一和というのは名目上のことだけだ。実際は幕府に降参することだ」

高杉は隊長たちを睨《ね》めつけた。彼らの目が真剣であることを認めると、話を続けた。

「幕府軍に降伏するぐらいなら、腹を切った方がましだ。われわれが決起し、俗論派を一掃する。そして強固な政府を創らなければ、藩は滅んでしまう」

赤根は何か言いたげだったが、不服そうに口唇を噛んだ。

「もし俗論派を攻めるとしても、彼が藩主父子を前面に押し立ててきたらどうする」

御楯隊々長の大田市之進は迷っていた。諸隊々長たちも高杉の次の言葉を待った。

「なに構うことはない。こちらは洞春公の御神牌を守って進んだら良いわ。尊王は洞春公の御主旨なのだから」

「万一の時はそれで良かろう」

奇兵隊参謀の福田俠平《きょうへい》は決起に乗り気になった。

「この際、われわれがお守りしている五卿様を担いで萩へ進軍すればどうか。俗論派も五卿様にはおいそれと手が出せまい。五卿様が九州へ行く前に、藩主父子にお別れをするという形にする。われわれが五卿様を護衛する」

「おお、それなら筋が通るわい」

福田案には賛成者が多かったが、赤根は不満気だ。

遊撃隊は最初から高杉の決起に賛同している。

遊撃隊の多くは脱藩浪人の集まりで、彼らは外国艦隊との攘夷戦をはじめ、禁門の変などの戦闘で場数を踏んでいる猛者の集団である。

帰るべき藩を持たないので長州再生に命を懸けていた。

「わしらは、高杉さんと一緒に行動する」

遊撃隊々長、石川小五郎はその場で明言した。

翌日より赤根の姿が奇兵隊から消えた。

諸隊々長が高杉に同調しないよう、彼は裏工作を始めた。

伊藤は力士隊を任されており、下関にいる。

赤根は高杉の子分である伊藤の切り崩しを謀った。

下関の「中清」という茶屋に伊藤を呼び出し、盃に酒を注いでやりながら、ねちねちと口説き始めた。

「お主はええのう。下関では酒と女に不自由しとらんらしいのう」

「いいえ、元手がないですわ。赤根さんとは身分が違う」

「なんの、おれの不在中に高杉が言ったように、おれは柱島の百姓上りよ」

伊藤は盃を口にしながら、赤根来訪の意図を察して警戒を緩めなかった。

「お主は高杉をどう思っておる」

「別に、どうも思っていません」

「どうもこの頃、おれは高杉の気心がわからんようになった。攘夷で騒いでいた頃が懐かしいわ。英国公使館の焼き打ちなど一緒にやった仲だが、幕府の征長軍が来てからというもの、高杉は人が変わった。あいつは自分一人が藩を背負っているように思っておる。おれが萩の連中と五卿様や奇兵隊、諸隊存続のことで交渉していることを『裏切り者』扱いにする。上手く行くと征長軍も解散しそうだというのに残念だ」

赤根は愚痴を零《こぼ》した。

「高杉が決起すると、わしの交渉がすべて水の泡になる」

赤根は酒に弱い。もう顔は海老のように赤くなっている。

「高杉はおれを『ど百姓』と詰った。なるほど、おれは百姓上がりだが、武士には負けん。甘やかされて育った高杉など何程のものか。突飛な行動ばかりして、野山獄に入ったり、出たりしておる。奇兵隊を創ったは良いが、すぐに辞めてしまった。結局わしが彼の尻拭いだ。何を偉そうに。一人では何もできん癖に。悔しかったらわれわれを当てにせんと一人で決起してみろ」

伊藤を口説く積もりが酔い潰れてしまった。

伊藤は高杉を侮辱する赤根が許せなかったが、自分と同じ百姓出身である赤根の屈曲した思いはわかる気がした。

伊藤は奇兵隊へ行き、さっそく山県に赤根のことを話した。

山県は一瞬気の毒そうな顔つきになったが、またいつもの顔に戻った。

「赤根もわれわれも武士ではない。彼の心情はわからんではないが、今は武士の世だ。それに高杉さんは武士でないわれらの気持ちが良くわかる人だ。皆の面前で『ど百姓』と言ったのは彼の失策だが、高杉さんを侮辱することは奇兵隊を辱める行為だ。許せん」

激怒した山県は奇兵隊々員に赤根の話をした。

〝高杉信者〟は奇兵隊内に多数いる。

彼らは「赤根のやつを殺す」と言って、隊を飛び出していった。

赤根は「伊藤の才士にやられた」と吐き棄てると、奇兵隊を脱走した。

㈣ 挙　兵

十二月十五日、その日長府は朝から灰のような粉雪が舞い、昼間になると一間先が見えない大雪となった。

寺院の屋根も雪化粧し、奇兵隊の本陣、覚苑寺の庭園の樹木も雪の重さで枝が撓《しな》っている。

佐々木男也《おなり》、野村靖、品川弥二郎、大田市之進ら諸隊の幹部が顔を合わせた。

奇兵隊側は山県狂介と参謀の福田俠平や三浦悟楼らが集まり、狭い宿舎は人いきれで熱いぐらいだ。

「皆に集まってもらったのは高杉さんのことだ。本人は『今日、明日にでも挙兵する』と言っておる。ぜひ思い止まらせねばならん」

赤根の脱走で奇兵隊総管となった山県が説明した。

「数ではわれわれは萩の先鋒隊に劣る。どうでも高杉さんの挙兵を止めねばならぬ」

大田市之進が口火を切った。廊下をドンドン踏み鳴らす音がしたかと思うと、板戸ががらっと開いた。

「よう、皆揃っとるのう。小田原評議か。議論より行動だ。今が武士の散り際だ。おれと一緒に立ってくれ。わが藩の浮沈の瀬戸際ぞ」

思わぬ高杉の登場に皆驚いた。

「暴発の時期ではない。やるなら奇兵隊、諸隊が揃って一致団結でやらんといかん。もうしばらく挙兵を待ってくれ」

野村は立ったままの高杉に座布団を勧めた。

「馬鹿言うな。考えると迷う。今が立つ時だ。皆立ってくれ」

「俗論派とは決戦も近い。それは皆もわかっている。われわれも戦う気でいるが、皆の意見が一致するまで待ってくれ」

大田も自重を促す。

「時期は今ぞ。お主らは赤根に騙されておるのだ。そもそも赤根とは何者ぞ。大島郡の百姓じゃないか。おれは洞春公以来歴代の家臣ぞ。毛利家の危機に一命捨てるのは覚悟の上だ。死すべきは今日をおいて他日はない。もし御藩主父子様の御身に何かあれば、家臣として何と詫びねばならんか。立ってくれ」

奇兵隊、諸隊幹部にも百姓出身はいる。彼らは「百姓」と吐き棄てるように言う高杉に反発を覚える。

(百姓もいざとなれば外国艦隊の時みたいに勇敢に戦うし、むしろ武士の方が逃げ回っていたではないか)

武士出身の幹部には高杉の藩主への忠義や武士としての誇りは痛い程わかる。

わかるが隊士たちには武士以外の者が多く、一枚岩ではない。

隊長が説得しても彼らが立つかどうかわからない。

「諸君はどうしても立たんのか。よし、おれは一人でも挙兵する。萩へ一里行けば一里の忠、二里行けば二里の義じゃ。誰かこれまでの誼《よしみ》に、おれに馬一頭を貸してくれ。おれはこれに鞭打って御両殿に直諫《ちょっかん》する積もりだ。もしこれが聞き入れられなければ、城門の傍らで腹を切り臓腑を摘まみ出し、城門へそれを叩きつけよう」

悲憤慷慨《こうがい》で顔は引き攣《つ》り、目には涙が溢れた。声は哀願調を帯びていた。

隊長、幹部たちはこんな高杉を目にしたことがない。咳《しわぶき》一つなく沈黙を守った。

寺の住持が酒を持ってきた。酒の席となったが、座は白けて盛り上がらない。

「国を売り君を囚《とら》えて至らざる無し

生を捨て義を取るは是れ斯《こ》の辰《あした》

天祥の高節　成功の略《りゃく》

二人に学んで一人作《な》らんと欲す」

高杉は朗々と今の心境を吟じながら、雪の中を玄関から出ていってしまった。

江月庵には遊撃隊が駐屯している。

石川小五郎、高橋熊太郎、井上聞多を救った所郁太郎、久保無二三《むにぞう》らが戦さ支度を始めていた。

「予定通り今夜子の刻に立つ。用意は良いか」

「まだ伊藤が来とらん」

石川は陣羽織に小具足姿だ。

「伊藤なら心配ない。おっつけ来るだろう。挙兵は今宵だ。下関へは明け方に行く。その前に功山寺で五卿様に挨拶してから出発する。それまでに腹拵《ごしら》えしておけ」

「わかった」

遊撃隊は五十人程度の浪士隊で、決行に勇み立った。刀や銃の手入れをしたり、小具足を鎧櫃《びつ》から出している。

夕方近く長府藩から林樵という侍が江月庵にやってきた。

「高杉さんはおるか」

参謀の所が玄関で用件を聞こうとすると、高杉がひょっこりと部屋から出てきた。具足姿の高杉を見ると林は驚いた。

「今日挙兵するのか、本当か」

「いかにも」

隊士たちも小具足を着けており、戦さ前の緊張感が漂っている。

「藩命を伝える。『挙兵を取り止めることができぬ時は、長府藩領は通す訳にはいかん』」

林は長府藩主に迷惑が掛からぬよう勧告した。

「何を！　長府五万石ぐらい、わしが踏み潰しても通ってやるわ」

出発の日にけちを付けられたことに立腹した高杉は、林に詰め寄った。

「まあまあ、高杉さん。そうむきになりなさんな。大将たる人はむやみに腹を立てるものではありません。堂々と構えておいて下さい」

「お主らが兵を挙げると、御本家にわれらの面目が立たんようになる。お主らの面倒を見てきたわが藩主の身にもなってくれ」

林は懇願するような調子になった。

「われわれは藩の存亡を懸けて立ち上がるのだ。俗論派征伐に『長府藩が兵を貸す』というならいざ知らず、『止めろ』とは心外な」

対峙している二人の間に所が割り入った。

「高杉さん、海から行けば良い。それなら長府藩領を通らずに済む」

「そうして頂きたい」

林は所の助言に愁眉《しゅうび》を開き、「海路ですぞ」と念を押して屯所から引き揚げた。

「長府公はああ言いながらも、われわれのことを心配されておるのです」

所の一言で高杉は機嫌を直した。

功山寺は長府谷の森閑《しんかん》とした木立ちの奥に、ひっそりと佇《たたず》んでいる。

山門から二層の楼門まで緩やかな登り坂が続く。

本殿はその奥で、庭園を挟んで背後の崖に面したところに客殿がある。そこに五卿がいた。

夜も更け、山内には時々雪折れ木立ちの跳ね返る音や、梟の鳴き声が響く。

雪は夜には止んだ。十二月の澄み切った十五夜の月が本堂や客殿の白くなった屋根を、煌々《こうこう》と照らしている。

先頭を馬で行く高杉と、それに続く武装集団が、雪で埋もれた石段を登ってゆく。最後尾の兵士は大砲を引いている。

功山寺の本殿まで来ると、大田市之進と野村靖が、修善寺から彼らを迎えた。

「議論は分かれたが、志は立派なものだ。これは門出の手向けだ」

見れば彼らの髻《もとどり》だ。

挙兵する側も、留まる側も藩を思う心は変わらない。彼らはそれを髻で示し、全員に酒を振る舞った。

伊藤も力士隊も駆けつけてきた。

「夜分遅く失礼いたす。ただ今、高杉晋作ら義挙の一団が五卿様方へ御別れに罷《まか》り越《こ》しました。戸をお開き下されし」

しばらく室内で物音がすると、室内に明かりが灯され、雨戸を開けて土方楠左衛門が手《て》燭《しょく》を照らしながら顔をのぞかせた。

「夜分騒がせて恐縮に存じます。これより萩の俗論派征伐に向かいます。五卿様に今生の別れに参上しました。なにとぞお目通りをお願いします」

宿舎の外には十五夜の月が煌々と照っており、庭には八十名の武装した兵士が整列しており、顔が月光で青白く浮かんでいる。

高杉は桃形《ももなり》の兜を首に掛け、身に付けた紺糸縅《こんいとおどし》の具足が一層強い光を放っていた。

「さあ、一同座敷内へお通り下され。まもなく五卿様も起きてこられるであろう」

座敷内の燭台には明かりが灯されており、次室の上座には五卿の姿があった。

高杉は、太刀を次室に置くと、五卿のいる次室へ進み一礼した。

「酒しかござらんが、寒さ凌《しの》ぎにはこれに限る。肴は煮豆があるぐらいだが」

土方は重箱の角に残った煮豆を酒に添えて出した。

彼が三条卿に代わって酒を注いでやった。

「ありがたく候。今夜これから長州男児の肝っ玉をお目にかけます。五卿様にも御身大切にあらせられますよう」

一同玄関から外に出た。

三条ら五卿も境内まで出て、整列した兵士を見送った。

高杉は馬に乗り、「進め」と号令をかけた。兵士たちは一斉に功山寺の境内から楼門を下り始めた。

その時、一人の男が大雪の中にどっかりと座り込んだ。

「高杉君、野山獄の苦労を忘れたのか。行くな」

大声で喚き、馬上の高杉の前を両手を広げて立ち塞いだ。

「おお福田か、退《ど》け邪魔をするな」

福田は奇兵隊の中でも一番高杉が気を許した同志だった。

一瞬馬の手綱を緩めた。

「高杉君、待ってくれ。二、三日待ってくれ。諸隊の決行を二分するのはいかん。二、三日待て」

福田は「自分が死んだら高杉の墓の隣りに埋めてくれ」という程、高杉を信頼している男だ。

彼を暴発で失いたくないという思いが強い。

「退《ど》け、福田」

「いや、死んでも退かん。行くならわしを殺せ」

高杉は少し躊躇《ちゆうちよ》したが、砲隊長・森重健蔵が大声で叫んだ。

「馬を進められませ」

高杉の馬丁が馬の尻に鞭を当てると、馬は嘶《いなな》き、福田を迂回して進んだ。

その後から兵士たちが続く。

彼らの掛け声が功山寺の境内に響いた。

十六日午前四時には、桜山の下の新地会所は挙兵した兵士たちに取り囲まれていた。

「われわれは高杉の手の者で久保無二三、高橋熊太郎と申す。奉行に申したき筋あれば、開門して下され」

二人は会所の丈夫な門を叩き、門が開かないと見るや、空砲を撃たせた。

轟音は町の隅々まで伝わり、しばらくすると礼服に身を包んだ男が開門し、二人を会所内へ入れた。

総奉行根来《ねごろ》上総は長府藩から事情を聞かされていた。

「お主らの要求は何だ」

「御奉行と佐々木十郎殿は残り下さり、他の役人は萩へ帰して下され。寺内弥右衛門、井上源左衛門の両名はわれわれにお渡し下され」

「二人をどうする」

「二人は俗論派の者ゆえ、新地橋にその首を晒《さら》す積もりです」

奉行は久保と高橋を諭した。

「九州諸藩が門司方面に在陣しておる。もし藩の動乱を見られると、わが藩に不利となる。彼らも萩へ帰すよう高杉に言え」

根来上総は正義派の人物なので、「できるだけ彼らに協力する」と約束した。

期待した金子《きんす》は俗論派が持ち去った後だった。

高杉は伊藤に命じた。

「こいつを木戸の前へ立て掛けておけ」

伊藤がそれに目を通すと、彼らの挙兵が正義であることを訴える檄文だった。

伊藤が感心していると、次の命令が飛んできた。

「お主は資金と兵を集めておけ。下関商人では入江和作《わさく》だ。二千両ぐらい捕《と》ってこい」

「高杉さんはどうするのですか」

「おれは軍艦を捕ってくる」

高杉はちょっと遊郭へ遊びにいく調子だ。

軍艦分捕りの決死隊を募ると十八名の有志が名乗り出た。

「これから三田尻へ行く」

彼らは三艘の早舟に分乗し、三田尻へ向かった。

一月の海は荒れており、早舟は揺れる。

「三田尻港が見えた。軍艦が三隻もいる」

誰かが叫んだ。

決死隊は港に早舟を横付けすると、三隻の軍艦に乗り込んだ。

眠りこけていた船員たちは、甲板での騒ぎを耳にすると、驚いて甲板に駆け上がった。

「待て、われわれはお主たちに狼藉する積もりはない。艦長の佐藤と話がしたい」

癸亥《きがい》丸の艦長の佐藤興三が甲板に姿をみせた。

甲板には武装した高杉が立っていた。

「おお、高杉か。われわれを何とする積もりだ」

船員は高杉にゲベール銃を構え艦長を庇うと、決死隊は抜刀して高杉を守った。

「佐藤、俗論派は売国奴だ。自分たちの安泰のため、藩主を謹慎させ、幕府の言いなりだ。防長二州の滅亡を憂えて、われわれは挙兵したのだ」

佐藤たちは黙って聞いている。

「長州のためにおれたちに力を貸してくれ。共に俗論派と戦おう」

佐藤は奇兵隊が俗論派に従わないことを耳にしていた。

「少し考えさせて欲しい。おれの一存では決められぬ」

佐藤は副官らを集めて、甲板から姿を消した。

再び彼らが甲板に姿を現わした。

「どうせ俗論派に捕られる軍艦なら、お主にそれを任そう。軍艦の操縦はわしらがやろう」

丙辰《へいしん》丸は修理中だったので、癸亥と庚申《こうしん》丸の二隻が下関に入港した。

伊藤ら留守部隊は狂喜した。

「高杉さん、朗報です。腰の重い山県がついに動きました」

「本当か」

「はい」

高杉挙兵成功の噂が長府の町に伝わると、奇兵隊の若い連中が騒ぎ始めた。

「何故、高杉さんに続かないのか。早く蜂起しろ」

創立者、高杉は若い者にとっては神様のような存在だ。

山県ら上官は彼らに突き上げられ、その執拗な追求に身の危険を感じた。

これでやっと重い腰が上がった。

長府から美祢郡《みねぐん》伊佐《いさ》に進んだ。

この奇兵隊の動きに驚いた俗論派は、捕えていた正義派の要人を斬殺し、また残った人々を野山獄に投じた。

高杉は一刻も早く奇兵隊と合流し、萩を目差したいが、足枷がある。

小倉に駐屯している幕府軍の動向が気になるので下関を留守にできない。

「萩に行きたし
小倉も未練
ここが思案の下関」

下関の新地の盛り場で、芸妓相手に逸る心を酒で紛らわせた。

㈤　大田絵堂の戦い

奇兵隊、諸隊は伊佐で止まったままだ。

萩からは鎮静軍が向かっている。

粟屋帯刀《あわやたてわき》が前軍の隊長となり大田絵堂に、毛利宣次郎が中軍を率いて明木《あきらぎ》へ、児玉若狭が後軍を指揮し大津郡三隅《みすみ》に布陣した。

「奇兵隊や諸隊など百姓の集まりに何ができる。命令一つで解散させてやろう」

粟屋帯刀は本陣の庄屋の一室で豪語した。両脇には萩から連れてきた芸妓が彼に酒を注いでいる。

脇にいる数名の副官も海老のように赤い顔をしていた。

「しかし百姓たちも外国艦隊との戦さでは勇敢に戦っておりました。油断は禁物です」

一人の副官が粟屋に意見すると、もう一人の副官が彼をたしなめた。

「百姓は百姓よ。武士との戦さとなると、銃を捨てて山の中へ隠れてしまうわ」

彼らは虫けらの百姓が、新時代の主役になりつつあるという事実を見落としていた。

先鋒隊のいる絵堂から伊佐までは五里の距離しかない。

萩からの使者が伊佐へやってきた。

山県と諸隊々長が面会した。

「速《すみ》やかにここから退去し、武器を返却するように。今ならお主たちの罪は問わない」

使者は彼らを見下《みくだ》す調子で命令した。

「退却する旨、承服しました。但し、諸隊にも連絡し、一度には応じられぬので、正月三日まで待って欲しい」

使者は藩命に従順な様子を見て、安心して萩へ戻った。

山県らは先制攻撃の準備をした。

絵堂は山が迫ってはいるが、交通の要所だ。

街道沿いに民家が固まっており、帯刀らの兵は民家に分宿していた。

武士から成る先鋒隊とその下働きの荻野隊ら約一千名もの大軍が、絵堂の村に集結していた。

村人たちは民家や食糧を取り上げられ、身一つで近くの山麓へ避難して、戦さの成り行きを注視している。

女や子供たちは親類に預けた。

彼らは自分たちと同じ百姓から成る奇兵隊や諸隊が勝つことを祈った。

二百名余りの奇兵隊と諸隊たちが絵堂の集落を見下ろす高台に到着したのは、夜半二時頃だった。

兵士は明かりを消し、人一人がやっと通れる街道を通り、垰《たお》に出た。垰とは峠ほど標高が高くない所をいう。垰の両側は樹木が生い繁っている。

彼らは大砲に砲弾を詰め、砲身の角度を調節する。銃に弾を込め、腹拵えをした。

帯刀が宿舎としている庄屋屋敷の門は立派だ。

総檜造《そうひのきづく》りで畳二枚もある丈夫なものだった。

中村芳之助と田中敏助の二人が埒を駆け下り、戦書《せんしょ》を庄屋の屋敷に放り込んだ。

それと同時に大砲が埒から発射され、地面が地震のように揺れた。

民家の藁《わら》屋根に火が付くと、粟屋軍の兵士たちは次々と民家から飛び出してきた。

彼らは北西方向の赤村へと逃げる。

真っ暗闇なので、声がする方向に銃を撃つと絶命が聞こえた。

奇兵隊、諸隊の兵たちは民家に潜む敵兵への捜索をしようとした時、奇兵隊幹部の藤村太郎目掛けて銃弾が飛んできた。

藤村が倒れ、それを助けようとした天宮慎太郎も狙撃された。

味方の血を見て彼らは逆上した。

「皆殺しにしてやれ」

殺気立って、逃げようとする敵目掛けて、銃を乱射し、相手が倒れると、寄ってたかって刀でめった突きした。

赤村にいた財満《ざいま》新三郎は先鋒隊大伍長だ。

先鋒隊の敗戦を聞くと、単身絵堂へ馬を駆った。

彼は嘉永五年に、桂小五郎と一緒に江戸の斎藤弥九郎の道場で剣を学んだ豪傑だ。

財満は百姓たちが武士に歯向かうということが信じられず、一喝を食らわすだけで恐れ入るだろうと高をくくっていた。

甲冑に小具足という戦国時代の姿で、財満が絵堂に入ると、味方の兵は四散しており、自分の後を追いかけてきた数名の部下しかいない。

民家に敵の兵士が集まっていた。

彼は馬をそこまで乗りつけると一喝した。

「おのれらは身分を弁《わきま》えよ。武器を棄てよ。百姓の分際で」

彼らは財満の一喝で一瞬怯んだ。

武士の威圧に慣らされている癖が出た。

銃を放し、刀を鞘に収めた。

「馬鹿め、百姓根性を出しやがって」

奇兵隊を指揮していた竹本多門は怒鳴った。

「構わん、撃て」

我に返った兵士たちは、脇にいた南園《なんぞの》隊々士と一緒に銃を発射した。

数十発の弾が財満の身体に命中した。

財満の身体は後方に飛び退り、馬から仰向きに落ちた。ぴくりとも動かなかった。

彼の部下たちは四散した。

奇兵隊、諸隊の連中が彼の周りに集まった。

財満は大きく目を見開き、信じられないといった表情をしていた。

彼らは財満の甲冑や小具足を剥がし始めた。今まで目にしたことのない代物だ。

隊長は彼らの成すがままに放置した。

血に飢えた野犬のように、彼らは財満の身ぐるみを剥ぎ取り、大伍長も褌一丁の惨めな姿となった。

財満の懐から一通の書状が見つかった。

竹本がそれを山県に届けた。

「十二月十九日、前政府役員七人を殺したのは、先鋒隊の専断でやったことである」

山県はこの新事実を隊員に知らせた。戦意は揚がる。

山県は勝ち取った絵堂を棄てて、約一里程南に下がった大田に陣を張った。

絵堂は交通の要所だが山峡の地だ。守備に向かないと判断した。

大田は昔からの宿場で、南に伸びる舟木街道と、北へ走る瀬戸崎街道、それに西へ行く赤間ヶ関街道への交通の要で、山が遠く離れており、谷が広い。

それに大田川が天然の堀の役目を果たしている。守備に打ってつけの場所だ。

周辺に寺院も多く、兵士の宿舎にも適していた。

光明寺には奇兵隊、八幡隊は福田寺、地蔵院は大砲・銃の倉庫として、西光寺は銃隊の宿舎とした。

村の天満宮（金麗社）を本陣とし、寺院に入り切らない者のためには近郊の農家を借りた。

奇兵隊も諸隊も百姓出身の者が多く、百姓の気持ちが良くわかる。乱暴、狼藉は厳禁だ。

隊長の目も厳しく、隊規に違反した者には死が待っていた。

伊佐の兵たちも大田に移り、北から来る先鋒隊への防衛体制を敷いた。

地理的には、絵堂と大田との間に権現山と中山と二つの山がある。

白山権現を山頂に祭る権現山は標高五百四十三メートルあり、裾野は広いが、峻険な形をしている。

南に位置する中山は山頂が三百メートル程の山容がなだらかな山だ。

両山の東側を大田川が山裾に沿って流れている。

両山の西側に本街道が走っており、中山沿いには呑水垰、北の権現山沿いの長登口にはとち垰がある。

大田から絵堂へは登りが続く。

先鋒隊の報復に備えて、中山の東側の傍道の川上口に、最強の奇兵隊を配置した。

ここは本陣の天満宮に最も近い所だ。

北の権現山の西側の本街道の長登口には八幡隊と膺懲隊。その左側に南園隊、それより南の中山の西、極寒山の東山麓には御楯隊を置いた。

一月十日に最初の戦さが起こった。

とち垰に荻野隊を先頭に先鋒隊が南下してきた。

膺懲隊、八幡隊、南園隊、奇兵隊の砲・槍隊と衝突した。

垰から下る格好になった戦闘は、高地から見下ろす有利さが手伝って、政府軍が優位で始まった。彼らは長登口の民家を焼き払った。

午後には先鋒隊と力士隊約二百名が権現山の東側の傍道から、大田川に沿って大木津《おおこっ》を攻めた。

ここは奇兵隊の最強部隊が守備している。

参謀三好軍太郎・久我四郎・杉山荘一郎・三浦梧楼《ごろう》ら七十名の少数精鋭部隊だ。

彼らは外国艦隊の攘夷戦を経験した勇士揃いだが、数で劣る分、政府軍に押され気味になった。

大田川に沿って後退した。

「地雷に火を灯けろ」

三好が迫ってくる敵を銃撃しながら喚く。

「縄が切れており、火が灯かない。退却しろ」

久我が叫んだ。

彼らは人数差を地雷で埋め合わせしようとして前日に鉄菱と地雷を敷設しておいたが、古くて上手く発火しなかった。

大田川は川上口より西に大きく蛇行して、大田の天満宮の傍らを流れる。その辺りを殿ヶ浴《とのがえき》と呼ぶ。そこまで後退して、樹木や岩に身を隠した。

ここが破られると大田の本陣は危うい。激しい銃撃戦となり、天満宮まで銃声が響く。

天満宮には四十名余りの予備隊がいるだけだ。

銃声が近づくと戦勝を祈願する神主の声も震えている。

天満宮にいた山県はこの時死を覚悟した。

「ここが関ヶ原だ。われらが生きるも死ぬもこの時だ。皆の命おれに預けろ」

槍を片手に馬に飛び乗ると、一目散に駆け出した。

湯浅祥之助が四十人の隊長で、伍長・鳥尾小弥太、山田鵬輔《ほうすけ》らが続いた。

中山を横断し、大田川へ出ようとした。上手くいくと敵の側面に出る。

中山は裾野が広い低山で、斜面全体を笹が覆っている。

山県は先頭に立って東の大田川に向かった。

誰も山県の後ろ姿だけを追いかけた。銃声が間近くなり、川のせせらぎと喊声《かんせい》とが川風に乗って彼らに伝わってきた。

中山の山腹に着くと、眼下に戦闘が俯瞰《ふかん》できた。

「側面攻撃じゃ。命を惜しむな」

湯浅は抜刀して山の斜面を転げるように駆け下り、渡河すると先鋒隊に切り込んだ。

三好らも抜刀して突撃した。

山県は銃隊を指揮して、斜面から援護射撃する。

側面から突かれた先鋒隊は堪らず崩れ、後退し始めた。

山県は全軍に大木津まで追わせた。先鋒隊は支えることができず、絵堂まで退く。

本街道の戦いも激戦であったが、敵を絵堂まで押し返した。

翌日は小競り合いがあった。

奇兵隊、諸隊は各地に斥候を放って政府軍の動きを探る。

食糧が乏しくなってきた。

近郊の農家から差し入れはあるが、二百人を超える兵士を賄いきれない。

御楯隊の大田市之進が隊士三十名を率いて小郡《おごおり》に向かった。

小郡では大庄屋林勇蔵、山口に入っては吉富藤兵衛を頼んだ。

吉富藤兵衛は肝が据わった男で、尊王攘夷の志士に資金の援助を惜しまず、農民にも人望があった。

「よし、協力しましょう」

義侠心のある吉富の力で千二百人近くの農民が、山口の政事堂を占領してしまった。

百姓一揆のようなこの勢いは止まることを知らない。

反乱の火は山口から三田尻一帯まで燃え広がった。

「井上聞多を首領としよう」

吉富が指揮して、千名を超える農民が彼の家を取り囲み、謹慎している聞多を座敷牢から引き出した。

井上を首領とする鴻城《こうじよう》隊は雪舟《せつしゆう》庭で有名な常栄《じようえい》寺を本陣とした。

「大田、下関のみならず小郡、山口まで反乱分子の手に落ちたか」

椋梨藤太は大田奪還を命じた。

事態は正義派と俗論派との戦いという、単純な構図ではなくなってきた。

支配階級の武士に対して武士以外の階級が闘争を挑む、革命的要素を帯びてきた。

俗論派の連中はそのことにまだ気が付いていない。

一月十四日は朝から風雨が激しく、守備兵は歯を鳴らしながら、要所、要所を固めている。日が上り、雲間から出た太陽が薄朱色に山々を染める。本街道の長登口を守っている部隊は絵堂方面から敵が近づいてくるのに気付いた。

長登口は膺懲隊の部署で、総督は赤川敬三である。偵察によると荻野隊を先頭に、その後方に甲冑姿の先鋒隊がぞくぞくと続いているらしい。

(こりゃ大変だ。他の隊と合流しよう)

赤川は先頭を行く荻野隊に向けて銃を乱射し、相手の混乱に乗じて、南へ退却し中山の山麓を守備している八幡隊と合流した。

西の極寒山からの伏流水が呑水垰へ流れ、その水を貯えた大きな溜め池があった。その溜め池の後方の大平堤に身を潜ませて敵を待った。

政府軍は垰の高みから射撃を始めた。

午前十時頃から激しい風雨の中に銃撃戦が行われたが、荻野隊は火縄銃が主力なので、火縄を濡らさないように撃つが、発射まで手間取るのと、風雨のため発火しにくくなり、戦闘は徐々に装備に優る二隊が有利に展開し出した。

不利を悟《さと》った荻野隊は中山の斜面に駆け上がり、大平堤を見下ろす位置を確保した。高みから撃ってくるので堤から顔を出すこともできない。

「こりゃいかん。身を隠す場所がない」

膺懲、八幡隊も堤に張り付いたままだ。

堤を放棄して、山麓の木陰や岩の後ろに身を隠し、防戦一方になってしまった。

「こら貴様ら、しっかりせんか」

八幡隊総督の堀真五郎は豪傑を絵に書いたような大男で、高杉の親友でもあった。

諸隊を励まそうと堤の土手に登って槍を振り回した。数発の銃弾が彼の足元を擦めるが、動こうともしない。

「総督、危険です。早く土手から降りて下さい」

部下がしきりに叫ぶ。

「馬鹿め、弾などそう当たるものではないわ」

振り上げた槍に大きな衝撃を感じたかと思った瞬間、槍が二つに折れ、柄が後方の畑に突き刺さった。

堀は慌てて土手の下に降りた。

膺懲隊も八幡隊も荻野隊の頭上からの銃撃に悩まされ、縮こまっている。

後方で彼らの苦戦ぶりを見ていた南園隊総督・佐々木男也は中山の隣りの小高い山がまだ占領されていないのに気付いた。

「あの山に登れ。あの山頂から敵に弾を撃ち下ろせ」

隊員三十名が一目散に小中山と呼ばれる小山に駆け上がった。左右に散開すると、銃弾を荻野隊目掛けて撃ちかけた。

高みからの銃弾はおもしろい様に命中する。

彼らがうろたえ浮き足立って後方へ退き出すと、今まで鳴りを潜めていた膺懲、八幡の二隊が彼らの背中に銃弾を浴びせながら追いかける。

風雨はますます激しくなり、荻野隊の火縄銃も役に立たなくなった。

奇兵隊の一部が大木津口から傍道を通って、逃げる荻野隊の側面から姿を現わした。

荻野隊は後方の先鋒隊を押し戻す格好で、絵堂を越えて赤村まで退却した。

高杉ら遊撃隊は大田の戦況を聞き、下関を出発し、山県らと合流することを決意した。

十六日、大田天満宮の社務所で、高杉は山県ら諸隊幹部と再会した。

高杉は山県の案内で、天満宮の東にある光明寺を訪れ、傷病者を見舞い、その脇に葬られている十五基の墓石に手を合わせた。

「お主らの働きで、先鋒隊を食い止められた。お主らの死を決して無駄にはせんぞ」

山県ら幹部が墓石に花を供えた。

社務所に戻るとこれからの方針について話し合った。

「明日はどう戦うか。諸君の意見を聞かせてくれ」

六日間の必死の戦いで、諸隊幹部らもさすがに疲れ切っていた。

高杉に遠慮して、彼の顔色を窺《うかが》うが、大田絵堂の戦いの勝利は自分たちが死に物狂いに戦った結果であるという自負がある。

自分たちの血と汗の結晶を、新参の高杉に渡したくない。

そうは言っても隊員の疲労は限界だ。

高杉は彼らの雰囲気を一目で察した。

「諸君は大田でよく戦ってくれた。礼を言う。赤村にいる敵はわれら新手に任せてくれ。この好機を逃す手はない。赤村にいる政府軍を一気呵成に撃破し、彼らを追撃して一気に萩へ乗り込もう」

山県の奇兵隊と大田市之進の御楯隊が明日の攻撃参加を名乗り出た。

十六日夜、高杉は遊撃隊を率いて瀬戸崎街道を北上し、先鋒隊、荻野隊がいる赤村の正岸寺に向かった。

遊撃隊は暗闇の中を松明を翳《かざ》し本街道を進む。いわば囮《おとり》だ。

奇兵隊、御楯隊は左右から赤村を挟むように闇の中を進軍した。

敵の攻撃は遊撃隊に集中し、盛んに銃撃を加えた。

遊撃隊も負けじと撃ち返す。

そのうち正岸寺の左右から銃弾が飛び交い始めると、退路を絶たれると思い、彼らは武器・弾薬を棄てて北方の木間まで逃げた。

この日、佐々並村にいた政府軍は、山口で結成された鴻城隊に追い散らされた。

佐々並から萩へは五里の距離だ。山口から佐々並村までは鴻城隊が占領し、大庄屋、吉富藤兵衛らの指揮で、千人を超える軍夫が食糧や武器を運んだ。

正岸寺では幹部たちが戦議を開いていた。

正岸寺内には敵が放棄した食糧や弾薬が堆く積まれていた。

「この勢いで明木村の敵を追撃し、萩まで行こう」

高杉は逸《はや》った。

「ここは一旦、山口へ戻ることが得策です。明木村の手前の雲雀垰《ひばり》は難所だ。垰越えの街道は山が迫っており、道は曲がりくねっている。街道の両脇から攻撃されると避けようがない。一旦山口へ帰り、山口、三田尻の主要地を固めてから萩へ攻め込むのが正攻法です。兵力を増員して臨まないと完全な勝利は摑めません」

山県は大田での戦いで兵力不足を嫌という程経験した。

政府軍を撃退できたのは僥倖だと思っている。

「いや、戦いは勢いでやるものだ。山県の主張することも正しいが、時機を逸すれば運も逃げてしまう。この勢いに乗るべきだ」

山県らは功山寺挙兵で高杉に同調しなかった負い目がある。彼の主張も弱くなった。

山県は高杉の気質を知っている。

反対を固守すると、功山寺の時のように遊撃隊のみで明木村へ進軍するだろう。

高杉を押しやってまで自分の意見を貫き通す自信は、山県にはない。

諸隊の幹部が自分の意見に賛同してくれるか、山県は恐る恐る彼らにお伺いを立てた。

「諸君の考えはどうか。もし一同高杉さんの意見に賛成なら、おれもそれに従おう。萩までの進軍で難所の雲雀垰があり、最低一、二隊は山や谷で失うだろう。しかし諸君が高杉さんに同意見なら、おれが先陣を務めよう」

山県は彼らが高杉に反対することを期待したが、皆押し黙っている。

高杉は彼らが内心不賛成であることを感じ取ると、あっさり自説を引っ込めた。

「よし、ここは山口へ帰ろう」

幹部たちに笑顔が戻った。

「高杉という人は自分の言い出したことは、一歩も引かぬ気性であるが、一寸考えてみて、アレが良かったなと感づくと、直ぐにその論を翻すという風で、極めて機敏な人であった」

高杉の腰巾着であった伊藤が後年高杉をこのように評している。

山県案が通った。

桂小五郎

幾　松

㈠　小五郎の恋

「桂さん、何かこの頃妙ですな。いつもの桂さんらしくない」

精悍なこの男が珍しく物思いに耽っている。

「連日の宴会で疲れているのでしょう。酒や会合も程々にしなさい」

京都留守居役、乃美《のみ》織江に注意された。

桂は三十歳で、祐筆《ゆうひつ》役として京都藩邸に詰めている。飛び回っているといった方が当たっていた。

毎日情報収集のために、妓楼《ぎろう》や茶屋で他藩の京都留守居役と酒を介して顔を合わす日々を過ごしている。

最近は島原の「角屋《すみや》」が多い。

島原の大門を潜《くぐ》ると色とりどりの提灯の明かりが店先を照らし、周囲からは三味線の音と嬌声《きょうせい》が聞こえてくる。

酔った客が千鳥足で狭い露路を歩く。芸妓が表口から揚屋《あげや》へ入ってゆく。

下駄の音が夜の町に響く。

艶めいた世界だ。

桂はそんな雰囲気が嫌いではない。

特に角屋が良い。表門を抜け、石敷の中戸口を通ると玄関が台所と一緒だ。

太刀はここで預ける決まりである。

一階の表座敷での会合が多い。よく利用する部屋は網代《あじろ》の間と呼ばれ、天井板を網代組みにしている。

大名家の藩主の間と見違うばかりの部屋で、床の間の掛け軸から、桟《さん》の釘隠しまで贅《ぜい》を尽くしている。

芸妓の膝枕で畳の上に横になっていると殿様になったような気分になる。

寝転んで庭の龍が臥している格好の老松を眺めていると、大名の心境がわかる。

食事は殿様が普段食べている物より豪華な品が膳に並ぶ。

太夫が部屋に入ってくると、雰囲気ががらりと変わる。容姿の端麗さはもとより、茶、花、詩歌、俳諧、舞踊、文学にわたって教養があり、座が盛り上がる。

若い桂は酒宴が続いたぐらいでは、疲れることはない。

伊藤俊輔が藩邸へ顔を出した。彼は桂の小者で使い走りをやっている。

後の初代総理大臣となった男だ。

桂は彼を近くの茶屋に連れ出した。

「伊藤、お主吉田屋の幾松を知っておるな」

政治の用向きのことかと思っていた伊藤は、桂の意外な話に驚いた。

「頼山陽先生邸の近くにある吉田屋ですか。確かに吉田屋には幾松という芸妓がいますなぁ。わたしも数回座敷に行ったことがあるので、彼女を知っております。あの美人の幾松が何か」

「実はどうも惚れたようだ」

「幾松が桂さんをですか。そりゃ有り得ることですわ」

伊藤は妓楼での桂の持てぶりをよく知っている。

「いやその反対だ。おれが幾松に惚れたのだ」

冷静沈着の桂が、女に惚れるなど不思議な気がした。

「へぇ〜、桂さんがですか。これは意外な」

「何が意外だ。おれも男だ。好きな女がいても可笑しくはない。実は落籍《ひか》したいと思っておるのだ。ひとつ力を貸してくれぬか」

「よろしい、わたしが一肌抜ぎましょう。幾松が桂さんをどう思っているのか、幾松の気持ちを聞いてきましょう。もし幾松の気持ちが桂さんに傾いているなら、何が何でも口説いてきます」

「本当ならおれが行くべきだが、この件に関してはおれは意気地がないようだ」

桂が上役の娘と結婚したが、娘が実家に帰ってしまったことを、伊藤は知っていた。

桂の思い切りの悪い態度から、桂の屈曲した内面を覗いた気がした。

（一度目の結婚生活に躓《つまず》いたので、女に対して臆病になっているのか。いずれにしても、おれのような軽輩者には関係のないことだ）

三本木は上京区の丸太町橋と荒神橋に挟まれた辺りで、鴨川と河原町通の間にある。この辺りは諸藩の藩邸も多く、特に二条から三条にかけて数多く並んでいる。

二条通には角倉了以邸から南に長州藩邸、加賀藩邸、対州《たいしゅう》藩邸、岩国藩邸と続き、南の三条通には「池田屋」がある。

三条通より南には彦根、土佐藩邸が続き、四条通の手前に、池田屋の変で有名な古高俊太郎の邸が位置していた。

御所にも近く、鴨川沿いで便利な場所である。

伊藤はさっそく近所の妓楼へ行って馴染みの芸妓に幾松の気持ちを探らせた。

脈はあるようだ。

（桂さんは外見に似ず、女にはうじうじした面があるようだ。彼女に強引に出ることができないらしい。おれなら振られても、肘鉄砲を食らっても向かっていくがなぁ）

幾松の初々しい姿と、武士の娘のようにきりっとして、内に優しさを秘めている気高《けだか》い顔を思い浮かべた。

(桂さんでなくても、誰でもあんないい女は自分のものにしたくなるわ。これが桂さんの頼みでなければ、自分が横取りしたいくらいだ)

桂の使いで、人の女の世話をしに行く自分が哀れに思われた。

伊藤は連日三本木の吉田屋へ通い詰めている。

幾松も伊藤が桂の下僕だということを知っていたので、彼に気を許した。

酒に酔った振りをして彼女を観察していると、年の割りにはしっかりしており、色里の芸妓にしては素直な優しさのある女だとわかってきた。

伊藤の聞き出したところによると、幾松は武士の娘であった。

幾松の父は生咲《きざき》市兵衛、母は末子。市兵衛は小浜藩士浅沼忠左衛門の次男であるが、生咲哲之進の養子となり、藩医細川太仲の娘、末子を妻に迎えた。

末子は四男三女を生んだ。

市兵衛は小浜町奉行の祐筆を務めていたが、上役である奉行が罪を犯して処罰された時、連帯責任を問われて閉門となった。それを実家の兄に酷く叱責されたので、市兵衛は脱藩して京へ奔《はし》った。

妻は七人の子供を抱えて路頭に迷った。

子供たちは親類が引き取り、次女の松は実家に落ち着いた。

この時松は十歳の子供だった。

市兵衛が京にいることを知った母親は、京へ馳せていった。

両親恋しさのために、松は母の実家を抜け出し、一人で両親のいる京へ向かった。

若狭から京へ向かう途中、道に迷って泣いているところを、親切な魚屋に拾われ、市兵衛と再会することができた。

市兵衛は生活が苦しく、病気がちになり、その日の暮らしにも困るようになり、松を難波恒次郎という男の養女に出した。

難波は九条家の諸大夫の悴《せがれ》で、三本木の芸妓幾松を落籍して女房にしていたので、養女の松にもいろいろと遊芸を仕込んだ。

五年ばかりすると市兵衛が重病に伏せるようになり、難波家の家産も傾いてくると、松は二親を助けるために三本木の吉田屋から舞妓となって出ることにした。

養母の幾松を嗣《つ》いで十四歳で二代目幾松と名乗った。すぐにいい旦那が付いて一本になり、売れっ妓となった。

「わたしは桂さんが嫌ではありません。桂さんがわたしを好いてくれているのを聞くと、ここが痛くなります」

幾松はほんのりと頰を染めながら胸を押さえた。

「それでは桂さんがお前を気に入っているし、お前も桂さんを好いているなら、桂さんに落籍してもらったら良いではないか」

伊藤は幾松に迫った。

「自分には実の父親がある上に、義理の養い親までいます。わたしが普通の芸妓ならそれでもいいんですが、桂さんに落籍してもらうと、人気にも障りがでて、実の父や養い親への仕送りが減ってしまいます」

「桂さんがお前の面倒を見てくれるので、金子《きんす》の心配はせんでもよかろう」

伊藤は酒の勢いでぜひともこの話に片を付けようと力んだ。

「こんなことは言いたくないのですが、養母という人は金に細かい人で、わたしが桂さんに落籍してもらうと、桂さんの所へも金のことで無心に行ったりするでしょう。それにわたしの実の父が病気でお金が掛かります。わたしは自分自身のことを自分で決められない因果な身の上なのです。桂さんに思ってもらっているだけで、十分に嬉しいのです。胸の内で桂さんに好かれていると思っていれば、嫌な客でも我慢できます」

伊藤は幾松の健気さに胸が締めつけられた。

若いにもかかわらず、父親や養父母のために、自分自身を犠牲にしてまで生きていこうとするいじらしさと、切なさが胸一杯に広がってくると、二人を一緒にしてやろうという気持ちが、ふつふつと滾《たぎ》ってきた。

伊藤は三本木の幾松の家へ、養母に会いにいった。

「幾松殿のことで話がしたい」

「へェあれがどうかしましたか」

色里にいたことのある女で、年の割りには艶っぽい。欲の深そうな目で伊藤の顔色を窺《うかが》う。

「幾松殿を落籍したいという御仁のために、わしがここへ来たのだ」

「何といわれる。あれには歴《れっき》とした商人の旦那がおります。今の旦那以上にお金を出すと言われるなら、こちらも考えますが、さてどのような御方でしょう」

「長州の桂という侍だ」

「この頃、幾松がよくその人の座敷へ呼ばれているようですね」

この女は桂の噂を耳にしていた。

「なかなかの男振りらしいですが、男は顔だけでは食っていけません。お侍はんは商人と違い金回りが悪いから、あの子が苦労します。お断りします」

この女は何でも金で計算するらしい。

「待て待て、その桂という侍はわしの先輩じゃが、わしらと違い立派な人で、長州の重役だ。金なら腐る程ある。そこらの商人とは訳が違うぞ」

女の顔が物欲しげな風に変わった。

「どれ位持っておられるのでしょうか」

「これ位じゃ」

伊藤は腰の刀を抜き、女の鼻先へ突き出した。

女は腰を抜かさんばかりに驚き、

「ヒーイ」

と大声をあげた。

「命ばかりは助けて下さい」

本当に腰が抜けてしまったらしい。両手を挙げて命乞いをした。

「金で承知するならお前が欲しいだけやる。嫌ならこの光った金をやる。桂殿は将来長州を背負って立つお方だ。幾松もあのお方に惚れられれば女冥利に尽きる。幾松もあの方を好いておる。幾松が好いているお方と一緒になれるのを、喜ぶのが本当の親の愛ではないのか。女の一生は金には代えられん。あのお方には金もある。これ以上の良い話はない。しかも桂殿には正妻がいないので『将来幾松を側女ではなく、正妻に欲しい』と言われている。色里の女が重役の正妻になるなど、聞いたことのないような玉の輿だぞ」

女も満更悪くなさそうな顔をした。

「もし桂殿の恋が叶わなければ、おれはお前の首を刎ねる。さあ、今ここで性根を据えて、幾松を桂殿の元へ遣るかどうか返答しろ」

「命には換えられません。幾松は桂殿に貰ってもらいましょう。それでお金の方はいか程頂けるので」

刀の前で手足を震わせながらも、金の計算はしている。

「その商人の倍出してやろう」

女は喜んで承知した。

伊藤が幾松の父と養父母に金を払うと、幾松は落籍されて桂だけのものとなった。

「そのまま芸妓を続けさせて欲しい」

桂としては家にいてもらいたいのだが、幾松には、桂からの金で実父や養父母の面倒を見てもらうことに遠慮があるのだろう。

座敷へ出ていくことで、思わぬ情報も入手できるかも知れぬ、と桂は考え直した。

二人の甘い逢瀬も文久三年八月十八日の政変で破られた。

長州が禁裏の守護を解かれ、藩士たちは親長州派の七卿と共に長州へ戻ることとなる。

桂は京都の情勢を見守るために、藩邸に残った。

翌年の池田屋の変、さらに禁門の変では長州は朝敵とされ、京都の長州藩邸も焼けてしまう。

それでも桂は身の危険を顧みず、情報収集のため京都に居続ける。

禁門の変の戦闘で、御所付近からの火災は北風の影響を受け、洛中の中央部に向かって広がり、三日間にわたって京都の町を焼き尽くした。

洛中は町数八百十一、家屋二万七千五百十七、土蔵千三百十六、寺社塔頭《たっちゅう》二百五十三、諸侯屋敷四十ヶ所が灰燼《かいじん》に帰した。

北は御所付近より南は御土居まで、西は東堀川までの下京のほとんど全域が焼け落ちた。

桂は火災を免れた三本木の吉田屋に潜伏していた。昼間は幾松の部屋に潜んで、夜になると焼け残った対州藩邸へ転がり込む。

対州藩士である多田荘蔵は桂と心安い。

各藩の藩邸は今でいう外交官の屋敷のようなもので、新撰組といえども許可なく踏み込めない。

「桂さん、幾松とあなたのことは周知の事実だ。吉田屋からこちらへ移られたらどうだ」

多田は心配してくれるが、可愛い幾松とは離れがたい。

「『燈台元暗し』だ。それに幾松からの情報も随分と役立っておる」

慎重な桂にしてはのんびり構えているようで、多田は、桂の身に不安を募らせた。

新撰組も目の色を変えて、長州人の行方を捜査している。

幾松の部屋に男が住んでいるという情報が齎《もたら》された。

「桂だ」

桂は池田屋の変より幕府のお尋ね者になっていた。「見つければ斬り棄てよ」と命じられている。

新撰組はその夜吉田屋に踏み込んだ。

部屋では桂が晩酌のほろ酔い気分で、幾松の膝枕で転寝《うたたね》していた。

幾松は桂の着物の綻びを縫っていた。

「戸を開けろ。見回りの者だ。早く戸を開けんと叩き潰すぞ」

誰かが表の戸を破れんばかりに叩く。

幾松は桂を起こすと素早く部屋の明かりを消した。

「早く戸を開けろ。踏み破るぞ」

「どなたはんどす。こんな夜更けに、お隣りに迷惑どっしゃろ。もう遅いので、御用なら明日おこしやす」

「中にいるなら早く戸を開けろ」

新撰組は今にも戸を踏み破りそうだ。

「女ばかりの家どすから、そんなに乱暴したらいけまへんがな。もっと静かにしておくれやす。一体どなたはんどす」

「新撰組だ。桂がいることはわかっておる。早く戸を開けろ」

「桂はんて長州の桂はんどすか」

幾松はわざと焦《じ》らして、桂の逃亡の時間を稼いでいる。

「そうだ。桂だ」

「この頃ついぞお目にかかっていまへん。御所の戦さからお見かけしておりまへん。長州へ帰りはったのと違いますやろか」

「お前が桂と話しているのを聞いておる。桂を隠すと為にならんぞ。早く戸を開けろ」

幾松はこれ以上引き伸ばすとかえって怪しまれると思い、行燈に火を灯け、玄関に出て閂《かんぬき》を外した。

どやどやと数名の青色の羽織を身に付けた隊士が、土足のまま部屋へ上がってきた。

座敷には布団が敷きっ放しになっており、その傍には二人分の膳があり、酒の空徳利が転がっていた。

「誰と酒を飲んでおった」

隊士が空徳利を幾松の顔の前に押し付けた。

「わて一人で飲んでおりました」

「一人で飲んで、一人で話をしていたのか。桂と一緒だったのだろう。正直に言え」

話しているうちに幾松の腹も据わってきた。

「この頃、桂さんがちっとも来てくれまへんよって、自棄《やけ》酒を飲んでおりましたのや。桂はんが傍らに居ることにして、わてがあの人の浮気を取っ締《ち》めておりましたんや。男の声音で喋っていたのが、桂はんの声に聞こえましたか。ああ嬉し」

「馬鹿を言うな。お前ののろけに付き合っておれん。家捜しさせてもらうぞ」

隊士が槍や刀を抜いて天井裏を今にも突き刺しそうだ。

「無茶しはらんとってくだはれ。もし桂はんがおらんかったら、あんたたちどうしてくれるんや。ただではおきまへんで」

幾松は気色ばった。

「われらの首でも何んでも欲しい物をやるわ」

「あんさんらの汚い首を貰うてもしょうがないどすけど、約束ですから頂いておきまひょ。鴨川へでも棄てますわ。魚の餌ぐらいにはなるかも知れまへんな」

隊士は幾松に詰め寄り、刀を首筋に置いた。

「もし桂がいたら、その美しい首も鴨川の魚に添えてやろう。それ家捜しだ」

隊士たちは押入れ、天井裏、軒下まで隈なく捜査したが、桂はいない。

「さあ、桂はんがいたらここへ連れてきてもらいまひょ。居やはったか」

「居らんわ。どこへ隠した」

「居らんもんは居りまへんわ。それよりあんたの汚い首を貰いまひょか」

「馬鹿な。女の戯言《ざれごと》など聴く耳もたんわ。今度は絶対に捕まえてやるからな」

棄て台詞を吐くと、隊士たちは肩を怒らせ玄関から出て行った。

幾松は今まで張りっ放しの気が急に抜けて、そのまま座敷に座り込んでしまった。

畳に転がっている徳利を口飲みして、しばらく放心したように虚ろな目で、まだ温かみが残る布団と二つの膳を眺めていた。

「桂はんは無事に逃げられたのか。またいつ会えるのかしら」

京の町に潜伏する志士たちは、新撰組に戦々兢々としていた。

桂は対州藩邸にいた。

「いや危ないところだった。多田君のいうように幾松の部屋へはもう行けなくなった」

幾松が時間を稼いでくれたお蔭で、戸棚から脱出して二階へ上がり、裏窓から屋根伝いに逃げた。

京の町中は明かりがなくともわかる。町屋の並びや小川まで知悉《ちしつ》している。

「ところで、幾松さんは大丈夫か。何ならわしが吉田屋まで見にゆこうか」

「そうしてくれるとありがたい。わたしも逃げるのが精一杯で後のことが心配だ。新撰組の屯所にでも連行されていないか気に掛かる」

翌朝、多田が吉田屋へ行こうと対州藩邸の玄関を出たところで幾松と出会った。

「すぐに、ここへ入りなさい。委細はまた後で」

幾松が多田の部屋へ転がり込むと、桂は驚いた。

「どうしてここへ来たのか」

幾松は桂の無事な姿を見ると、多田の前にもかかわらず大粒の涙を零《こぼ》した。

「また新撰組の人たちが夜中押し込んでくると思うと、もう怖くて三本木には戻れまへん。留守は知人に頼んできましたので、どうぞここへ置いてくだはれ」

多田の妻も幾松を哀れんで多田に執り成す。

「しばらく落ち着くまで藩邸に居られたら良い。新撰組もよもやここまで踏み込むことはないだろう」

(二)　内助の功

幾松はこの日から多田の部屋に厄介になることになり、住み込みの女中ということで、井戸の水汲み、炊事の手伝いを買って出た。

桂と同じ屋根の下で暮らせる喜びは何物にも代えがたい。

手拭いを姉さん被りに頭に巻き、襷《たすき》掛けで甲斐甲斐しく働いている姿は、新婚の女房のようだ。

新撰組も例の一件以来、躍起になって桂の行方を追っていた。

幾松の足取りを探っているうちに、桂が対州藩邸にいることを突き止めた。

庭掃除をしていた幾松が、桂と多田が相談している座敷へ飛び込んできた。

「大変です。新撰組の連中がこちらへ向かってきます。直ぐにお逃げ下さい」

桂は大小を腰に差しすっと立ち上がった。

「桂さん、ここはわたしが引き受ける。逃げられよ」

「宜しく、また連絡する」

桂は裏庭の秘密の通路から姿を消した。

どやどやと新撰組隊士たちが対州藩邸へ入ってきた。

「貴様ら、誰の許しを得てこの対州藩邸へ入る」

「われら市中見廻りの役目柄、桂がこの屋敷に潜入しているとの報告を受けた。桂は幕府のお尋ね者だ。余計な庇《かば》い立ては貴藩のためにならんぞ」

副長土方歳三は冷たい目で多田を睨みつけた。美男子だけに睨むと凄みが走る。

「対州藩と事を構えても良いといわれるか」

多田は藩邸内に無断で侵入しようとする隊士らと対峙した。

「あれは幾松だ。幾松がこの屋敷に居る。多田殿、対州に関係のない幾松がどうしてここにおるのか。屋敷内を改めさせてもらおう」

幾松発見で侵入許可を得たとばかり、数に物をいわせて、対州藩邸内を家捜ししたが、桂はいない。

「幾松は桂のこともあり、当方がお預かりいたす。桂がここへ戻ってきたら、新撰組屯所まで出頭するよう申して欲しい」

さすがに藩邸内で女に縄を打つことは遠慮したのか、幾松の背を突き立てながら彼らは対州藩邸を立ち去った。

新撰組の屯所は壬生寺《みぶでら》の近くにある。

土方歳三は顔に似ず冷血漢だ。

脱隊者は容赦なく殺し、その殺し方も陰惨である。

新撰組は元々が百姓、浪人の集まりで、隊長の近藤勇、副長の土方歳三も百姓上がりだ。武士たらんとする気持ちは武士以上だが、やることは武士の精神からは程遠い。

隊士の裏切りや脱隊を厳しい鉄の隊規で縛っていた。

土方が直々に幾松の詰問に当たったった。拷問部屋と称する昼間でも暗い蔵がある。

そこへ幾松を連れてゆき、いろいろの攻め道具を見せつけた。

行燈に火を灯けると、徐々に目が慣れてきた。板格子の部屋が設けられており、その内には半畳ほどの大きさの重り石が何枚も無造作に積んである。

よく見るとどの石にも黒く変色した血糊がべっとりと付着している。

大きな臼のような形をした入れ物に、水が満々と張られていた。

天井を見上げると滑車がぶら下がっている。

「これはな幾松。そなたのような強情な者に使う道具でなぁ、座らせて石を抱かせる。膝の筋が切れて青い痣《あざ》ができ、一生消えぬ。一度石を抱かされると、足が浮腫《むく》んで、へたをすれば生涯歩けなくなってしまう。二、三個も抱かせれば、大抵の者は気を失う」

土方は恐ろしそうに震えている幾松を蛇のような目で睨んだ。

「こちらの滑車は人を逆さに吊り上げ、あの臼の水の中へ顔を漬けて、木刀で背中を血が出るぐらい打つ。石攻めで吐かなかった者でもこいつは応《こた》える」

にやにや微笑しながら幾松の様子を楽しんでいる。

「男でも女でも裸にして攻め立てる。お前も正直に吐かんとこれを使うことになるぞ」

幾松は膝の震えが止まらない。しかし大切な桂のために必死に恐怖に耐えている。

「真っ裸は寒いだろうから襦袢《じゅばん》一枚で辛抱してやろう」

部下に命じて幾松の着物を一枚ずつ脱がす。

土方は嫌がる幾松の体を好色の目で眺めている。

襦袢姿になった幾松を板の上に座らせ、土方は竹刀を片手に幾松の背中へ回った。

「もう一度聞く。桂の居場所を言え。正直に答えれば家に帰してやる」

「知りまへん」

幾松はたとえここで殺されても桂のことは言うまいと心に決めている。

「よし、良い度胸だ。女とて手加減せんぞ」

竹刀は容赦なく幾松の背中を打つ。打たれるたびに悲鳴をあげるが、桂のことを思い、痛みに耐えようとした。

何回背中を叩かれたかわからない。気を失うと、水を掛けられて正気を取り戻した。頭がぼおっと霞む。

「しぶとい女め。今度は石を抱かしてやる」

土方は意地になり、男でも耐えがたい石抱きをさせようとした。

「それまでにせい、土方。相手は女だぞ。いいかげんにせんか」

いかつい顔つきの眼光鋭い大男が蔵に入ってきた。

幾松は薄れゆく意識下で、隊長の近藤だと思った。

「もうそれぐらいにしてやれ。女は大切に扱うものだ」

幾松は着ていた着物を与えられ、屯所を放免された。

呼吸をする度に背中にずきんと痛みが走った。

あまりの悔しさに涙が溢れてきたが、桂のために口を割らなかった喜びが彼女の心に湧いてきた。

隊士が後ろから見え隠れしながらついてくる。知人の家に入って裏口から抜け出て、どうやら上手く撒《ま》いた。

幾松はどこへ行こうか途方にくれた。

桂は行方不明だ。

多田の部屋に戻るのは危険である。近江の膳所に親類があるのでそこを訪ねようと思い、重い足を引き摺《ず》りながら蹴上まで来た。

蹴上は粟田口の東で日の岡峠の入口で、旅人が京へ出入りする度に通る場所である。

一服しようと思い弓屋という茶店の床几に腰を下し、団子を食べて休憩した。

茶店の裏は梅林となっており、そこに頬被りした人足らしい男が襦袢一つに褌一丁の姿で草鞋を直していた。

その後ろ姿が何となく桂に似ている。

庭を眺めている風を装ってその男に近づいた。

足音に気付いた男が振り返ると、それは桂であった。

「あっ桂はん。無事どしたか。会いたかった」

幾松が大声をあげ、駆け寄ろうとすると、その男が恐ろしい顔でじろりと睨んだ。

幾松は周囲に気を配りながら元の床几に戻った。

どのようにして桂と連絡を取ろうかと迷った。

幕府の密偵の目を恐れて膳所の方へ足を向けたが、このまま別れてもう逢えなくなってしまうかと思うと、桂のいる茶店に戻りたい。

しかし密偵も気になる。幾松の後をつけているかも知れない。

路上で立ち止まってどうしようかと迷っていると、一人の年とった農夫がやってきた。

「もし、お前さん。物を頼まれてくれないかい」

「へェ、何ですかい」

「この先の弓屋の庭に目が鋭い人足風の男がいはるので、これを渡して欲しいんどす」

幾松は巾着から小銭を取り出し、手紙と一緒に老農夫に手渡した。老農夫は喜んで弓屋の方へ歩いていった。

「日の岡の刑場で待つ。小五郎より」

刑場というのは薄気味悪い所だ。人里離れているので、寂として物音一つしない。

夕方になり日が欠けてくると、森が近いので塒《ねぐら》へ向かう烏が夕空を飛び交い、空一面を黒く染める。

向こうから人影が一つやってくる。近づくにつれてそれはあの人夫に変装した桂だとわかった。

「これ幾松。あんな所で大声を出すやつがあるか。密偵がどこにいるかも知れん。今のわしの立場がわかっとらんのか」

幾松は桂と再会した喜びと、叱られた悲しみとが同時に混じりあったが、会えた嬉しさの方が大きかった。

「わてが浅はかどした。あなたに会えた喜びで胸一杯になり、あなたが密偵に追われているることを忘れていました。今後気を付けますよって、堪忍しとくれやす」

悄気《しょげ》返った幾松を見つめる桂の目は微笑していた。

一時は彼女の軽率さを怒ったものの、自分の命を投げ出してまで桂を救おうとしてくれる彼女に、いくら感謝しても、し切れない。

「わしはお前の献身ぶりには頭が下がる思いだ。これからも辛いこともあろうがよろしく頼むぞ」

桂の優しい言葉が幾松の胸の中にじんわりと広がった。

「泣いた烏がまた笑ったわ」

幾松の笑顔に緊張し切っていた桂の頰が緩んだ。

「それはそうと、一体どこに行く積もりだったのだ」

幾松は多田の屋敷で別れてからの顚末《てんまつ》を話した。

「それは難儀を掛けたのう。身体の方は大丈夫か」

「へぇ、あなたの無事な顔を見たら何とものうなりました。ほらこの通りだす」

幾松は腕を上げてぐるぐる回した。

背中に痛みが走るが顔は笑っている。

「わしもこのまま京におる訳にもいかん。それでもう一度多田と会って話がしたい。幾松、悪いがもう一度対州藩邸へ行ってはくれぬか。多田にわしが明日訪ねていくことを伝えてくれまいか。お前もわしが行くまで対州藩邸で待っていてくれ」

可愛い幾松と別れるのは辛いが、桂は心を鬼にした。

「それではここで別れよう」

「わかりました。またきっと会えますね」

幾松はここで別れたらもう二度と桂に出会えないような気がして、立ち去りかねた。

「馬鹿な、明日会えるではないか。幾松、さあ早く行け。人目に付くと面倒だ」

今日やっと会えたのに、もう別れが待っている。心は逸《はや》るが足がいうことを聞かない。

それでも桂に急《せ》かされて京の町の方へ歩き始めた。見送る桂の目にも涙が光る。

翌日の夕方、対州藩邸の裏門で一人按摩が笛を吹いた。

幾松が裏門から様子を窺っていると、それは按摩に変装した桂だった。

本物の按摩のような格好で杖を突き、歩き方も堂に入っている。

どこから見ても盲の按摩そのものだ。

「按摩とは良く考えましたな」

多田も彼の変装ぶりに感心した。

「わたしももう少しで騙《だま》されるところどした」

幾松も桂の按摩振りを褒《ほ》めた。

「しばらく京を離れようかと思う。多田さんによい工面はないか」

「桂さんは甚助という下郎を御存じですな。彼の故郷が但馬の出石《いずし》です。彼を長年使っておりますが、なかなか忠実な男です。彼なら安心して桂さんを任せられます」

多田は幾松の方をちらっと見ながら話を続けた。

「甚助の案内で出石に三、四ヶ月もおられたらどうでしょう。そのうち京の情勢もまた変わってくるでしょう」

「そうしてもらえればありがたい。もう一つ多田さんに甘えたいのだが良いだろうか。幾松を出石へ連れて行くことは密偵の目を引く。しばらく幾松をここで預って欲しいのだが」

「わたしも一緒に行ってはいけまへんのか」

二人揃って出石へ行くものとばかり思っていた幾松は落胆した。

「今言ったように、わし一人でも危険な旅じゃ。そなたも密偵に目を付けられておる。しばらくここに留まる方が安全じゃ」

多田の妻も幾松を宥める。

「なに、三、四ヶ月の辛抱ですよ。すぐに恋しい人に会えますよ」

幾松はしぶしぶ同意した。

京の治安はますます悪くなり、新撰組らしい連中が、毎日のように藩邸をうろついている。対州藩邸といえども安全とはいえなくなってきた。

「幾松さん、あなたのことは桂さんから頼まれておる。われらと一緒に大坂へ行こう。桂さんからの伝言は、大坂藩邸に来るようにしておくから心配はいらん」

「そうどすな。京にいてはまた新撰組に襲われるかも知れまへんな」

大坂は京ほど危険ではない。知人の家へ寄って、帰りには道頓堀の雑踏をぶらついた。茶店で名物の「粟おこし」を食べ、珍しそうな店を見て歩いていると、桂と一緒になる前の芸妓に戻ったような気分になった。

一服して店の床几に腰を下ろしていると、先方から歩いてくる人が、どうも曙の久斎に似ている。

床几から横目で彼の様子を窺っていると、確かに久斎であった。

三本木にいた時、宴会によく呼んでくれた京都の商人である。

幾松は走り寄って声を掛けた。

「やぁ幾松はんやないか。どうしてここへ」

「いろいろと訳がおますのや。ちょっと相談に乗って欲しいんどす」

「そうか、わても商売で大坂へ来たとこや。ええとこで会ったわ。昼飯にはまだ早いけど、その辺で食べながら話を聞こか」

二人は近くの小料理屋へ入った。

久斎はしげしげと幾松を眺めた。

「あんたも桂はんと一緒になってえろう苦労したなあ。あの頃より痩せたんと違うか。あんな偉い人を旦那に持つより、商人の方が気楽で良かったんとちがうか」

「いえ、後悔はしとりまへん。それで相談というのは、うち長州へ行きたいんどす。あんたはんの力でええ工面ないやろか」

「わても商人や。いろいろな修羅場を潜ってきとりますさかい、考えてみまほ。今どこにいてますのんか」

「浜屋敷どす。対州藩の藩邸や。多田はんと一緒や」

「ああ、対州の多田はんやったら安心や。こっちの用事を済ましたら、すぐに浜屋敷へ行きますわ。ちょっと待ってくだはれ」

対州藩邸に帰ると、多田は対馬から来た藩士と話し合っていた。

対馬では藩主の叔父に当たる勝井五八郎が、親長州派の家老大浦教之助ら百人余りを殺害したらしい。

国許の親長州派は一掃されて、彼らは長州に逃亡した。

「幾松さん、良いところへ帰ってきた。われわれは対馬へ行くことになった。途中下関に寄るが、あなたも下関へ行くか。ひょっとして桂さんも長州へ戻られているかも知れぬ。近いうちに幕府と長州とは戦さになるらしい。桂さん抜きでは戦さはできないのでな」

「もちろん一緒させてもらいます」

幾松は道頓堀で久斎と出会ったことを多田に話した。

数日後、久斎が浜屋敷へ顔を出した。

「久しぶりですな、多田さん。対馬へ帰られる話を耳にしましたで。淀川の川口までわてが幾松を運びましょう。対州様の船を川口へ回しておいてもらえたら、そこで乗り移ってもらいましょう」

「どのようにするのだ、久斎」

久斎は膝を叩いた。

「天下の久斎ですわ。へまなことはやりまへん。まず茶船を二隻仕立てて、芸妓や舞妓をぎょうさん乗せ、ドンチャン騒ぎをしますのや。遊山船と思って川番所の役人も大目に見てくれるでしょう。そこが味噌《みそ》ですわ。もし万が一船中を調べられたら、わしも長年こんな商売をやってきてますよって、役人の一人や二人を誤魔化すぐらいのことは朝飯前だす。心配いりまへん。その代わり、川口より先のことは多田さんにお願いしますわ」

幾松をどのように対州の船に乗せようかと思案していたが、さすがに商人久斎だ。

大坂は水の都といわれる程、川が縦横に走っている。多くの者が川を利用し、特に西から往来するには川が便利であった。

そのため、川に番所が置かれ、上り、下りの船を厳重に見張っている。

優美な衣装を身に付けた芸妓や舞妓が乗った二隻の船が淀川を下る。

赤と白の幔幕が風に翻り、酒樽の上には坊主頭の派手な着物姿の男が座っている。

行き交う船人たちも一団を好奇な目で眺めた。

三味線や太鼓の音色も華やかさを掻き立てる。

久斎は川番所に来ると、如才なく役人たちに世間話をし、酒を勧めた。

地味な着物で目立たなくしている幾松は、仲居ぐらいにしか見えない。

船は川口に停泊している対州藩の船に横付けすると、幾松はその船に乗り移った。

(三) 出石

下関は九州へ渡る玄関口なので、船の出入りが激しく、九州訛りが耳に付く。

港町なので船客相手の妓楼が建ち並び、昼間でも芸妓を連れてふらふら酔っている町人や武士の姿が目立つ。

宿屋も船着き場から少し歩くと軒を連ねていた。

普段から活気のある町だが、幕府との戦さ騒ぎで人々の動きが慌ただしい。

宿屋に荷物を置いて一服すると、それから幾松は町へ出た。

桂から下関の名所をいろいろと耳にしていた。

(そこへ行って、誰か知っている人を捜そう)

亀山八幡宮は船着き場に近い。ここは高台になっており、長い石段の上にある。

息を切らしながら石段を登ると、対岸の小倉の町が、まるで手が届くようだ。

下関と陸続きになっているように見える。

夕暮れまで、この境内で船から降りてくる人と、関門海峡とを眺めていた。

今まで順調に九州の方へ走っていた船が、急にゆっくりと動き出したかと思うと、今度は逆の方向へ押し流される。

海面にも荒々しい白波が立ち、大河が音を立てて流れているようだ。

海の底に何か巨大な生き物が棲んでいて、人の乗っている船を玩《もてあそ》んでいるみたいだ。

色里では人の顔色を読んだり、窮屈な人間関係で縛られていた幾松は、久しぶりに若狭の海を思い出し、少女時代に戻ったような気がした。

翌日下関の町中を桂の知人を捜しながら歩いていると、不意に背中を叩かれたので、声をあげて駆け出そうとした。

密偵かと思ったのである。

「驚かせて済みません。わたしですよ」

振り返ると、対州藩邸にいた甚助であった。対州藩邸にいた頃と形《なり》が変わっていたので、急には思い出せなかった。

「甚助さんどすか」

幾松はまさかこんな所で彼に出会うとは思ってもいなかった。

「甚助さんは桂さんと出石に行ったのではありませんか。どうしてここに居るの」

「それよりも、幾松さんも何でまた下関にいるのかね」

「これにはいろいろの訳があって、ちょっとここで立ち話もできないので、わたしの宿屋へ来て話をしましょう」

幾松は甚助を宿屋へ案内すると、座敷へ彼を招いてお茶を勧めた。

「桂さんは今どこにおられますか」

「桂さんは出石で元気にされておられます」

幾松はまずは桂の消息が知れたことが嬉しかった。

「どういう生活をしておられるのか、知っている限りのことを教えて下さいな」

甚助の声は少し湿った。

「天下を動かしておられた桂さんは今では魚屋の帳付けをやっておられます」

「え〜え。どういう訳でそんなことをされているの」

長州藩の重役の桂が町人風情に成り下がったと聞いて、幾松は思わず涙を浮かべた。

「『毎日ぶらぶら遊んでいるのも退屈だから何かしたい』と仰《おっ》しゃいまして、そこで帳付けしたりして結構気楽に暮らしておられます」

幾松は京都での立派な侍ぶりしか知らなかったので、出石での町人姿の桂など想像できなかった。

「ところでお前はどうしてここへ来たのですか」

「わたしは桂さんの御用で、大坂の対州藩邸へ連絡に行ったのですが、『多田さんは対馬へ帰った』と聞いたものですから、出石へ帰ろうとしました」

甚助はお茶で喉を潤した。

「わたしは桂さんからもう一つの用事を頼まれていることを思い出したのです。『下関の様子を探って来て欲しい』という用件です。『近く幕府との戦さが起こるらしいので、村田、高杉、井上、野村か伊藤らに会い、よく事情を聞いてこい』ということでした。それでここへ来たのです」

甚助も幾松の無事を喜んで、これから手分けして彼らを捜そうということになった。

甚助が下関中を走り回って、村田蔵六と野村和作《わさく》とが「外国人応接掛」として下関に来ていることを突き止めた。

二人はさっそく「外国人応接掛」と大きな表札が掛かっている屋敷に入った。

野村も村田も屋敷にいた。二人が案内を乞うと野村が出てきた。

野村は幾松を見て驚いた。

「やあ、幾松さんか。どうしてここへ来たのか」

野村は桂の伴で何回も吉田屋で幾松と会っている。甚助から桂が出石にいることを聞くと、二人はお互いに顔を見合わせた。

禁門の変以降、桂からの連絡もなかったので、桂は死んだものと思われていた。

「長州へ桂さんが帰ってきても大丈夫でしょうか」

長州藩はこれから幕府と戦さをするし、藩内でも二分して戦っているらしい。

「高杉や奇兵隊の活躍で藩内の戦さはもう済むでしょう。幕府との戦さを目の前にしており、われわれも一刻も早い桂さんの帰国を望みます。ねぇ村田先生」

野村は村田に同意を求めた。

「いや、桂さんは慎重な人じゃ。誰かが迎えに行って藩内の情勢を説明しないと腰を上げられまい」

村田は桂と親しい分、彼の用心深い性格を知っていた。

「わたしが参りましょう。甚助も道案内してくれましょうに」

と、幾松が言った。

「喜んで出石まで付いて参ります」

「誰か藩士を付けましょうか。二人旅では心許無いでしょう」

野村が心配するが幾松は遠慮した。

「長州藩は一人でも人が必要な時でしょう。二人だけで十分でございます」

村田は机の引き出しから何か重そうなものを取り出し、甚助に手渡した。

「お主、ちゃんと幾松さんをお守りせよ。路銀として五十両渡しておく。しっかり胴巻きに入れておけ。道中で落としたりするなよ」

幾松には手紙を渡した。

「これに長州の情勢を書いておきました。これを桂さんに読んでもらって下さい」

まず下関から船で大坂へ向かった。

幾松の心は出石の桂の元に飛んでいた。どんな生活をしているのだろうか。出石は京都と違い山中だ。

冬は厳しい。風邪でも拗《こじ》らせていないか。長州へ戻れない焦りから気分が弱っていないか。いろいろと気に掛かる。

が、間もなく会える。

桂のためにわが身を棄てて活躍した思い出が、脳裏に浮かんできた。

大坂に着くと出石行きの準備もあり、数日間宿屋に滞在することにした。

「恐れ入りますが、わたしもこの地で知人がいますので一日暇を下さい。用が済み次第すぐに戻って来ますので」

「二、三日して但馬へ出発するので、知人の所でゆっくりしてきなさい」

「それではお言葉に甘えさせてもらいます」

甚助は宿屋を出て行った。

幾松は対州藩邸へ出かけた。

幾松はもしや多田が対馬から戻ってきて、桂からの伝言を預っていないかを聞くためであった。

対州藩邸は門が閉じられており、誰も住んでいない様子であった。

諦めて宿へ戻って甚助を待つことにした。

「一日で戻る」と言っていた甚助は、二、三日過ぎても一向に姿を見せない。

善良そうな男だが、大金を持つと人が変わって持ち逃げしたのか。

翌日、彼からの手紙が届いた。

それによると、昔、甚助が大坂で遊んでいた時に世話になった博奕打ちの親分がいて、偶然道頓堀で彼に出会った。

「ぜひ遊びに来い」ということで、彼の所へ行くと今は立派な親分になっており、大きい賭場を開いていた。

ちょっとの遊びの積もりで小銭を張ったが、好きな道だけに手を出してみれば止められない。とうとう預っていた五十両全部擦《す》ってしまった。

こうなったらもう幾松には会わす顔がない。桂さんに至っては尚更だ。

埋め合わせの金策もできないので、このままお目に掛かるのが辛いので、これでお別れします。御不自由を掛けますが、許して下さい。

こんな調子で書かれていた。

手紙を読んだ時は甚助が憎く思われたが、出石で桂によく尽くしてくれたことで感謝しなければならぬと思い返し、逆に賭け事から足が抜けぬ意志の弱い男が憐れに思われた。

宿屋の支払いも、出石までの旅費も工面しなければならない。思い切って宿の主人に事情を打ち明けた。

主人は人間《ひと》の良くできた人で、幾松を哀れに思い相談に乗ってくれた。

「連れの方はそんな人と見えなかったが、人は好きな道に迷い易いもので、わたしにも覚えがあります」

相手がこちらの話をわかってくれて、幾松は少し安堵した。

自分の荷物を整理して、着替えの着物を一枚だけを残して、後のものはすべて処分してもらうことにした。

髪に挿していた簪《かんざし》は江戸から戻ってきた桂が、彼女に贈ってくれたものだった。それも手離した。

それで得た金で宿銭を払うと、出石へ行くには充分ではないが、安い宿に泊って一切乗り物を使わずに足で歩いて行く積もりなら、どうにかこうにか行けそうだ。

一人で出石を目差した。

慣れぬ山道を歩いて足を挫いた。

赤く腫れている足を引き摺《ず》りながら旅籠《はたご》に着く。

水で足を冷やし、翌日からまた歩き続けた。喉が乾くと小川の水を手に掬《すく》って飲んだ。

食事は前日の夕食の残りをお握りにして持ち歩いた。

物騒な場所では、できるだけ明るい所を歩き、昼間でも薄暗い街道を行く時は、できるだけ安全そうな旅人と連れ立って歩くようにした。

どうしても誰も来ない時は、手拭いで頬被りし、顔に泥を塗って歩いた。

足の腫れが辛くなると、少女期に若狭から鯖街道を歩いた頃のことを思い起こした。

約一ヶ月の辛い道程だった。最後の峠を越え、出石の城下が見えた時は、思わず涙で景色が霞んだ。

出石は小さな町だった。甚助から聞いていた広江屋はすぐにわかった。

出石の宵田町を捜し当て、広江屋という荒物屋の前に辿り着いた時にはもう日が暮れかかっていた。

店番のおすみは「汚らしい格好の女が店の前に立っている」と、桂に知らせた。

物乞いか何かだろうと思って店から外に出た桂は一瞬言葉を忘れて立ち尽くした。

「幾松か、お前は」

目の前に立つ女はあまりにも薄汚れていて、京での美しい衣装で着飾った艶やかな幾松を見慣れていた桂には別人のようだった。

「本当に幾松か」

女は汗と土埃に塗《まみ》れ襤褸《ぼろ》を身に纏《まと》った、女人足のようだった。

長い独り旅に窶《やつ》れ、日に焼けた百姓のような女は、男のような形《なり》をしていた。

まったく予期せぬ再会だった。

京都で売れっ子の花街育ちの幾松が、一人でここに辿り着くまでの苦労を思い遣ると、桂の目頭に熱いものが溢れた。

「京都一の美妓が思わぬ酷《ひど》い形に化けたものだ。おれの三条大橋の乞食姿よりよほど上手いわ」

愁嘆場に桂はわざとおどけた調子で、幾松を笑わそうとした。

流石《さすが》に今まで張り詰めていた緊張の糸が切れたのか、気丈な幾松が大粒の涙を零しながら、桂にむしゃぶりついてきた。

しばらく桂の腕の中で泣き続けた後、顔を上げるとちょうど涙の流れた所だけ汗と土埃が洗い流されて、奇妙な顔になった。

泣き顔でまじまじと桂を見詰めていた幾松が今度は急に笑い出した。

「あなたのその格好、良く似合っていますよ」

町人髷《まげ》で前垂れ姿の桂が、幾松には滑稽に見えた。

何か思い詰めた表情で桂にしっかり抱きついてきたかと思うと、また泣き出した。

京都で別れてより九ヶ月ぶりの再会だった。

遠くに離れて相手のことを思い、別々に経過する時間をお互いに持つことによって、二人の精神的な結び付きは、逆にその絆を強くした。

桂は幾松から手渡された村田からの手紙を読み、長州へ戻る時が来たと思った。

討幕後、二人は正式に結婚する。二人の命懸けの恋は実り、維新後も幾松の献身ぶりは続いた。

岩倉使節団の副使として桂が外遊中に、彼宛てに送った幾松の手紙が残されている。

「さぞさぞ知らぬ他国へ、余計のご心痛をなさっているものと、いろいろ案じております。どうぞあなた様にはあまり気を張り詰めないように、くれぐれもお願いいたします。お帰りになれば、どのようにもお世話いたしますから、どうぞ、どうぞ御身くれぐれもおいといなさいますよう、お頼みいたします。また、また、いろいろとご苦労なさっていることはお察ししております。どうぞ、どうぞ、はやくお帰りになってください。くれぐれもお頼みいたします」

薩長同盟

(一) 坂本龍馬

坂本龍馬が下関にやってきた。

「桂さん、薩摩じゃ、長州じゃ、と言っている場合ではないぞ。実力藩である薩摩と長州が睨み合って得するのは幕府だけじゃ。またわが国の内乱を喜んでおるのはイギリスやフランスだ。彼らはわが国の内乱につけ込んでわが国を支配しようとしておる。隣りの清国が良い例だ」

　坂本は大男で声も大きい。

「薩摩と長州が早く手を組まんと、わが国も清国のようになる」

　土佐っ子だけに酒も強い。酒が入ると冗舌になる男らしい。

「これまでの行き掛かりがある。すんなり坂本君の話を受け入れかねる。あんたは『薩賊《さつぞく》会奸《かいかん》』という言葉を耳にしたことはないのか」

　坂本は微笑した。

「長州人はその文字を下駄の裏に書いて毎日それを踏んづけていると聞いている。長年にわたる薩摩への恨みはわかるが、それを棄《す》てて前へ進まんといかん」

　坂本は土佐を脱藩した自由人だ。

　今は亀山社中という貿易商社のようなものをやっている。

　幕臣の開明家の勝海舟が始めた神戸の海軍塾に入門して、広い視野を得た。

　坂本の目からは薩摩を恨んで話し合いを拒絶する桂の態度は歯痒《はがゆ》い。

　坂本は別の方面から桂を口説こうとした。

「長州一藩で幕府に勝てるかね。薩摩はイギリス艦隊との戦さの後、洋式兵器の必要性を痛感し、大量の武器と軍艦を購入した。また自国でも溶鉱炉を製造し、武器を生産しておる。長州がイギリスから武器を買うことは幕府が禁じている。われわれが仲介して、薩摩名義で武器を購入し、長州へ渡しましょう。薩摩の西郷の許可も取っている」

「僕の一存では決めかねる。この話を聞けば、奇兵隊などが猛反対するだろう。彼らの説得が一番難しい」

桂は乗り気でない。

「これではいつまで話しても埒があかぬ。一度西郷さんと直《じか》に会われたら良い。わしの同志、中岡慎太郎が鹿児島に向かっておるので、帰りに下関に西郷を連れて来る筈だ。彼と腹を割って話し合うことだ」

「こちらの了承もなく、勝手にでしゃばってもらっては困る。たとえわが藩だけでも、幕府と戦う積もりだ」

桂は怒って部屋を出て行こうとしたが、坂本の懸命の説得に耳を傾け始めた。

「そんなに君たちが長州のことを思ってくれるなら、会って話をするだけなら西郷と会おう。彼の本音も聞きたい」

桂の態度は軟化した。

下関の白石正一郎の離れ座敷で、二人は中岡が西郷を連れて来るのを待つことにした。

中岡慎太郎も土佐藩出身で庄屋の子だ。武市半平太の土佐勤王党に属していたが、武市が投獄されると脱藩した。

　禁門の変では長州軍に加わり、敗戦後は長州へ戻り下関で四ヶ国連合艦隊とも戦った。

　帰るべき故郷がなく、長州が古巣である彼は長州の事情に通じており、最強の二藩が手を握ることを勧告した。

　桂は政務のため、一度山口へ戻った。

　信頼のおける村田蔵六にこの話を相談すると、彼は目を輝かせた。

「ミニエー銃が手に入れば、幕軍など恐ろしくはありません。戦争の勝敗は兵器の質と、それを使用する者の熟練度で決まります」

　村田は桂が江戸で見出してきた才人で、大坂の適塾で蘭学を学び、西洋兵学を原書で読み、理解した。

　彼は今、長州軍政専務として大きな権限を与えられている。

「ミニエー銃は砲身内がラセン状になっており、射程距離が従来のものと比べると格段に優れております。命中率も高い。ゲベール銃の威力は火縄銃より上だが、先込め式であり、西欧ではこれは旧式となっております」

　桂は少しは銃の知識を持っている。

「同じゲベール銃同士で戦うとなると、数で勝る幕軍には勝てませんが、ミニエー銃が手に入れば話は別です」

必要な事以外喋《しゃべ》らぬ寡黙な男だが、得意分野となると別人かと思う程冗舌となる。

「ミニエー銃が一万もあれば、正規の藩兵以外の諸隊や村人にまでミニエー銃を持たせることができます。これで十倍の敵に勝つことができます」

（坂本の話に反対する奇兵隊や諸隊の方は何とか高杉が宥めてくれるだろう。武器購入には薩摩と手を組む以外はなさそうだ。幕府軍に勝つには、西洋武器を購入できるかどうかが鍵になるようだ）

桂は山口で政務を済ますと、白石邸へ急いだ。

坂本は白石邸の離れ座敷で白石相手に酒を飲んでいた。

五月晴れの天気で、庭の躑躅《つつじ》も満開で、浜風が潮の香りを部屋まで運んでくる。

「下関は好い所ですのう。酒も旨いが女も美しい。わしも下関に移りたくなってきた」

政庁から帰ってきた桂を見て、桂が乗り気になったことを察した。

「桂さん。村田先生は賛成されただろう」

「『ミニエー銃一万丁欲しい』と言っておった」

「一万丁は難しいが、五、六千丁ならグラバーが何とかするだろう」

「長崎の商人かね」

「薩摩藩と昵懇《じっこん》の商人で、手広く商売をしているイギリス人だ」

坂本は酒を飲むと髪を掻く癖があり、その雲脂《ふけ》が畳に零《こぼ》れる。本人はそれをあまり気にしていない。

神経質な桂はそれが気になる。

大皿に盛られた刺身が部屋に運ばれてきた。食欲旺盛の坂本は箸を付けると、「旨い、旨い」を連発した。

酒は水を飲んでいるみたいだ。五合は十分飲んでいるが、態度は全然変わらない。

早食いで桂の分まで刺身を平らげ、「下関の魚は新鮮で旨い」と口元を手で拭うと、身体を掻き始めた。

手で着物の袖を捲《まく》り上げると、ぽりぽりと掻く。

近眼のせいか、遠くを眺める時、目を細める癖があり、細い目が益々細くなる。

服装は構わない質らしく、着古したものでも本人は全然気にしていない。

袴に妙な模様が入っていると思い、彼の袴を見た桂は驚いた。

手垢と墨が独特の柄を作っているのだ。

手紙を書く時に手に付いた墨を、手拭い代わりに袴で拭《ふ》いているのだ。

じろじろと服装を見られているのに気付いた坂本は、懐から何か液体が入っている瓶を取り出した。

「こいつは便利なもので、香水という。西洋の婦人たちが体臭を消すのに使うもので、わしみたいな風呂の嫌いな無精者には一番だ」

坂本は桂に試してみるかと瓶を渡した。嗅ぐと馥郁《ふくいく》とした香りがする。ただ汗と混じると何ともいえない臭いとなる。坂本は慣れているのか気にしていないが、異臭が部屋を漂っている。微笑すると愛嬌があり、憎めない男だ。

「これは西洋の靴というものですか」

脇にいる白石が坂本の履物《はきもの》を指差した。

「そうです。われらは下駄や草履に慣れていますが、こいつは非常に歩き易いですよ。足にぴったりと合うよう出来ています。牛革で作られており、水溜りに入っても足が濡れないし、兵士に履かせると動きが敏速になります」

脱いでいた靴を手に持ち、桂に試してみることを勧めた。

桂が乗り気でないのを察すると「西洋では靴を履いたまま家の中を歩いています。じゃ、ちょっと失礼して」と前置きすると、靴を履き畳の上を歩いて実演してみせた。

中岡が白石邸にやって来たのは、それから数日後であった。

「お主一人だけか」

坂本は驚いて中岡を見た。

「済まん。お待たせしたのに申し訳ない。残念ながら西郷は直接京都へ行ってしまった。豊後の佐賀関に着いた時に京都の情勢の逼迫を知らされ、下関に立ち寄る予定を急に変更したのだ」

　桂は落胆した。

（坂本らの一人相撲だったのか。それとも坂本を通じてわれわれの出方を探らせたのかも知れん。いずれにしても薩摩は信用ならん）

　坂本も中岡も頻《しき》りに謝った。

「それ見たことか。わしは最初からこんな事であろうと思っていたが、果たして薩賊に一杯食わされたか」

　桂は慎重な男だけに、疑ぐり深い。

「望みを棄てるにはまだ早い。また別の機会もあろうに」

　中岡は脱藩し、長州藩と共に幾多の修羅場を潜ってきた男だけに肝も据わっており、少々のことでは諦めない芯の強さを持っている。

「薩摩は信用ならん」

　期待が大きかっただけに、失望が憎しみになる。

「まあまあ、君の顔を立てるようにするから、今後はわれわれに任せてもらいたい」

「それほど言うなら、この次は薩摩の方からわが藩に使者を派遣して和解するようにして欲しい。同盟の意志があるなら、薩摩名義で武器を購入して、われらに武器を回してもらおう。誠意ある行為で同盟の意志を示して欲しい」

「わかった。二人で西郷を口説く積もりだ。今から西郷に会いに京都へ行ってくる」

二人は白石邸の裏庭から小舟に乗って三田尻へ向かった。

数日すると、五卿随従《ごきょうずいしょう》の楠本文吉が京都から下関へやってきた。彼は土佐の浪士だ。

「西郷の許可が取れました。坂本と中岡から言いつかってきました」

西郷からの書状には「今長崎に薩摩藩家老の小松帯刀《たてわき》がいる。彼が軍艦と武器購入の件を引き受ける」と書かれていた。

桂は坂本と中岡の奔走が効を奏したことを知った。

(二) グラバー

長崎ではグラバーが武器購入の仲介を行っている。

桂はロンドンに留学した伊藤と井上の二人を、長崎へ遣った。

小松帯刀は薩英戦争後、自ら長崎に出張して、グラバーと交渉した。

お勝手方掛りとして薩摩の金庫番を担当していた。

二人は薩摩屋敷で小松と会った。

貴公子を思わせる整った顔立ちの男で、腰も低い。

世襲だけの能力のない人物かと思っていたが、彼らの予想は外れた。

外見に似合わずなかなかの遣り手だ。

坂本らの亀山社中の面倒をみているのも彼であり、軍艦の購入から、琉球産物、唐物取締り役をこなし、薩摩藩の産業と交易を一手に取り仕切っている。

造士館、演武館、集成館、開成所の教育も遣れば、藩の御用商人も動かしていた。

西郷や大久保も彼に上手く使われている。

島津斉彬《なりあきら》の家老役だ。

（まったくわが藩の桂のような男だ）

「さっそくグラバーを紹介しよう」

行動も素早い。

小松は供も連れず、二人の先頭に立って道を急ぐ。

長崎港を見下ろす南山手が異人居留地だ。

屋根の先端が尖っている洋館が見える。

「あれは大浦天主堂だ」

小松は物珍し気にきょろきょろ脇見をしている二人に説明した。

教会を過ぎると、山麓に堂々とした洋式の建物が目に付いた。

「あれがグラバー邸だ」

「立派な西洋館ですのう」

二人はロンドンに半年間滞在していたので、洋館は見慣れていたが、グラバー邸は山麓に聳えるように思われた。

建物は山麓の南斜面を独占しており、屋根は瓦葺きだ。それが先端から下方へ扇状に広がっている。

屋根の中央にレンガ造りの煙突が突き出ている。

「われわれはあの煙突を目印にして、グラバー邸に向かっている」

遠くからでもこの煙突はよく見え、これがグラバー邸のシンボルになっていた。

近づくと豪華な門が目に飛び込んでくる。

門から始まる曲がりくねった石畳の道は、植物園のような庭園を抜け玄関へと続く。

一本の老松が建物の隅に枝を広げており、それは屋根より高く聳えている。

そのためにグラバー邸は地元の人々から「一本松屋敷」とも呼ばれていた。

「こりゃ、殿様の住む城と庭園だ」

二人はロンドンで見学した貴族の城を思い浮かべた。

小松は勝手知ったる様子で、玄関の呼び鈴を鳴らす。

すると守衛が顔を出し、小松だとわかると彼らをグラバーの応接室へと案内した。

応接室にはオーク材の前飾りの付いた暖炉が備え付けてあり、床は磨き抜かれて鏡のように光っていた。

西洋の教会のような高い天井には壁紙が張ってある。

鎧戸が付いたコロニアル風の大型窓からは長崎港が一望できるように建設されていた。

港内には数隻の外国の蒸気船が停泊していた。

港外の大海原には白い波が立っている。

応接室の部屋一つを見ても、グラバーの財力と日本文化へ傾倒ぶりを知ることができる。

しばらくすると、四十歳ぐらいの金髪の男が現われた。口髭を蓄え、細身の精悍そうな面構えをしている。

「トーマス・グラバーです。薩摩の小松様にはよく軍艦や銃を買ってもらっています」

挨拶の日本語も流暢だ。

「長州の伊藤さんと井上さんですね。あなたたちのことは良く知っています」

二人はきょとんとしてお互い顔を見合わせた。

「あなたたちがロンドンへ行く時、お世話をしました。わたしは『ジャーディン・マジソン商会』の代理人をしておりました。ロンドン行きの船を商会に紹介したのです」

二人は何故グラバーが彼らのロンドン行きのことを知っていたのか、納得した。

幕府は諸藩の外国への渡航を禁じている。また交易も認めていない。

そんな状況下で危険を冒してまで、薩摩や長州に肩入れをしている彼に、二人は「死の商人」としての商人根性を見た。

「討幕」に燃えている志士のように、交易に情熱を傾け、運命を切り開いている「サムライ」と同じ魂を感じた。

「わたしはスコットランドから二十一歳の時に日本に来ました。長崎の出島にいましたが、この居留地が出来てからここに移りました。初めは日本茶をイギリスに輸出していましたが、今は武器や船の仲介で忙しいです。あなたたちに必要な武器がどれぐらいあるのか、上海に問い合わせてみましょう。少し時間をください」

グラバーは小松らにブドウ酒を勧め、葉巻を吹かしながら、「この頃幕府の役人の目が厳しくなり、商売がやりにくくなりました」と愚痴を零した。

二人のために特別に自分の屋敷を案内してくれた。驚いたことにグラバーは天井に隠し部屋を造っていた。

部屋の隅に本棚があると思っていたところ、それが梯子に早変わりした。

彼は梯子を壁に立て掛けそれを登ってゆき、天井の板をずらすと、二人を手招きした。

二人がゆっくりと梯子を登ってゆくと、屋根裏部屋に繫《つな》がっており、部屋の中には襖と畳が敷いてある。

窓がないので暗いが、目を凝らしてよく見ると、数名の者が寝泊まりできる広さだ。

「海外へ渡航する人がここで出航まで潜んでいました。幕府の目が厳しいのでこのような秘密の部屋が必要となるのです。薩摩の若者も海外に渡航しています」

武器の購入に時間がかかりそうなので、伊藤が長崎に残り、亀山社中の高松太郎と一緒に、グラバーと交渉することにした。

高松は坂本の姉の子だ。

小松が鹿児島に帰るので、井上と亀山社中の上杉宗次郎とが薩摩との親善を図るために、薩摩船の胡蝶丸で鹿児島へ行くことになった。

市来《いちき》六左衛門の吉野村実方《よしのむらさねかた》の別荘で小松、桂久武、大久保、伊地知らと会い、長州の討幕の決意と、薩長同盟に本気で取り組んでいることを伝えた。

伊藤はグラバーから銃の購入に成功した。ミニエー銃四千三百挺、ゲベール銃三千挺。銃の代金は合計九万二千四百両。銃は薩摩の胡蝶丸に積んで、幕府の役人に見られないように下関を避け、三田尻《みたじり》で陸揚げした。

代金は現金払いなので、萩の蔵元から荷車に積んで運んだ。

一台の荷車に千両箱を三つ積む。三十一台の荷車に千両箱三つずつ乗せて、萩の菊ヶ浜から夜中に艀船《はしけぶね》に積んだ。

それを沖で停泊しているグラバーの持ち船に積み込んだ。

幕府の役人に船内捜査された時に備えて、代金は船倉の石炭庫の中に仕舞い込んだ。

亀山社中の上杉は、井上の紹介で藩主敬親《たかちか》に謁見を許され、その労により後藤祐乗《ゆうじょう》作の名刀を賜わった。

「汽船購入のことについても宜しく頼む」と殿様から直々お言葉を賜った。

蒸気船購入も伊藤の尽力によって、イギリス製の木造船を手に入れることができた。

この代金は三万九千両であった。

坂本がひょっこり下関へやってきた。

「一両日ぶりの再会ですな」

桂は白石正一郎の離れ屋敷に坂本をもてなした。

「桂さん、実は長州の米を薩摩に回して貰いたいのだが」

坂本は会うなり桂に切り出した。

「桂さんも知っていると思うが、幕府が長州征伐の勅命を取ることを朝廷に働きかけていたのだが、この度勅命が将軍に下った。それで薩摩はこの勅命の撤回のため、薩摩から多数の兵を上京させ、朝廷に圧力を掛けようとしているのだ」

前回の武器購入で薩摩には借りがある。

「この前に世話になったお礼をさせてもらおう。吉田辺りの米を回そう。こちらの誠意を示す良い機会だ」

「それは助かります。こちらの顔も立つし、これで両藩の絆も強くなるだろう」

坂本の土埃と汗で汚れた服装は、薩長同盟のために坂本が奔走している証しであった。

服装も髪もこの前より一層酷い。

坂本は河豚《ふぐ》の刺身を三人前ぺろりと完食すると、西郷に桂の合意を伝えるために白石邸を後にした。

黒田了介が前触れなく白石邸を訪れた。

彼は伊藤に続いて二代目の総理大臣になる黒田清隆だ。

この時まだ二十六歳の若者である。

「西郷さんと京都で会って欲しい。薩長のこれからのことを話し合ってもらうために、ぜひお願いする」

薩摩から長州に言い寄ってきた。今までは坂本ら亀山社中を通じての武器や食糧での経済交流であったが、今回は直接首脳部の者たちが顔を合わせて、将来の同盟について話し合おうという腹らしい。

「わたしの一存では即断できない。政府役員と相談する必要があり、少し時間が欲しい」

薩摩への恨みや憎しみは経済交流を通じて徐々には薄れているが、西郷には以前下関で約束を違《たが》えられたこともあり、信用できぬところがある。

しかも京都は長州人にとっては危険な場所で、生きて帰れる保証はない。

（そもそも西郷が本気で薩長同盟を考えているなら、黒田などの小者でなく、西郷本人が下関へ来るべきだ。わざわざ危ない京都へこちらを呼びつけるとは）

桂の胸にまた西郷不信の芽が芽生え始めた。

黒田来関の報を受けて、政庁から井上と高杉が白石邸へやってきた。

「わしは京都へ行きたくない。西郷は信用ならん。それにわしが行くと、長州が頭を下げて同盟を頼みに行くような格好だ。これでは交渉も強くでられん。やはりわしは行かん」

珍しく桂が感情的になっている。冷静な桂を見慣れている井上も高杉も桂を宥める。

「桂さんの気持ちは良くわかるが、幕府が征長の勅命を手に入れた以上、早くこちらも迎え撃つ体制を整えなければならん。政治を行う者は自分の感情を押し殺してでも、事を処すべきだ。わしは政治の方は苦手で交渉役には向かんが、桂さんなら出来る。桂さんぐらいの大物が行かないと薩摩も本気にしない。どうあってもあなたが京都へ行くべきだ」

井上も脇から口を添えた。

「わしは鹿児島で多くの薩摩人を見てきた。彼らは信義に篤く、誠実で約束は守る。その中でも特に西郷の人気は絶大だ。彼らは決して『薩賊』ではない」

鹿児島滞在は井上の偏見を矯正した。

「黒田は小者だが、西郷の子分の中でも評判が良く、西郷が信頼している若者の一人だ」

桂も二人の説得に耳を貸しはじめ、やがていつもの桂に戻った。

「体面に拘《こだわ》ることはない。これが最後の機会だ。これを逃せばもう同盟話はなくなるだろう。西郷と腹を割って話し合ってこい。もし万一不幸にして桂さんが薩摩人に殺されたら、長州人の士気は鼓舞され、一丸となって幕府と戦えるというものだ。だからあなたの死は決して犬死にとはならぬ。桂さん、京都で死んで来い」

高杉のこの一言で桂の迷いは吹っ切れた。

奇兵隊は三好軍太郎、御楯隊は品川弥二郎それに土佐浪人田中顕助らが一緒に行く。

これは彼らを薩摩藩との交渉の場に立ち合わせ、諸隊の同盟への反対の口を封じるためであった。

(三)　同盟成る

彼らは十二月末、黒田と一緒に下関から船に乗り込んだ。
剣を懐《いだ》き潜行して帝郷に入る
ただ期す一撃豺狼《さいろう》を斃《たお》さんことを
十年の素志未だとぐるあたわず
暗涙《あんるい》むなしくふるってかの蒼《そう》に訴ふ
「豺狼」とは幕府のことで、死んでいった多くの同志の仇を討つために、涙を呑んで、旧敵であった薩摩との同盟に行く心境を桂は船中で詠んだ。
誇り高い桂にとって、恥を忍び意を決しての大決断であった。
慶応二年一月四日に大坂に着く。長州藩士佐堀の蔵屋敷は廃墟のままで、塀は朽ち、屋根は抜け落ちて瓦が地面に散乱している。

庭は背丈ほどもある雑草が立ち枯れていた。

大坂の薩摩藩邸で休憩を取り、彼らの御用船に乗って淀川を遡《さかのぼ》る。

「丸に十の字」の家紋が船尾にはためく。

夕暮れになり、夕日が八幡男山に掛かる。反対側には天王山が見える。

この天王山から川を挟んで男山までの一帯は禁門の変の際、長州勢が総崩れとなり、敗走した所でもあった。

船中で一同は当時のことを思い出し、押し黙った。

村田新八が伏見の寺田屋の船着き場まで出迎えにきていた。

薩摩藩の伏見藩邸は幕府の伏見奉行所に近い。

四人を乗せた駕籠は、竹田街道を抜けて、京都の二本松の薩摩藩邸に入った。

藩邸は相国寺の隣りで、今出川通を隔てて御所に面している。

西郷がわざわざ玄関まで出迎えた。

相撲取りのような大男で、南国の人に特有の黒光りする瞳が非常に大きかった。

桂は西郷を見て、以前坂本が彼について語っていたことを思い出した。

「西郷はわからぬやつである。少しく叩けば少しく響き、大きく叩けば大きく響く。もし馬鹿なら大きな馬鹿で、利口なら大きな利口だろう」

桂の目に映った西郷は誠実な人柄であるように思われた。

部屋に入ると挨拶もそこそこに、桂は今までの薩摩との行き掛かりを愚痴り始めた。

「長州藩は朝廷の意向通り攘夷を行ってきたのに、文久三年十月十八日に突然御所の警備を解かれた。禁門の変は嘆願のために上京したのであって、それを咎《とが》める幕府のために已《や》むを得ず戦火を交えるようになった」

桂は延々と薩摩の姿勢を詰《なじ》った。

西郷はその間終始頷いて聞き役に徹した。

薩摩藩の立場から一言も弁解することもなく、「ごもっとも」を繰り返した。

（もしわしが西郷なら長州の見地に偏った桂の話の腰を折ってでも、薩摩藩の正当性を訴えるだろう。それをせずに黙って桂の話に耳を傾け続けた西郷という男は立派だ）

同席していた品川は西郷の腹が太いことに感心した。

薩摩藩家老、桂久武が病床に臥せっていたので、彼の回復を待ってから会談を行うこととした。

藩主からの贈り物の刀と長州鍔《つば》を西郷に言《こと》付けた。

仲介役の坂本を待つが遅れるとの連絡があってから数日が経つ。

二週間余りの滞在中、連日の御馳走攻めで、同盟の話は西郷の口からは一切出ない。

（どうなっているのか。坂本の話とは全然違うではないか）

彼は西郷の誠意を疑った。

孤立している長州藩としては絶対に弱味は見せられぬ。自分たちの方から話を切り出す訳にはいかない。薩摩からの同盟の話は受けるが、こちらから頭を下げて頼むことはできない。たとえ長州藩が滅亡するとしてもだ。

（腹黒い西郷はこちら側から同盟の話を切り出させ、薩摩に有利な条件で締結しようとしているのではないか）

大男で巨大な黒目の微笑の奥に潜む西郷の腹の内はわからない。

外見は誠実そのものに見えるが、彼は同盟の話には一切触れようともしなかった。

品川や三好や田中らは、この西郷らの態度に不信を募らせた。

「桂さん、もう長州へ帰りましょうや、あと何日いても一緒だ。薩摩人は腹黒い。信用ならんわ」

西郷の太っ腹に感心した品川も痺《しび》れを切らせた。

「幕府相手の戦いはわが藩一藩でやりましょう。たとえ藩が滅びようとも本望だ」

三好も同盟に見切りをつける。

彼らの怒りは爆発寸前だった。

仲介役の坂本の到着があまりにも遅い。

最後の会談を一月十八日に決めた。ここで同盟話が出なければ帰国することにした。

秘密裏に行うため、「上京区石薬師通寺町東入ル」にある小松邸で行うことにした。

この小松邸は、当時近衛家のお花畑屋敷と呼ばれた別邸であった。小松が貞姫君の近衛家へのお輿入れに骨折った褒美として、近衛家から小松に与えたものである。

調度品には近衛家の家紋が入っていた。

新撰組ですら、この別邸には近づけない。

薩摩側は小松・西郷・大久保・吉井・奈良原らが出席して午後二時頃から深夜まで話し合った。

しかし薩摩側からは依然として同盟の話は出なかった。

「そろそろ藩主に報告するため、帰国する積もりだ」

桂の方からこの稔《みの》りのない会合を打ち切った。

同盟の話はもはや時間切れ寸前だった。

坂本が京都薩摩藩邸へやってきたのは、ちょうどこの日だった。

「桂さん、同盟は成ったか」

上がり框《がまち》に腰を下ろし、靴を脱ぐのももどかし気に桂に尋ねた。

坂本は桂上洛の報を聞き、もうすでに同盟は決まったものだと思っていた。

「いや、西郷から全然その話を切り出さん。わしは帰国しようと思っておる」

これを聞くと坂本は突然怒鳴り始めた。

「人が折角、骨を折って西や東へと奔走し、桂、西郷会談のお膳立てまで漕ぎ着かせたのに、二週間も一体何をしておったのか」

　自分たちが命懸けで二人を会わせるところまでしてやったのに、個人的感情などといったもので、同盟話を潰されるなど、考えるだけでも腹が立った。

「坂本さんの腹立ちはもっともだ。しかし、同盟の件はどうしてもわれわれからは言い出せん。今、孤立無援になっているわが藩から同盟の話を切り出すことは、哀れみを乞うようで、それでは武士の道が立たない。たとえ幕府軍と戦って、防長二ヶ国焦土と化しても、残る薩摩藩が皇国のために尽くしてくれるなら、長州は滅んでも天下のために喜ぶべきだと思っている。だから明日帰国する積もりだ」

　切々と訴える桂の目は赤く充血しており、桂の心情は坂本の胸を激しく揺り動かした。

「わかった、桂さん。あなたの血の滲むような皇国への思いは、わしにも良くわかる。よし、西郷にはわしから話そう」

　坂本はその足で西郷の部屋に押し入った。

「西郷さん、桂の心境がわからん唐変木でもなかろう。桂は『たとえ長州が滅んでも、薩摩が国家のために尽くすのであれば、天下のために喜ばしいことだ』と言ったのですよ。泣かせるではありませんか。いつまで薩摩藩といった、ちっぽけな面子などに拘るのか。今朝敵となり、日本で唯一孤立無援となって、自国が焦土となっても、薩摩に『皇国のために尽してくれ』という長州の悲愴な立場が、あなたにはわからんのか」

坂本は桂の心境を思えば怒鳴らずにはおれない。

「……」

「あまりにも長州が不憫過ぎるとは思いませんか、西郷さん」

激怒する坂本の前に、巨大な男が肩を竦《すく》めている。

まるで悪さを見つかった幼児のようだ。

「わかりもした。おいがいかんじゃった。済まんことでした」

西郷は窮屈そうに頭を下げた。

薩摩きっての政治家の顔ではなく、一人の誠実な善人の顔つきであり、坂本を見つめる眼差しは、柔らかな人を優しく包み込む明るい色を帯びていた。

「わかってくれましたか。西郷さん」

「はい、わかりもした。明日、おいからこの話をば、言い出しまっしょ」

「……」

「坂本さんに、ほんに気をば揉ませました」

坂本は彼の節榑《ふしくれ》立った大きな手を力一杯握りしめた。

翌日、小松屋敷で、念願の薩長同盟が結ばれた。

その内容は様々な場合を想定し、六ヶ条から成る策であった。

村田蔵六（大村益次郎）

石州口の戦い

(一) 扇原関門

「可笑《おか》しい格好の人たちが歩いている」
五、六歳の男の子が両親に向かって叫んだ。
両親は水田の中に入って雑草を抜いている。

馬に乗っている大将らしい人の服装が奇妙だ。風采が上がらない小柄な男だ。それに全然堂々としていない。

浴衣がけで檜《ひのき》の百姓笠を被り、半袴で腰には藁草履《わらぞうり》と渋団扇《しぶうちわ》を差しており、あたかも納涼に行く人のようだ。

「あの人たちは花火を見にゆくの。盆踊りに行くの」

男の子は行列について行こうとした。

畔《あぜ》には妹であろう、一歳ぐらいの赤い着物を着せられた子が、桜の木陰で気持ち良さそうに眠っていた。

鳶《とんび》が空高く舞っている。

男の子が行列近くに寄って、しげしげと大将らしい人を眺めた。

首から石盤を吊り下げている。馬の周囲にその家来らしい男がおり、一人は馬の轡《くつわ》を取り、他の二人は長い竹梯子を持って歩いていた。

他の家来たちも韮山笠《にらやまがさ》に、筒袖《つつそで》にズボンで、草鞋《わらじ》姿だ。

「おじさんたちは火消しの人なの」

男の子は慣れ慣れしく「カミクズヒロイ」のような格好の男たちに尋ねた。

兵士は近づいてきた子供を怖い顔で睨みつけた。

「これをお前の父ちゃんに渡しておけ」

懐から一枚の紙を子供に投げつけた。

男の子は男の人相に驚き、急いで両親のいる所へ走った。

畔で一休みしていた父親は走ってくる子供を叱った。

「こら。あの兵隊に近づくな。捕まると食べられてしまうぞ。あの人たちは殺した人間の肉を平気で食べるんだ。鬼兵隊と呼ばれている恐ろしい兵隊だ」

子供は鬼と聞いて泣き出した。畔で眠っていた女の子もその泣き声で目を覚ました。

父親は子供から紙を取り上げると、それに目を通した。

百姓でもわかる言葉で、長州藩が幕府軍と何故戦うのか、その理由が書かれている。

「朝敵の冤罪《えんざい》を受けた無念さを国内一統決死で防戦を行い、七度人間に生まれてきてもこの冤罪を晴らさねばならぬ」

父親はその紙切れを投げ棄てた。ここは長州の隣国であった。

石州口《せきしゅうぐち》を指揮するのは村田蔵六《ぞうろく》である。元は周防鋳銭司《すぜんじ》村の医者で、適塾で蘭学を勉強した男だ。

洋書で西洋兵学を理解し、それを日本語に翻訳したが、実戦はこれが初めてであった。

洋式軍隊の参謀たちも実戦を前に、不安と期待が交錯する。

額が広く眉が太い。眼が陥凹《かんおう》しており、参謀たちは陰で彼のことを「火吹きダルマ」と呼んでいた。

石州口は津和野藩と国境が接しており、その隣国は浜田藩である。

浜田藩は上州館林《たてばやし》から移ってきた松平氏で、それに松江・紀州・福山・鳥取藩が手伝って守備している。

村田は南園《なんぞの》・干城《かんじょう》・精鋭《せいえい》隊それに支藩清末《きよすえ》の育英《いくえい》隊ら約一千名を率いて行く。

梅雨時期の蒸し暑い盛りであった。

参謀は杉孫七郎である。

部下たちはこの実戦経験のない学者を信じて良いかわからない。

桂の信頼が篤いことで一応信じようとするが、村田が無口で感情を表に出さない男なので、彼が何を考えているかわからない。

一行は津和野領に差し掛かった。

津和野藩は亀井家四万三千石の小藩で、実質百万石もある長州藩にまともに対抗することはできない。また元々が外様なので戦意も低い。

長州勢の藩内通過を許可した。

「横田」を越えると浜田領で、「扇原」には関所がある。

ここの関守は岸静江《しずえ》という三十一歳の目付役の男であった。

農民からの通報で長州勢が横田より、この関所へ近づいて来ていることを知った。

白い旗を掲げた一人の男が関所へ姿を現わし、大声で叫んだ。

「わが藩は、京都へ赴くべき、重大な要件があるので、ただ今軍勢を率いて、貴藩の関門近く辿り着いた。わが藩は貴藩あるいは城下を通過しようとする意志はない。あくまで通過後も、津和野藩領のみを通る積もりなので、ここの関所のみはお通し下され」

岸はわざと時間を稼いでゆっくり応答する。

裏口から部下が益田医光寺にいる福山藩の本営へ走った。

「われわれは藩主の命令でここを守っている者でござる。それがしの一存では決めかねる。浜田の重役たちに諮ってそれからお答えするのが筋でござる」

使者は執拗に食い下がる。

「しからば関所の長官に面会を願いたい。何しろわれわれは急いでいるのだ。早くお取り次ぎをして下され」

関所の建物内でこの訴えを聞いていた岸は、きっぱりと断った。

使者は諦めたようだ。

その問答の間に、関門は包囲されていた。

彼らは道の左右の樹木に身を隠し、発砲の準備をする。

岸は関門の左に三人を、農兵十六人を右側に配置した。

そして自分は宝蔵院流十字の長槍を片手に、番所の入り口に立ち塞がった。

長州勢は関門から一町半程までに近づいてきた。

彼らは坂道の脇の樹木や岩の陰に身を潜ませ・関門の様子を窺《うかが》った。

突然長州勢から一斉射撃が始まった。鋭い銃声に続き、関門の建物に鈍い音が響く。

農兵たちは悲鳴をあげて逃げ去った。

味方の武士も驚いて建物の陰に身を隠す。

「敵は大軍です。ここを退いて、援軍の来着を待ちましょう」

部下の声も上擦《うわず》っている。

「馬鹿者。われわれは君命でここを守っておる。敵がいかに多く来たからといって、職務を放棄できるか。ここで死ね」

恐る恐る放った味方の銃弾が一人の敵を倒した。
「よし、良くやった」
岸の快哉《かいさい》に部下たちは元気を取り戻し、銃を乱射する。
この勢いに怯《ひる》んだのか、長州勢は後退したが、またじりじりと関門に肉薄してきた。
彼らの銃撃は一層激しさを増し、建物内にいても弾丸が飛び交う。
岸は関門の前に突っ立ったままだ。足元に弾が飛んでくるが、彼は直立不動である。
正面だけからだった銃弾も、しばらくすると道の左右の山裾からも飛び始めた。
関門の正面の岸は格好の標的だ。彼は長槍を片手に、籠手《こて》と手甲《てっこう》を着けている。
四、五間の近さの茂みから二、三発の銃声が聞こえたかと思うと、岸が胸を押さえて倒れ込んだ。
すると茂みから一人の男が走り去った。
長槍を杖替わりに立ち上がった岸は、門柱の前にある床几に尻餅をついた。
岸は背中を門柱で支え、前へ倒れないように長槍の柄を地面に立てて、痛みに耐えた。
鍾馗《しょうき》のような岸に恐れをなした長州勢は、前進を中断した。
銃を乱射すると、岸の身体は大きく波打ったが、相変わらず座っている。
敵はなおもゆっくりと関門まで迫って岸の目前まで来た。
「もう死んでいるぞ」

誰かが鼻に手を当てて、呼吸していないことを確かめた。

「まだ目を開いてわれわれを睨んでおるわ」

一人の兵がこわごわ岸の身体に触《さわ》った。

岸は大きく目を見開き、長槍を地面に突き立てて、床几に座したままだった。

兵たちが集まり誰とはなく、彼に手を合わせ、頭を下げた。

村田は感動と同時に、言いようのない戦慄を覚えた。

彼は勇士の死骸を丁重に横たえさせた。

近くの梅月村にある西禅寺へ住職を呼びにやり、墓碑建立のために住職に金を渡し、彼を供養してもらうことを頼んだ。

(二) 益田の戦い

長州勢の次の目標は益田である。益田には医光寺・勝達寺に福山兵が、南西にある萬福寺とその寺付近の椎山《しいやま》と呼ばれる丘に浜田兵が陣を構えていた。

益田の市街地の西側は麻畑が広がっており、東から西へと流れる益田川が市街地との境で、堀の役目を果たしている。

益田川の西の街道沿いに机崎神社があり、長州勢はここで集合した。

その目の前に稲積山が聳《そび》えている。

村田は門人三人を連れてこの山に登った。益田の市街地の地形を調べるためだ。

「敵は三つの寺に陣を張っておる。東から医光寺《いこうじ》、勝達寺《かったつじ》、萬福寺だ」

この山からは益田市街が手に取るようにわかる。

首から石盤を降ろすとその上に蠟石《ろう》で山と寺院の印を描き、それへ向けて線を引いた。

「これが攻撃路だ」

門人にはただの線にしか見えないが、村田には明日の戦さがありありと頭の中で動いていた。

翌日六月十七日、払暁《ふつぎょう》の法螺貝《ほら》の合図で、益田川を挟んで対峙していた浜田・福山兵は、寺院から益田川の川岸まで兵を進めた。

川岸の土手に身を潜めていた長州勢も、弾丸が飛び交う中を、市街地に入り、町屋や路地に身を隠し、銃を撃っては身を隠す。

新式銃で揃えた長州兵の銃撃に浜田と福山兵はじりじりと押され、萬福寺、勝達寺、医光寺へと後退した。

南に陣取っている南園隊は医光寺の南に位置する七尾山に大砲を据え付け、医光寺目掛けて砲撃を始める。

ここは戦国時代益田氏が四百年間居城としていた山だ。

長州勢はこれを合図に総攻撃に移った。

彼らは益田川に掛かる唯一の橋である「大橋」を渡ると、三隊に分かれ、一隊は北へ向かい三宅の堤から萬福寺に迫り、もう一隊は中央突破して、勝達寺と椎山と呼ばれている小さな丘にいる浜田兵に、もう一隊は福山兵の守る医光寺を目差した。

浜田・福山兵の火器は旧式のものが多く、射程距離が短く、町屋から銃撃してくる長州兵まで届かない。

逆にミニエー銃や新式ゲベール銃で装備している長州兵の銃弾は寺院に雨のように降り注ぐ。

「寺から射撃しても彼らに届かない。これでは折角の弾丸が無駄だ。町家に火を放って敵の背後を遮断してやれ」

浜田・福山兵たちの砲火が町家に引火して焼け始めた。

村田は川岸に近い民家の屋根の上にいた。

例の竹梯子を使って屋根の上に登り、戦闘を俯瞰していた。

「戦いはわれわれのためにするものではない。天下のためにやるものだ。土地の人々を苦しめることは断固避けねばならん」

伝令を走らすと、長州兵たちは戦いを中断した。

彼らは民家の消火に走り回った。

この村田の精神は益田の町民に伝わり、長州の本陣に食糧が差し入れられ、町に居残っていた町民たちが人夫として協力しようと集まってきた。

町家に身を潜める長州兵目掛けて浜田・福山兵からの砲撃が激しくなった。

醤油の醸造を営む油屋伊助は土蔵四蔵を所有し広大な敷地を持っていたため、長州兵の拠点となっていた。

町家を狙った弾丸が油屋に命中して蔵は吹っ飛び、油屋は一面黒煙と炎に包まれた。中に隠れていた長州兵たちは逃げ回った。

萬福寺は浜田兵の精鋭が陣取っている。

槍隊長の山本半弥《はんや》は長州兵の弾丸が飛び交う境内に悠然たる態度で、床几に腰を下ろし、しきりに采配を振っていた。

敵の銃撃が激しく味方が苦戦しているのを見ると、砲煙が立ち込める境内から山門の屋根の上に仁王立ちになって指揮をし始めた。

「もっと砲身を上げろ。それでは敵に届かん」

太陽の光が彼の鎧と小具足に反射し、金の軍扇がきらきら光る。

「あいつが大将だ。あいつを撃て」

長州兵からの弾丸が彼の足元に当たるが、泰然自若として軍扇を振っている。

半鐘が鳴り出した。敵の銃撃は続いているが、「銃撃中止」の合図だ。

不審がる部下の所へ降りてきた山本半弥は出撃を命じた。

「これから長州勢を突く」

槍隊は山本を先頭に弾丸が飛び交う中を突進した。

接近戦となると本物の武士は本領を発揮した。

長州兵は百姓が多い。銃を棄て民家に飛び込んだり、深田へ逃げる。

長州兵たちは背中を槍で突き刺されたり、馬に蹴り倒されたり、路上で斬り殺された。

大橋を渡り逃げる者。川に飛び込み、対岸の土手に這い上がる者。

ある者は素っ裸になって大梯子を大橋に持ち出し、橋の真ん中に出て梯子を欄干に横にして、敵の渡橋を妨《さまた》げた。

永井金三郎は浜田藩の剣豪で、彼は乞われて長州藩へ槍の指南に行った。

彼も逃げ回る敵を見つけては斬り倒し、喉が乾くと腰にぶら下げた瓢箪から酒を飲んだ。日焼けと酒焼けで酒臭い息を吐きながら大橋を渡り、敵陣を目差す。

踏み留まって彼に立ち向かって来る敵兵もいた。彼らは永井の一突きで倒された。

「そいつらは農兵だ。見逃してやれ。わしは武士だ。お相手いたそう」

若侍が彼に挑んだ。
二、三回槍合わせをしたが腕が違う。若侍は腹を突かれて動けなくなった。
脇で一騎打ちを静かに見ていた別の若侍が金三郎に向かった。

「わしが相手だ。来い」

槍では相手が弱過ぎると思ったのか、金三郎は槍を棄てた。

「刀で勝負だ」

二人はじっと見詰めあったまま動かない。焦れた若侍が動いた瞬間、若侍の眉間から鮮血が噴き出した。

もう一太刀入れようとした時、他の大男が声を掛けた。

「永井先生、久しぶりです。振武隊小隊長石川厚狭介です。一手お相手つかまつる」

永井はこの大男に見覚えがあった。

長州藩で槍指南していた時、何度倒しても起き上がり勝負を挑んで来た男だ。

「やあ貴様か。ちょっとは腕を上げたか見てやろう」

二人はさっと飛び退《しさ》ると刀を構えた。

構えからあの頃より上達した様子が窺えた。

永井が踏み込もうとした時、流れ弾が永井の腰を貫いた。

「あっ」

と叫んだ永井はその場に倒れた。

石川は傷ついた永井に一礼すると、彼をその場に棄てて、他の戦闘に向かっていった。

浜田兵の追撃はここまでであった。

後退した長州兵たちは体制を立て直すと、再び攻撃に移った。

浜田兵の槍隊は山本に率いられて萬福寺に戻った。

この時高津から上陸した長州の別部隊が医光寺、勝達寺、萬福寺の北西方面から姿を現わした。

須佐に領地を持つ益田精次郎率いる須佐隊だ。

彼らは七尾城に居城を構えていた益田氏の子孫なので、益田の地形には詳しい。

医光寺の西に位置する秋葉山を取ることが、戦いを有利にすると確信した。

「勝太は、秋葉山を取らなくてはうまくいかないと運を天に任せて、麓に寄りつき僅かの小隊であっても、槍をとって打ち合うほかないと銃兵をはげまし、畷《なわて》をまっすぐに進んだ。幕軍も激しく打ち出したので、それをくぐりぬけて麓まで押し寄せた。育英隊も助勢に来たので、ついに幕軍を追い払い、秋葉山を乗っ取り、萬福寺内を見下ろすと、多数の甲冑武士が旗印をつけている」

『長州征伐益田口戦争実録』を書いた須佐隊士増田勝太の手記である。

秋葉山を乗っ取ったことで戦いの流れが変わった。

医光寺の敵を四散させた長州勢は、秋葉山の南山麓にある勝達寺、その南の椎山の敵兵を山腹から銃撃した。彼らは堪らず萬福寺へ逃げ込んだ。

屋根の上から戦況を観察していた村田はこの好機を逸さなかった。

「それ一気に萬福寺を落とせ」

渡河部隊と町家に隠れていた長州兵たちは一斉に萬福寺を目差して駆けた。

「萬福寺を包囲せよ」

村田は門人に命じて萬福寺の境内が見える町家の屋根に移動した。

医光寺、勝達寺を落とした南園隊らは東から萬福寺に迫り、秋葉山、椎山に陣取った須佐隊は北側から、またミニエー銃で装備した精鋭部隊は萬福寺の正面山門から激しく銃撃を開始した。

浜田兵と萬福寺に逃げ込んだ福山兵は広い雪舟庭園の中を逃げ回るが、逃げ道はない。

全く袋の鼠となってしまった。

表門から逃亡を試みた者は、外で待ち構える銃隊の餌食となり、塀を乗り越えようとした者も撃たれた。

萬福寺の中にも落ち着いている者はいた。

一人の大将らしい者が床几に座して、朱色の采配を振って兵たちを指揮している。

長州兵たちが彼を狙って銃撃するが、周囲に弾が飛んで来ても悠々としていた。

山本半弥である。

村田はいよいよ総攻撃の時機だと判断した。

山門を落とした長州兵は中門まで迫った。

逃亡口は表門しか残されていない。

「表門を突き破ろう」

硝煙が立ち込める境内を、騎兵を先頭にして二、三十人の槍と刀を手にした部隊が、中門まで進んできた長州兵目掛けて突進した。

中門から総門までの通路は狭くせいぜい二、三人が通る幅があるぐらいで、一度に多数の兵が通れない。

お互いが犇《ひし》めき合って先へ行こうとするので、団子状態となり、先頭の者だけが戦っているだけで、後方の者は手を出せない。

浜田兵のうち先頭の騎馬兵たちが、縺《もつ》れ合っている長州兵たちの真ん中を押し通ると、それに続いて歩兵たちも長州兵たちを押し戻す勢いで萬福寺から外へ出た。

刀や槍の戦闘は浜田兵の方が武士の集団だけに強い。

長州兵たちは先を争って益田川の方へ逃げた。

浜田兵たちは長州兵を駆逐すると、浜田方面目掛けて逃げようとした。

逃走する浜田兵たちは垰《たお》山を目差した。

村田はこれを予想して、浜田街道を垰山にかけて道脇に伏兵を仕掛けていた。

一斉銃撃が始まると、隊列を崩した兵士は、われ先にと逃げ出し、逃亡を助けるために、民家に火を点け追撃を遮断しようとする。

三十軒もの民家が火に包まれ、町中は煙で充満した。

「追撃せよ」

屋根の上に立ち上がって村田は叫んだ。

彼は戦闘をよく見ようと身体を前に乗り出した時、重心を失って屋根から落ちそうになった。

後ろで彼を見守っていた門人が驚いて彼を抱《かか》えた。

追撃戦となると弱兵も強兵になる。

陣笠を頭に被り、美々しい陣羽織に小具足を身に付け、馬で駆けているのは幕府の軍監三枝刑部《さえぐさぎょうぶ》だ。

秋葉山山麓は伏兵が一番多い所で、目立つ格好の三枝に弾丸が集中した。

馬が深田に足を取られ、田に放り出されたところを撃たれた。

槍隊長の山本半弥は無事秋葉山山麓を通過し垰山まで来た。

そこで立ち止まり、敗走してくる味方を待った。

鉄砲傷を受けて顔面血だらけの者、足を引き摺《ず》りながら歩く者、友人の首を腰にぶら下げて駆けてくる者。

どの顔にも敗北感が漂う。

「ここで留まってもう一戦やろう。このままでは浜田武士が泣こう」

道で手を広げて兵たちを遮《さえぎ》るが、どの兵も彼の言うことに耳を貸そうともしない。

強いて押し留めようとすると、餌物を横取りされた犬が主人の手を嚙むような目つきになる。

主人といえども挑んできそうな殺気を滞びた目つきで横目で彼を睨みながら、浜田を目差す。

手塩にかけて育ててやった部下にも見棄てられ、山本は無力感に打ちのめされた。

「今はこれまで」

彼は垰山の松林に入って甲冑を脱ぐと、浜田城の方を拝み、藩主武聡《たけあきら》公に自分の不甲斐ない戦いぶりを侘《わ》び、藩主の武運長久を祈った。

ここまで付き従ってくれた従者和田常雄に介錯を命じると割腹して果てた。享年四十歳であった。

長州兵は浜田兵たちを益田から追い払うと、町の消火活動に努めた。

町家の一部に火が燃え広がり、萬福寺の総門も焼け落ちた。

死人や怪我人を寺に収容した。

日没になり、長州勢は一旦益田から津和野藩の横田へ引き上げた。

横田川に差し掛かると、川にはちゃんとした橋が架かっている。

前日には橋がなかった。

「大隊飛び込め」

兵たちは村田の号令でしぶしぶ銃を濡らさないように両手を上げて、首まで漬かりながら渡った川であった。

「どうして今日は橋が架かっているのですか」

不思議に思った部下が彼に尋ねた。

「敵に向かっていく時は、皆が癇癪《かんしゃく》を起こすぐらいでないと戦さには勝てん。気が緩んでいると何事でもだめだ。帰りには勝って気が緩んでいる。号令をかけても水の中にも飛び込まん。それで橋を架けさせた」

部下たちはぼつぼつこの無口な男を信頼し始めた。

(三)　浜田城炎上

「大麻《たいま》山とその北にある雲雀山を防御地点とする」

浜田兵はこの山を最後の砦とした。

大麻山は修験者の山で標高は五百メートルと高い。

山頂からは日本海と浜田の市街地が見える。

その東に周布《すふ》川が流れている。

大麻山に浜田兵が、その北の雲雀山には福山兵が陣取る。

周布川を渡って東には鳶巣《とびのす》山がある。山頂には戦国時代から周布氏の居城があった。

その鳶巣山の北東山麓の熱田村に松江兵が、北西の長浜村に鳥取兵が陣を構えた。総勢五千。これに対して長州兵は高々一千名ぐらいであった。

七月十三日未明、長州兵の村上倫《りん》は斥候のために、大麻山の敵陣深く入った。全山は朝靄《もや》の中、兵士たちも眠りこけていた。

「敵の本陣尊勝《そんしょう》寺は静寂そのものですわ」

村上の報告を聞くと、村田は大麻山へ攻め登ることを決めた。

発射された大砲の一発が尊勝寺の庫裡《くり》に当たり、屋根が吹き飛んだ。

驚愕した浜田兵は山を駆け下り、北の雲雀山へとなだれ込んだ。

この戦いで村田は大麻山へ登った。

本陣には夥《おびただ》しい兵器と食糧が残されていた。

「武器は旧式で使いものになりません。食糧は頂いておきましょう」

この日は地元の住民の差し入れの鮮魚と敵の酒樽を開けて兵士たちは大いに酔った。

大麻山攻めに加わらず東の久保山へ進んだ南園隊は周布川を隔てて、北の鳶巣山から南麓に出てきた松江兵と対峙していた。

大麻山からは雲雀山へは大砲が届く。長州兵からの砲撃に雲雀山からも大砲、小銃を撃ち返す。

村田は部隊を三つに分け、雲雀山を三方から包囲させた。東方面は敵が鳶巣山へ逃げられるよう空けておいた。

三方からの砲撃に、敵は村田の予想どおり鳶巣山へ逃げ込んだ。

大麻山とその周辺を確保すると、今度は鳶巣山を狙った。

周布川川岸は紀州兵が守備している。

「紀州兵は数は多いが武器は旧式で戦意も低い」と村田は判断し、渡河を敢行した。

自軍の大砲が発射されている中を渡河する。

背中で「キーン」という音を聞きながら前へ駆ける。しばらくすると前方の敵陣で砲弾が炸裂する。

紀州兵は一戦も交えず逃亡し、鳶巣山の北の鳥取、松江兵の陣地を目差した。彼らと一緒に戦おうと思ったのだ。

目前にその弱体ぶりを晒《さら》した紀州兵には、両藩兵とも苦笑して相手にしなかった。

紀州兵の大将は安藤帯刀《たてわき》である。彼は紀州田辺三万八千石の城主であり、紀州家の家老でもある。

その先祖は家康の信任を得て紀州藩主に付けられた安藤帯刀直次《なおつぐ》である。

松江兵が紀州兵の退路を遮って阻止しようとしたが、紀州兵はなだれを打って道に溢れ、そのため民家が倒壊した。

道を通れない兵たちは海中に飛び込み、胸まで水に浸かりながら東へ逃亡した。

安藤帯刀は馬に乗って自軍の逃亡を遮ろうとしたが、逃亡兵の群れが彼を押し戻した。彼の旗差し物に「念彼観音力」の文字が翻っていた。先祖直次の遺物でこの晴れの日に備えて大切に仕舞っておいた幟《のぼり》であったが、彼らの群れに揉まれ、やがて見えなくなってしまった。

付近の村人や浜田兵たちもこの紀州兵の弱腰を怒り、「紀州兵は城下に入れるな。彼らのために戦さは破れた」と詰《なじ》った。

そのため彼らは浜田城下では城下入りを断られ、石見銀山領の江津《ごうつ》まで逃げた。

この紀州兵の逃亡が切っ掛けとなり、松江、鳥取、浜田、福山兵たちも陣を棄てて、浜田へ逃げ帰った。

浜田城下は戻ってきた兵士と、戦火を避けようと逃げ惑う人々のため喧騒を極めた。

浜田城は籠城に備えて松江、鳥取、福山兵が大手門、搦手門《からめてもん》を守り、本丸と二の丸は浜田兵が固めた。

本丸では和戦が話し合われた。

様々な意見が飛び交う中、停戦の使者が周布村の彦右衛門宅を訪れた。

交渉係は参謀の杉孫七郎だ。

「もう少しましな者をよこせ」

岡尾朋之丞では役不足だと言われ、今度は中老、久松覚右衛門《がくえもん》を連れてきた。

「七月二十日までに諸藩の兵を城下より撤兵させること」

これが浜田藩との停戦の条件となった。

浜田城主、松平武聡は二十五歳で、益田戦争以来母親の逝去が精神的打撃となり、病気状態が六十日以上続いている。

病勢は悪化し、食事も喉を通らず、出馬指揮などできない。

大麻山での砲声で武聡は病床から「軍議を開け。自らが出馬する」と叫んだ。

武聡は水戸斉昭の第十子で、鳥取、備前岡山藩主と兄弟である。

しかし備前の池田家は外様であり、本気で長州勢と戦う気はなく、隣りの鳥取藩も小部隊だけ遣って形だけ取っている。

軍議は揉めた。

籠城を主張する藩主に対して、家老尾関長門は、

「御病人や夫人と共に籠城しては決心が鈍ります。しばらくは他にお移り下されて、この城はわれら老臣に任せて下され」

と涙を目に浮かべ、むずがる藩主を説き伏せた。

藩主と夫人を海へ逃がした後の重臣たちの意見も分かれた。

「藩主と行動を供にすべきだ」

「城に藩主不在であろうと、居城しているものとして籠城すべきだ」

「主君のいない城など守る必要はない」

城主逃亡の噂は浜田城内を守っている諸藩兵にも漏れた。

福山、鳥取兵は浜田兵と一言も交わさず立ち去った。浜田藩に好意的な松江藩の部将大野舎人は、他藩の見限りにもかかわらず、浜田城に留まった。

「わが浜田の兵では籠城してもとても勝ち目はない。退去して後日を期すことにした」

大野は尾関から撤退の話を聞くと激怒した。

「われわれは他国者であるが、浜田のために死も厭《いと》わずここにいるのだ。お主たちはどうして城を枕に死なぬ。城を棄てては天下の笑い者だ。浜田武士の意地はどこにあるのか」

大野たち松江兵は城中の守備を解き、帰り支度をし始めた。

七月十八日午後二時頃浜田城の天守閣から黒煙が立ち登った。

天守閣のみならず九百あった侍屋敷から火の手が上がり、煙は城下一面を覆《おお》った。

城主十八代、二百四十八年の浜田藩の歴史はここで終末を迎えた。

浜田藩主とその家族は松江にしばらく逗留した後、作州《さくしゅう》にある飛地領鶴田《たづた》（八千石）へ移った。

津和野藩を除き、石見銀山を含め、石見一国は慶応二年七月から、版籍奉還《はんせきほうかん》の行われた明治二年六月まで、長州が治める領地となった。

彰義隊

㈠　覚王院義観

村田蔵六が江戸へやってきた時、江戸は無政府状態であった。

江戸の治安取締りは大総督府参謀の西郷吉之助の役目だ。

彼はそれを幕臣勝海舟に委《ゆだ》ねた。

十五代将軍徳川慶喜は上野の寛永寺で謹慎している。

彼をお守りするという名目で、上野の山には彰義《しょうぎ》隊というのが居座っている。

彼らは旧旗本や、薩摩、長州の新政府に不満を持つ者から成る集団である。

勝は彼らに江戸の治安取締りを任せている。

彰義隊の実質上の隊長は天野八郎である。

彼は上野国甘楽《かんら》郡の庄屋の子で、年は三十七歳、文武両道に秀でて、顔や体格は堂々としており、弁も立つ。

彰義隊結成当時、渋沢成一郎が隊長で、天野八郎が副隊長であった。

渋沢成一郎は武州榛沢《はんざわ》郡血洗島《ちあらいじま》村の大百姓の息子で、従兄弟に財界の大物となった渋沢栄一がいる。

成一郎は栄一と共に攘夷《じょうい》運動をしているうちに、一橋《ひとつばし》家と繋《つな》がりができて家臣となった。そのために彰義隊では彼を隊長とした。

結成してからしばらく経つと、二人の考え方の違いから溝が生じる。

彼らは浅草本願寺に寄宿した。隊士は約百名程で、旗本の次男や三男が多い。

上野東叡山寛永寺に籠もる慶喜を守るというのが使命であった。

浅草本願寺で二人は激論を交した。

「もし西軍が主君の腹を斬らせるようなことがあれば、われわれはどう行動すべきか。天野氏の意見を聞きたい」

天野は小柄だが筋肉太りで、奥まった眼窩《がんか》から放つ眼光が鋭い。

「わしとしては、主君も大事だが、徳川家の存続が大切だと思う」

「すると貴殿はご主君の命はどうでも良いと申すのか。わしは一橋家の家臣だから、主君の命が危ない時は、主君を担いで日光山へ立て籠って西軍と一戦を交える積もりだ」

天野の見るところ旗本の連中は腰が座っていない。渋沢の言葉は現実逃避のようだ。

「上野は小さな丘程度のもの。防御からいえば、日光と比べものにならぬ」

渋沢の言葉を遮って、天野は自説を吐く。

「西軍に敗れれば、主君も徳川家もなくなってしまう。主君よりも徳川家存続のことを図るべきだ。われわれはあくまで恭順されている慶喜公を守り、恭順の意を取るべきだ」

「それでも西軍が主君の命を取りに来た時はどうする」

渋沢の考えは一橋家の家臣としての枠からはみ出せない。

幕臣でない天野にとって、こんな話はおもしろくない。彰義隊の連中には幕臣の者もいればそうでない者もいる。

「われわれは一橋家の家臣ではない。徳川家のために働こうとする者だ。お主のように主君だけに尽くそうと思う者ばかりではないわ」

天野の野太い声は、渋沢の神経を逆撫でした。

「何だと。幕臣でもないやつが徳川家のことを思っておるような口を叩くな」

渋沢は思わず刀に手を掛けた。

二人の殺気に慌てて、脇にいた伴門五郎《ばんもんごろう》が二人の間に割り込んだ。

「まあ、まあ。二人とも頭を冷やして下され。彰義隊も幕府に認められ、これから門出という時でござる。二人が仲良くしてもらわねばわれわれが困る」

伴門五郎は一橋家の家臣で彰義隊幹部の一人であり、穏健な男だ。その場は伴の取り成しで二人はそのまま別れた。

まもなくすると旧幕府から渋沢に正式の彰義隊々長としての辞令が下った。

渋沢の頭の中には西軍との戦さのことがある。江戸の豪商たちに御用金を申し付けた。

彼らも彰義隊が幕府の役職を与えられるだろうと思い、御用金を用立てた。

これが天野の耳に入った。

「ご主君が謹慎されているというのに、軍資金を集めるとは何事だ。しかもこんな大事を副隊長のわしや幹部の伴や本多に秘密に行うとは怪しからん」

天野が怒ると目が据わって、一種の凄味が生ずる。

「西軍が攻めてくるかも知れぬ場合に備えておかねばならんからな」

渋沢は全然悪びれた様子もなく平然としている。

「そんな事をやればご主君が謹慎されていることが水の泡になることがわからんお主ではあるまい。お主がやっておることが西軍を刺激し、やがて上野で戦さが始まることも十分に有り得る」

「それはお主の取り越し苦労だ。隊長はこのわしだ。わしの遣り方に文句があれば、お主は彰義隊を出ていってもよいのだぞ」

渋沢は天野に押され気味になると、隊長風を吹かせて天野を小馬鹿にしたような口調になった。

「お主は彰義隊の隊規を忘れたのか。『衆議をもって何事も決める』と提案したのはお主である。それを早くも破るとは。出なければならんのはお主の方だ。旧幕府に隊長と認めてもらっても何の突っ張りにもならん」

天野は捨て台詞《ぜりふ》を吐くと、部屋を飛び出した。

一橋家の出身で渋沢と同一行動を取っていた伴、本多、須永らも、独走する渋沢を見限り、緊急に会議を開いた。

渋沢派三十人は会議を欠席した。

天野たちは本陣としていた浅草本願寺を出て、上野へ移ることを決めた。

新隊長は三千石取りの旧旗本本多邦之輔が選ばれたが、本人が辞退したので、七千石の旧旗本の池田大隅守と、小田井蔵太の両名が推薦《すいせん》され隊長となった。

彰義隊を牛耳っているのは天野八郎であった。

彰義隊は本願寺の渋沢派と、上野に移動した天野派に分かれた。

渋沢は相変わらず軍資金集めを続けていた。

天野は彰義隊が渋沢のために世間から誤解を受けることを危惧して、部隊を連れて渋沢がいる本願寺を取り囲んだ。

多数の軍装した兵士を見て渋沢は驚いたが、寺院の一室で天野と会談した。

「まだ懲りずに軍資金集めをやっているのか。恥を知れ。お主が江戸にいると、われわれ彰義隊が迷惑する。江戸から立ち去れ。黙って立ち去るならこのまま見逃がすが、江戸を去らぬなら斬る」

天野はできるだけ穏やかに話すよう心掛けた。

「お主は幕臣でもない癖に大きな顔をするようになったもんだ。池田や小田井らを垂らし込んで、彰義隊を自分の思い通りに動かそうとする腹だな。お主こそ江戸を立ち去れ」

天野は渋沢の幕臣顔が気に障る。

「御主君や徳川家のことを思う心がお主に有れば、黙ってここから立ち退け。あくまで江戸を出てゆかぬとあれば、われわれも容赦はせん」

本願寺に押しかけてきた多数の天野派に逆らうこともできず、渋沢派はすごすごと江戸を立ち去った。

その後彼らは武州田無《たなし》へ行き、振武《しんぶ》隊として飯能《はんのう》で西軍と戦い、破れた後、榎本武揚《たけあき》の艦隊に合流して函館へ行く。

渋沢派を追い出した彰義隊内も一枚岩ではない。幹部間もぎくしゃくしており、一般隊士もいろいろな考え方の者が混じっていて、全体の統制は取れていない。

慶喜は上野寛永寺を出て水戸で謹慎することになり、四月十一日早朝に上野を去ることになった。

この日、朝から小雨が降り道は泥濘《ぬかる》んでいた。

慶喜は黒木綿の羽織に小倉の白袴、麻裏の草履姿であった。

駕籠に付き従う供も近臣数名のみ。水戸までの供を断わられた彰義隊は護衛のため、千住まで送ることにした。

慶喜は駕籠の窓から、住み慣れた江戸の町を眺めた。

小雨に煙る江戸城は心なしか小さく見えた。

休憩のために駕籠が止まると、慶喜は天野を駕籠脇へ呼んだ。

「これまでの徳川家への忠義、余は死ぬまで忘れんぞ。彰義隊は徳川家最後の武士だ。余が江戸を去っても上野を頼む。上野は徳川家の聖地である。徳川家御代々の将軍たちや奥方の霊廟がある。輪王寺宮《りんのうじのみや》がおられると共に、先祖代々の建物や名宝などが祀られてある。徳川家の魂が眠っている特別な所だ。そなたらの手でこれを守り抜いて欲しい」

天野も小田井も慶喜の顔を拝み、直々声を掛けられ感動した。

それと同時に、心ならずも最後の将軍としての勤めを果たすことができずに、水戸へ謹慎せざるを得ない慶喜の悲哀と、徳川家先祖への熱い思いに彼らは打たれた。

慶喜を乗せた一団は隅田川を越えると、やがて見えなくなった。

上野東叡山寛永寺には「日光輪王寺宮」がいる。

東叡山に門跡を創り、皇族を京都から迎え法親王《ほっしんのう》とすることを、天海僧正が幕府の宗教政策として考えついた。

天台宗の権力を比叡山から江戸へ移し、東叡山を比叡山の上位に置いた。

法親王は東叡、比叡、日光を管領する天台の座主となった。座主である輪王寺宮は十三世まで続いており、二十二歳の親王は京都の伏見宮家から江戸へ来ている。

江戸の治安は勝から彰義隊に任されたが、相変わらず悪い。

白昼盗賊が横行するような有様だ。

彰義隊は昼夜隊を組んで市中を巡回した。

「彰」、「義」、という文字が入った丸提灯を手にした彼らが見廻りに来ると、江戸の人々も安心して眠りにつくことができた。

「情夫に持つなら彰義隊」という歌までできる程、彰義隊株は上がった。

そうなると、新政府に反感を抱く者たちは我先にと上野に集まってきた。

三千人を超す勢力となった。

大総督の責任者、三条実美《さねとみ》はその勢力を危惧し、彰義隊の「江戸取締り」の職務を解除した。

官軍がそれを行う。

勝は彰義隊を上野の山からなるべく穏便に追い出そうとした。彼らが山に立て籠もる限り、戦闘で江戸の町が焼けることを心配したからだ。

折角江戸城無血開城を成功させた勝は、彰義隊のために江戸を火の海にされたくない。

江戸城引き渡しで活躍した幕臣の山岡鉄太郎にもう一働きさせようとした。

上野に乗り込んだ山岡は寛永寺を取り仕切っている覚王院《かくおういん》に会おうとした。が、その都度面会をはぐらかされた。

覚王院義観《ぎかん》は寛永寺の三十六坊中の一つ、真如院の主僧であった。階級としては権大《ごんのだい》僧都《そうず》にしかすぎない男であったが、高僧、長老たちを差し置いて、一山の代弁者たる立場の者であった。

宮への面会は彼を通じて行うようになっており、その都度居留守を使われ、山岡はいいようにあしらわれた。

やっと五度目にして山岡は覚王院義観に面会することができた。

「何度も足を運ばれた由、ご苦労なことです」

義観は子供を相手するような調子で山岡と対峙した。

「彰義隊の解散を言い渡しに来ました。貴殿から隊長を説得して欲しい」

「それは無理だ。お主も彰義隊が何故この山に立て籠もっているかご存じの筈」

義観は六尺豊かな大男である。戦国武将を彷彿とさせる。頭も切れるし、弁も立つ。四十六歳にしては若く見える。人を食ったような態度で、若い山岡など眼中にない。

勝か、大総督参謀の西郷などが訪れてくるかと思っていたのだ。

「彰義隊がこの山にいることで、東叡山が賊と見なされているのですぞ」

「賊とは聞き捨てならん。誰から見て賊と言われるのか」

義観はわざととぼけた。

「官軍から見てでござる」

若い山岡は誠実な男だ。性格が善良なので、腹黒い醜い人間の心が読めない。

ただ若いにもかかわらず、修業の鍛錬のため、剣と禅はかなりの境地に達しており、人の価値を見抜く心眼は鋭い。

「官軍とは西軍、つまり薩摩や長州軍のことでござるか」

「そうです」

「貴殿は確か勝と同じ幕臣、旗本でござったな。いつから西軍の肩を持つようになったのかな」

義観はわざと「西軍」を強調した。

山岡はこちらを挑発させようとしている義観の意図を見抜いた。

「そもそも東叡山は徳川家の菩提寺で歴代の将軍家の霊域であります。その霊域に彰義隊が入り込んでいる。彼らは『宮と徳川家の霊域を守る』と言っているが、その徳川家は恭順を示され、水戸に去られた今、彰義隊がこの山に籠もっていること自体おかしいとは思われぬか」

山岡は冷静に振る舞う。

「彼らは徳川家のために尽くそうと山に集まってきたのだ」

「徳川家はすでに山を去られた。彼らが山に居残る理由がない」

「歴代の神霊や輪王寺宮もおられる。守るべきものがあるので、山に籠もるのは当然であろう」

「官軍との交渉は終わり、ご主君は城も兵器も献納された。ご主君は彰義隊が江戸の戦火を惹き起こすことを憂えておられる」

義観は目をきっと大きく見開いた。

「貴殿は幕臣であろう。徳川家の魂が眠っている聖域まで西軍に売り渡そうというのか」

義観は山岡の痛いところを突いてきた。

「徳川家のためを思えばこそ、最後の詰めを誤らないようあなたに話をしているのです」

「官軍といっても薩摩、長州から成る賊ではないか。何が官軍だ」

義観は譲らない。

「その頑固さが道を誤まる」

「頑固か。そうかも知れんな。何せわしは山の中で暮らしておる者ゆえ、世間に暗く頑固になったのかも知れん。しかし徳川家の恩を忘れたことはない積もりだ」

「ご主君の意志はもっと別にある。お主は自分たちのことのみを考えて、さも東叡山のことを考えているように言っているだけだ」

義観は山岡にやや押され気味になって焦った。

「わしは宮に仕える者ゆえ、上様の家臣ではない。宮と東叡山を守ることを第一としている。これがお主ら幕臣とは異なるところだ。彰義隊も宮様の警護をしておる」

義観は議論好きな男で、喋《しゃべ》り過ぎた。

「そうですか。あなたたちは宮の警護が目的で徳川家とは関係がないと言われるのか」

「そうだ」

「わかりました。彰義隊は徳川家の兵ではない。大総督府へはそのように報告しましょう。彼らは何の躊躇《ちゅうちょ》もなく上野を攻撃するでしょう」

義観は揚げ足をとられたことを悟った。

「これは少し言い過ぎたようだ。このままお主が帰ってわしの言ったことを大総督府へ伝えれば、戦さとなろう。わしも宮も戦さは好まん。それではわしが彰義隊を引き連れて日光山に退去しよう。これで話を付けようではないか」

義観は最初からみれば、かなり折れて、妥協案を出してきた。

「あなたが初めからそのように出てくれば話は早かったのだ。今からでも遅くはあるまい。わたしは大総督府へその話を持って帰ろう」

義観も食えない男だ。若い山岡の真面目さを利用しようとした。

「それについて一つお願いがある。数千人が日光山へ退去するに当たって、何分金がかかる。二万両程、大総督府から出して欲しい」

「即答はできかねるが、その旨責任を持って伝えよう」

山岡は意気揚々と上野の山を後にした。

大総督府は山岡の話は聞いたが、義観の心底がわからぬところがあり、西郷の再々の呼び出しにも義観が応じなかったので、この話は流れた。

天野は官軍との無用の摩擦を避けるため、外出制限を行ったが、官軍との衝突は頻繁に起こった。

五月七日、数名の官兵が三橋《みはし》の前を通りかかった。三橋は上野の表玄関口にある黒門の南に架かる橋で、不忍池から三味線堀に繋がる忍川に三つ橋が架かっている。これから北が境内になる。

中の一人が三橋に近づき柵を乗り越えて橋桁を叩きながら橋を渡った。

これを見ていた黒門の番人が八番隊の岡島藤之丞に知らせた。

岡島は官兵を追いかけてゆき、橋の外へ追い出した。すると官兵の頭らしい男が岡島に怒鳴った。

「この橋を渡ってはならんという立札でもあるのか。官兵に盾突くと容赦はせんぞ」

岡島はかっとなり易い。

「三橋は将軍様が渡られる橋だ。江戸へ来たらそれぐらいのことは覚えておけ」

黒門へ引き返しかけた岡島の背中に官兵の一人が斬りつけてきた。

岡島がさっと躱《かわ》し「死にたいか。馬鹿め」と怒鳴ると、官兵もやり返した。

「逃げるのか腰抜け」

「よし、場所を変えてやろう」

池之端の方へ歩きだした。通行人も集まってくる。

官兵は岡島にあっという間に斬られ倒れた。

その日の夕方には、谷中三崎《さんさき》町で薩摩藩の三人が酔った勢いで彰義隊士に絡《から》んできた。

彰義隊十八、十七番隊士の数名が守備に付いていた。その中でも関規《き》矩守《くもり》は腕が立つ。

薩摩藩士が刀を抜くと、関は最初の一人をその場で斬り殺し、逃げる二人を追って二人とも斬り倒した。

大総督府内も薩摩派、長州派で揉めているが、江戸の治安を優先する京都の朝廷は、上野討伐を決定した。

大総督府は相変わらず軍資金不足で苦しんでいた。

これを解決したのは思わぬ人物であった。

大隈八太郎。後の早稲田大学を創立した大隈重信《しげのぶ》である。

彼は肥前藩出身で、新政府の「徴士《ちょうし》」として外国事務局判事を務めていた。

長崎奉行が浦上の耶蘇《やそ》教徒六十八名を逮捕した「浦上信徒事件」で、彼はそれに抗議する英国公使パークスと激しく談判した。

「大隈の如き身分の低い者とは談判できぬ」

パークスは得意の恫喝外交で大隈の機先を制しようとした。

「天皇の御名により政府を代表する者を拒むことは、自らこれまでの抗議を撤回したものと見なす」

得意の先制攻撃を躱されたパークスは烈火のごとく激怒したが、大隈は人を食ったような涼しげな表情で聴き流した。

キリスト教史や万国公法の知識を振り翳《かざ》して堂々とパークスと渡りあった。

列国の要求を内政干渉として撥《は》ね付け、六時間にわたる激論の末、大隈は列国の鋒先を収めることに成功した。

この結果、彼はパークスとも親しくなり、その手腕を買われて中央政界に乗り込んだ。

その彼が横浜港内に停泊中のアメリカ製新造軍艦「ストーン・ウォール号」を買うために江戸へ出てきた。

幕府が買う予定であったが、内乱が国内に起こるとアメリカ公使ファルケンブルグは中立の立場を採り、新政府にも幕府にも渡さない方針を採った。

新政府が軍資金不足で彰義隊と戦火を交えられない事情を知った大隈は、上方で掻き集めてきた二十五万両そっくり、指揮官の村田に提供した。これで彰義隊の運命は決した。

(二)　激戦黒門口

五月初旬に大総督府で彰義隊討伐の軍議が開かれた。

三条実美大監察使が中心となって、官軍の諸藩の幹部が顔を揃えた。

「上野攻撃については、全責任を自分に任せてもらいたい」

仏頂面で村田が切り出すと、薩摩の参謀、海江田《かいえだ》信義が異議を唱えた。

「遅れてやって来たお主が、何の理由でわれらに指図するのか」

海江田は村田が最初から気に食わない。それは村田が金策のために江戸城の御金蔵に手を付けたことに由来する。

海江田は兵器以外の宝蔵の品物を、幕府からの大切な預かり物として保管していた。返却するために収納していた宝蔵物を、村田はずかずかと蔵へ入って品定めをした。

それは、彰義隊討伐の軍資金を生み出すためだったのだが、愛想のない口下手な村田は、海江田を無視した格好となった。

その事があって以来、海江田は彼を敵視するようになった。

その後、奥羽に広がった戦さの戦略を巡って、再び彼と衝突した。

村田はいわゆる技術者で、理論が先行し人間の情に薄いところがある。

「高々三千足らずの兵でどうしようというのか。最低二万の兵を集めなければ彰義隊は討てぬわ」

海江田は憎々しげに吐いた。

「二万とは大袈裟な。上野彰義隊討伐は三千の兵もあれば十分です」

宇和島藩の林玖十郎《くじゅうろう》は驚いた。

「彰義隊だけでもわれらと同数だ。江戸市中に潜んでいる旗本や町人まで応援に駆けつけてくれれば、われわれは壊滅します。攻撃はもっと人数が揃ってから行うべきだ」

村田は馬鹿にしたような目つきで林を眺めた。

「この人は戦争というものを知りません」

万座の中で虚仮《こけ》にされた林はもちろん、軍議に集まっている連中は一瞬沈黙し、その後騒然となった。

「参謀に対してお主は何を言うのだ。京都から遅れてやってきて、自分一人が参謀面するな。こんな場でなければ貴様を叩き斬ってやる」

海江田は刀に手を掛けるが、脇の西郷がその手を押さえた。

村田は彼らを無視した。

「大総督府も気が緩んでおり、上野の彰義隊も統制が取れておりません。ここは即時決行あるのみで、京都からの兵を待っている暇はありません」

「勝つ見込みはあるのか」

海江田は憎しみを込めた鋭い目つきで村田を睨みつけた。

「勝てます」

「わかったようなことを。どのように戦うのか。今ここで詳しく説明してもらおう」

海江田の嚙みつくような声が軍議場に響く。

「それはその日まで言えません」

「何故じゃ」

「秘密が漏れるからです」

「何を！　わしが漏らすとでも言うのか！」

再び刀に掛かった手を西郷が押し留める。

「夜襲じゃ。これしか勝つ方法はない。村田、夜襲にせい」

海江田はどうしても村田に主導権を与えたくない。黒船以来、志士として奔走してきた自負がある。この新参者などの軍配に従うことは沽券《こけん》にかかわる。

「やれやれ、困った人だ。われわれは勅命によって賊徒を討つのであります。白昼堂々と戦うべきで、夜襲を行うべきではありません」

村田はここで左右居並ぶ人々を見渡した。どの顔も彼の次の発言を待っていた。

「徳川もすべての政権を返上して、その上城までも朝廷に差し出している。恭順は明らかであり、慶喜も朝廷に逆う様子はない。上野の賊は彼の誠意を踏み躙《にじ》っている。この敵には勅命によって、正々堂々と討伐しなければならぬ。もし夜襲など行うと、賊が隠れて火を放ち、江戸市中を灰燼《かいじん》にするようなことがあれば、江戸の市民に迷惑がかかる。折角城までも無事に受け取ったので江戸の町は焼きたくない」

村田は参謀の多くが頷いているのを見ると話を続けた。

「敵の勢力が強ければまず神田川を境にして、ここから上野までを戦闘区域とする。幸いなことに計画通りにゆけば、上野山中に敵を封じ込めることができる。そうすれば江戸の市民にも迷惑はかかりません」

海江田はなおしつこく村田に絡みそうになった。

脇で黙って軍議の遣り取りを聴いていた西郷が徐《おもむ》ろに口を開いた。

「村田さんの考えはよくわかった。ここのところは村田さんの指揮に任せましょう」

海江田は不服そうな顔を西郷に向けたが、彼には逆らえない。

他の参謀もしぶしぶ西郷の意見に従い、指揮権は村田が握るようになった。

村田は上野寛永寺の地形を門人たちに説明しながら歩いてゆく。手帳に木筆（鉛筆）で略図を描く。

上野台地と呼ばれる小山のような三十万坪を超す敷地に、三十六もの寺院が密集している。

その中央に輪王寺宮がいる御本坊がある。

山への入口には八つの門があり、玄関口に当たるのが黒門だ。その南には不忍池から東へ流れる忍川を渡る三つから成る三橋があり、ここからが境内になる。

橋を渡ると黒門があり、その隣りに堂々とした屋根付きの門がある。これは御成門と呼ばれる将軍専門の門だ。

西に穴稲荷門、清水門、谷中《やなか》門と並び、東に新黒門、車坂門、屏風坂門。北には新門がある。

東と北の四門は下寺通りより浅草、坂本（下谷）へ通じている。

西の三門は中堂から根津《ねづ》谷中へ達する。

黒門から北へ行くと吉祥閣が天に聳えている。

その東南に小さな丘になっている所が山王祠で、ここからは幅の広い通りである広小路が良く見渡せる。

北西には大仏殿と五重塔が建っている。黒門から北正面に法華堂と常行堂が左右に並び、その奥に根本中堂《こんぽんちゆうどう》がある。

その脇に多宝塔と転輪蔵が並び、それから少し奥まった所が法親王の大殿である。

これが広大な敷地を占める東叡山の本部である御本坊である。

その奥に徳川家霊廟がずらりと並び、周囲を天を突くような巨木が聖域を守護しており、森閑としている。

山麓には本山を守備するように、子院が取り囲む。

四軒寺町と下寺町と鶯谷《うぐいすだに》の十八子院が東に位置し、西は錦小路と谷中道と梟谷と清水谷とに十八子院がある。

彰義隊は決戦が近いと知って、市民たちの協力も得て、山の周囲に木柵や防塁を設けて官軍に備えた。

軍議の翌日、村田は西郷と会い、作戦図を見せた。

図には薩摩兵の持ち場は黒門となっている。西郷は図を見るなり「うっ」と唸った。

西郷の大きな目が驚きでさらに大きくなった。

「薩摩兵を皆殺しにするお積もりか」

西郷の視線を知ってか知らずか、村田は片手でせんすを閉じたり、開いたりしながら窓を眺めている。

しばらく経ってから、

「そうです」

ぼそりと呟いた。

西郷はそれ以上何も言わずに部屋を出た。

この話を聞くと、海江田は顔を朱に染めて怒った。

「何故吉之助さんは反対しなかったのだ。長州兵は手薄な搦手を取り、黒門は敵が死に物狂いで守ろうとしている所だ。われらは貧乏籤《くじ》を引いたことになる。村田はわれわれ薩摩兵を殺して、上野の手柄を長州の一人占めにしようとしているのだ」

「黒門を落とすか、落とせないかでこの戦いは決まる。一番の精鋭部隊である薩摩がこれを打ち破る。それで良いではないか、俊斉《しゅんさい》よ」

俊斉こと海江田信義は悔しさで全身が震えた。

「吉之助さんがそう言うなら仕方がない。あなたの思うようにやりなされ。吉之助さんという人は昔から損な役ばかり引き受ける人だ」

海江田はこう言い残すと部屋を飛び出して行った。

梅雨のように雨の日が続く。いよいよ火事を最少限に防げる時期だ。

江戸の町を戦火から守ることが村田の眼目で、勝利は確信していた。

「明日未明攻撃します。江戸城の大下馬《おおげば》（いまの二重橋の外側）に集合してもらいます」

陣容を描いた紙が各指揮官に配られた。

作戦では官軍は上野寛永寺の八門を取り囲む。さらに逃亡する賊を捕えるべく富山藩邸、水戸藩邸、一橋より水道橋、大川橋まで包み込む。

驚いたことには、敵の退路のことまで考えて、千住大橋、川口、沼田、戸田川、下総古河、武州忍、川越まで包囲網は広がっていた。

五月十五日は前夜からの霖雨《りんう》は小止みになってはいたが、蒸し蒸しした鬱陶《うっとう》しい天気だった。

連日の雨で溝や池は水が溢れ、道路は水田のようになっていた。

西郷率いる薩摩兵は午前六時頃、黒門を目差して江戸城を出発する。

不忍池と忍川の水は溢れて広小路も御徒町も水に浸かっており、膝までくる泥水の中では思うように前へ進めない。

上野の山はひっそりと静まり返っており、目標である根本中堂や五重塔は小雨で煙っていた。

斥候によると、黒門前は敵兵で溢れており、門外の三橋と広小路には畳と土嚢《どのう》が積み上げられ、臼砲まで置いてあるらしい。

高台になっている吉祥閣と山王祠辺りに兵が集まっており、大砲が据え付けられているとのことだ。

薩摩兵たちは黒門口を目差して進む。突然山王台から大砲が発射され、それに続いて三橋辺りや広小路に設置された拠点や家の陰から銃弾が飛んでくる。

薩摩兵たちは末広町に陣を構え、盛んに応酬する。

彰義隊は火器において官軍に劣っており、薩摩兵の激しい銃撃に遭い、徐々に黒門口へ押し返されてゆき、折角構築した拠点を放棄して寛永寺の境内に退却した。

彰義隊の山砲と野砲はフランス製で、官軍より優れていた。

黒門口に三門。山王祠のある周囲は開けており、山王台と呼ばれていた。その東側の山下通りへ向けて一門、そして山王台に三門、吉祥閣に二門配置されており、この砲撃が激しいため、薩摩兵は黒門前まで押し寄せるが、突破できない。

これに対抗するため、薩摩兵は広小路に大砲三門を設置した。あとの二門は鈴木武五郎が率いる一番隊が引っ張って御徒町へ向かった。

山王台からの砲撃に悩まされた薩摩兵は、山王台を斜めから狙える広小路脇にある「雁鍋」に目を付けた。

「雁鍋」は上野山下の黒門口に近い鴨料理の店である。

彼らはここの二階へ大砲を引き上げ、山王台の砲台目掛けて大砲を撃ち始めた。

砲撃が思わぬ方向から撃ち込まれるため、山王台周辺の動きも慌ただしくなった。

硝煙の方向で「雁鍋」から砲弾が飛んでくることを知った。「雁鍋」を狙って山王台から砲弾を撃つが、射程距離が長いので数発は「雁鍋」を飛び越えてしまう。

そのうち正確さが増してくると、「雁鍋」は火に包まれて沈黙してしまった。

彰義隊副隊長、天野八郎は朝食抜きで走り回っている。

彼の持ち場は天王寺と谷中門であったが、「黒門口に敵が集まっている」と聞くと、穴稲荷門から山内に入って根本中堂近くの本陣である寒松院へ馬で取って返した。

隊長の池田大隅守はここで全軍の報告を受けていた。

彼は「どうだ、勝てそうか」と不安そうに尋ねた。

「今のところ境内には敵は誰一人として入れておりません。今日さえ凌げば明日には援軍もあろうかと思われます」

天野は敵の砲弾が御本坊まで迫った場合を危惧して、池田に寺院の宝物を持ち出すことと、輪王寺宮の警護を頼んだ。

これだけのことを指示すると、天野は配下の八番隊を率いて黒門へ駆けつけた。

黒門では雨と硝煙で顔を黒く染めた兵士たちが忙しそうに銃撃をしている。

このため広小路と御徒町に散開する薩摩兵たちは三橋まで近寄れない。

天野は安心して山王台へ向かう。

山王台からは広小路、御徒町の戦闘が俯瞰できる。

泥道に難儀している官軍を山の高みから射撃するので、戦いは有利に推移している。

（今日一日持ち堪えることができれば、江戸の町中に潜んでいる旗本やわれわれに同情する者たちが立ち上がるぞ。勝てそうだ）

笑みを浮かべて、天野は根本中堂脇の本陣に戻った。

搦手から攻める長州兵は、団子坂を抜け、三崎坂を上野の山を目掛けて登ってゆく。

やはりこちらも泥水の中を進むので歩きにくい。山麓まで来ると、山上から伏兵が銃弾を浴びせてきた。

驚いた長州兵たちは散開して樹木に身を隠し、銃を撃とうとしたが、本日手にしたばかりの最新式銃なので、使い方がわからない。

昨日長州藩の参謀、木梨精一郎が指揮官クラスに銃の使用法を説明したのだが、いざ実戦となると勝手が違った。

指揮官は新銃の操作法を聴くために、兵たちに退却を命じた。

本郷台の加賀屋敷にいた木梨から彼らはもう一度伝習を受けると、急いで三崎坂へ戻っていった。

午前中は彰義隊が押していた。彰義隊の大砲の威力の前に、官軍は境内にさえ足を踏み入れることができなかった。

午後になると形勢が変わってきた。

突然ものすごい轟音と共に地響きがした。

本営近くにいた天野は恐怖を感じて地面に伏せた。本営の前の樹木が目の前で裂け、石塔が砕けて飛び散った。

砲弾はそれだけでなく、根本中堂の柱を吹っ飛ばし、付近にいた隊士は一瞬にして肉片となって吹き飛んだ。

天野が空を見上げると、「ヒュー」という鋭い音がして、椎の実のような形をした砲弾が吉祥閣を飛び越えて、根本中堂の屋根を四散させた。

地響きで周辺の石塔が薙《な》ぎ倒された。

天野の全身に衝撃が走った。

今まで経験したことのない爆音で、冷静になろうと努めても足が竦《すく》んだ。どうにもならない恐怖心で金縛りになった。

次々と飛来するアームストロング砲弾は不忍池を飛び越えて、吉祥閣を目掛けてやってくるようだ。

「黒門口が危ない」という声で、やっと天野は正気に戻った。

天野は本営から山王台に駆けつけようとする途中で、清水堂を守っている撤兵隊の新手四十名と出会った。

「黒門が危ない。山王台へ一緒に付いてこい」

「承知」

天野は馬で先駆けて山王台へ着いて、後を振り返って見ると誰もついてきていない。

「徳川家もこれではもう最後だな」

張り詰めた気も緩みそうになるが、ここは踏んばらねばならない。

山王台では負傷者、死者が砲台の周囲に積み重なっていたが、残った者は必死に働いていた。

三門の大砲はなおも火を噴いており、天野も馬を降りると自ら襷《たすき》掛けになり、砲架の方向を変え、砲撃を支えた。

砲兵たちは再び活気を取り戻した。

山下通りを見ると、新黒門口を突破した薩摩兵数十人が崖を攀《よ》じ登り出した。

天野は部下を率いて崖の上で彼らが顔を出すのを待った。

登り切った男の顔が現われた瞬間、天野は太刀を横に払って首を刎ねた。

それにも懲りず崖を攀じ登ってきたが、次々と飛んできた首を見ると、彼らは崖を転がるように逃げた。

天野は本営に戻ると居残った隊長たちに最後の斬り込みをすることを告げた。

八つの門が破られるのも時間の問題と思われた。アームストロング砲によって、山内は恐怖と混乱に充ちていた。

その時根本中堂から百名余りの味方の兵が御本坊まで退却してきた。見ると殆《ほとん》どの者が負傷していた。

肩を貸してもらって逃げてきた者や、味方の首を胸に抱いている者もいる。

「どうした」

「黒門口が突破された」

敵の喚声が間近に迫ってきた。必死で守っていた黒門口もついに破られた。木柵は引き倒され、山へ逃げ込む彰義隊の後ろから、猟犬のように薩摩兵が追いかけてくる。藤堂、因州兵もそれに続く。

「ここは輪王寺宮の本坊の前だ。徳川家歴代の御霊の前だ。ここを守らなくてどうする。生き延びようと思うな。ここが死に場所と思え」

「そうだ。徳川の武士ならここで死ね」

陣笠を被った五十歳ぐらいの老武士が天野の前に進み出て、大声で叫んだ。

「東照宮大権現」と書いた幟を背中に差している。

幕府の大監察も務めたことのある大久保紀伊守であった。

老武士は古めかしい鎧姿で、派手な色の小具足を身に付けていた。

先頭を切って、根本中堂目掛けて迫ってくる官軍に向かって歩きだした。

背中の幟《のぼり》が風ではためく。

その後に天野が、そして彰義隊々士新井鐐太郎が彼を追った。百名余りの味方の兵も三人に続いた。

官軍の表情が見える程接近した時、一発の銃声がした。急に紀伊守の歩みが止まった。

彼はゆっくりと背に幟を差したまま仰向きに倒れた。

天野が慌てて彼を抱き起こすと、額が柘榴《ざくろ》のように割れて鮮血が噴き出ていた。

まだ息があったので、紀伊守の家臣らと三人で中堂の脇へ運んだ。

百名余りいた味方は消えてしまっていた。

中堂前の広場には天野と死にかけている大久保紀伊守と新井と紀伊守の従者二人だけとなった。

輪王寺宮の安否が気遣われて新井が走って本坊に行くと、宮は立ち去った後だった。

「これで終わったな」

天野は気が抜けたような顔で呟いた。

「どうする、これから」

新井も放心状態だ。

中堂周辺に静寂が戻ってくると、新井の心の内に味方の腰砕けに腹が立つより哀れさが湧いてきた。

「とにかく、宮の後を追おう。まだ腹は切らん。逃げ延びた者たちを集めて、もう一度官軍と戦おう。これで終わったんでは腹の虫も収まらんわ」

二人は敵軍の喚声を聞きながら、御霊屋の中へ入って頭を下げ、根岸方面へ向かって脱出した。

(三) 上野猛炎

江戸城では諸藩の参謀と隊長たちが西の丸の溜りの間で気を揉んでいた。

「この調子だとどちらが勝つかわからん」

「村田先生は一日で片が付くと言われたが、そんな状況でもなさそうだぞ」

上野からの戦況報告が入るたびに、ああでもない、こうでもないと心配している。

「村田先生はどこにおられるのか」

木梨は長州藩の参謀なので、皆が村田がどう考えているかを、彼の所へ聞きにくる。

「富士見櫓から遠目鏡で上野の森を眺めておられる」

「ここで待っていてもいらいらしてくるし、詳しいことはわからん。村田先生に聞く方が早い」

どかどかと階段を登っていくと、村田は富士見櫓の三階で柱に凭《もた》れて何か考え事をしていた。

「戦いはどうなるのでしょう。先生見通しはどうですか」

参謀の声でふっと我に返った村田は、懐中から時計を取り出した。

「ああもう午後三時ですか。大丈夫だ。心配するには及ばない。間もなく戦いの始末もつくでしょう」

これだけを言うと、脇に置いていた遠目鏡を再び手にして、窓から上野の方を眺めた。

「あの煙の勢いなら、まだ戦いは激しいようだ」

参謀たちも目を上野の方へ向けた。そのうち肉眼でも火の手が徐々に激しさを増してくるのがわかった。

やがて火の手は山一面に燃え広がるようになった。

村田は手を叩いた。

「皆さん、これで始末が付きました。猛火が立ち上るのは、彰義隊が上野の山に火を掛けて退却した証拠です。これは彼らが逃げたという合図です。これで戦いは終わりました」

その時戦況報告の伝礼が部屋に飛び込んできた。

「どうであるか」

参謀たちの目が伝礼に集まる。

「ただ今上野の賊兵は山中の殿堂に火を掛け、騒動に紛れて残らず散り散りに退却しました。われわれの勝利です」

伝礼は一気に誇らし気に報告した。

部屋は参謀たちの歓声に包まれた。

楫取素彦

激動

(一) 藩主側近

楫取素彦《かとりもとひこ》は前藩主、毛利敬親《たかちか》と三田尻《みたじり》の英雲荘で再会した。

敬親が東京から戻ってきたのは明治三年十月中頃である。

二階の大観楼からは三田尻港が眺められた。黒い煙を噴きながら出航する蒸気船や、沖に停泊する商船の姿が見える。

数条の黒い煙が秋の澄み切った青空に立ち上る。

階下にある庭園には常緑樹の松や樫《かし》に混じって紅や白の山茶花《さざんか》が咲き誇っている。

「七代藩主重就《しげなり》公は豪気なお方だ。別荘としてこんな豪華な建物を造られたのだからな。彼《か》の七卿《しちきょう》様もここから海を眺めては、失意を慰めておられた。あれから早や、六年にもなるのか。『光陰矢の如し』とはよく言ったものだ」

海を眺めていた敬親は楫取の方へ向き直った。

「いつ見ても飽きぬ眺めじゃ。何年ぶりかの。ここを訪れたのは」

敬親の楫取を見つめる目には慈愛の色が込もっていた。

「もう一年にもなりましょうか。殿が『版籍奉還《はんせきほうかん》』のため、東京へ行かれる際ここで泊まられて以来のことでございます」

「そうか、もうそんなになるのか。家督も元徳《もとのり》に譲ったことだし、今まで何かと無理を聞いてくれたお主の顔も拝めた。これでもう思い残すことはない」

「お気の弱いことを申されますな。まだ元徳様を補佐して長生きしていただかねば、われら一同では毛利家を支え切れませぬ」

壮年時代からの敬親を見慣れている楫取は、彼の気力も体つきも老いたように思えた。

「お主は変わらんな。いくつになった」

「四十二歳になりました」

敬親とは十歳ぐらい年が離れている。

「そうか、お主がわしの側近としてわしに仕えたのはお主が三十一歳の時であったな」

「よくわたしめのことを覚えていて下さいますな」

「お主の働きぶりが優れていることが第一だが、お主が寅次郎の妹婿ということもある。わしは寅次郎に目をかけておったが、彼を救うてやれなかったことが気がかりでな。お主の顔を見ると、そこに寅次郎がおるように思える。わしの頭から彼のことが離れぬ」

楫取は頭を下げようとする敬親を制した。

「もったいなき御言葉、松陰も草葉の陰で喜んでおりましょう」

「ところで伊之助（楫取の幼名）、お主の子供は何歳になった」

「上が十六、下が十二歳になります」

「どちらも男児であったな。出来の方はどうだ。お主に似ても、松陰に似ても秀才となろう。将来、元徳の補佐を頼むかも知れんぞ」

「そこまで思って頂き、ありがたいことです」

敬親から名前が出たことで、楫取の脳裏には松陰の懐かしい思い出が浮かんできた。

長男の篤太郎が生まれた時、松陰は野山獄《のやまごく》にいた。

楫取に嫁した寿《ひさ》は杉家三姉妹の真ん中の妹で、上は千代、下には久坂玄瑞《くさかげんずい》の妻となった文《ふみ》がいた。

十六歳の若い母親となった寿は、子供を背負い、母親から頼まれた手料理を松陰に差し入れをするために野山獄に行った。

その頃楫取はまだ藩校明倫館の講師見習の身で、小田村伊之助と名乗っていた。

鮒《ふな》の昆布巻きは松陰の好物だ。

松陰は獄から早速寿にお礼の手紙を出した。

「篤太郎が早く立派な学者になることを期待しております」と書いて、妹には「子供が成人して学問をする時の素質を作って置くように」と、教育者らしい態度で励ました。

楫取は男三人の真ん中で、皆読書が好きな家で育った。

地味で学問が好きなところは、松陰の実家である杉家の家風と良く似ている。

次男の久米次郎が生まれると、松陰は松下村塾から再び野山獄へ投じられ、江戸送りとなった。

松陰は別れに際して、塾生たちに「万事小田村（楫取）のいうことを良く聞くように」と言い渡し、妹たちには、

「心あれや人の母たる人達よ
かからんことは武士の常」

と、和歌を詠み「人を哀しまんより自ら勤むることが肝要だ」と言い遺った。

楫取の心にも強烈な印象を残して松陰は逝った。

元治元年の夏には、禁門の変で義弟久坂玄瑞を戦さで失った。

義弟としてだけでなく、将来長州を背負う政治家になるだろうと久坂を嘱目《しょくもく》していた楫取は、がっくりと肩を落とした。

悲しみは、楫取だけでなく、杉家全体を包み込んだ。

彼と文との家庭生活は八年になるが、久坂は藩のために奔走する日々が続き、家庭らしい生活を営んだのは二年にも満たなかった。

取り残された文は明かりが消えたように、無口でいることが多くなった。

母親の滝は二十歳になったばかりの文を持ち前の明るさで励まし、杉家の者が何かと彼女を慰めた。

楫取はそんな彼女のために和歌を詠んで励ました。

「しづたまきくりかへすらん青柳の
　　　　糸の乱れにむかししのびて」

ある日、役人たちが楫取の家へやってきた。

寿は十歳と六歳になる子供と、楫取を囲んで朝食をとっていた。

「藩命によってお主を召し捕る」

役人たちは抵抗しない楫取の両刀を取り上げると、両手に縄を掛けようとした。

長男も次男も父親の所へ走り寄った。

「父上に無礼をすると許さんぞ」

二人とも父親の刀を奪い返そうと、刀を持っている役人に跳び掛かった。

「止めなさい。父上は間違ったことをしていません。しばらくすると家へ戻ってきますから、お役人から離れなさい」

楫取は子供たちを叱った。

「憎たらしい餓鬼だ。子供だと思って遠慮してやっていると、摑み掛かってくる。罪人の餓鬼は大人しくしておれ」

子供たちは役人から離れると、母親を守るようにして身構えた。

「直ぐに戻ってくる。それまでしっかり勉強をしておきなさい」

子供たちは黙って頷いた。

「寿にはこれを渡しておく。後で読んでおくように」

楫取は役人たちに背中を押されるようにして立ち去った。

寿は手にした手紙に目を通した。文字が涙で霞んできた。

「何と書いてあるのですか、母上」

子供たちは父親が言い残しておきたかったことを知りたい。

「結婚して此の方、妻には骨を折らせて辛い目ばかりさせてきた。その苦労に報いることもできずに、別れて獄へ行く。残念なことだ」

元治元年十二月十九日、楫取が野山獄に投獄されたちょうどその日に、実兄松島剛蔵《まつしまごうぞう》はその処刑場で斬首された。享年四十歳。

それを牢内で耳にした楫取は号泣した。

勝海舟らと共に長崎伝習所で、オランダ人に航海術を学び、長州で初代の海軍総督として、外国艦隊との戦さに臨んだ男であった。

庚申《こうしん》丸に乗り込んでいた兄の姿が瞼《まぶた》から離れない。

自分の死も近い。

年の暮れには野山獄にも新年を告げる除夜の鐘の音が響いてきた。

いつもなら家族揃って夜中から初詣でに行く。

歴代の毛利家の霊廟が立ち並ぶ東光寺に詣でるのが慣例だった。

東光寺は松下村塾からも近く、東の方向になる。

黄檗《おうばく》宗の禅寺で山門から大雄宝殿（本堂）までの登り坂の途中に鐘楼がある。

子供たちも喜んで鐘を突いた。

また子供たちが小さい頃、大雄宝殿の屋根の鬼瓦の顔つきがあまりにも恐ろしいので、子供たちが泣き出したこともあった。

久しぶりの妻からの便りが、変化に乏しい牢内の正月に色彩を添えた。

「わたしも二人の子供も無事で年越ししました。今年の正月は三人で東光寺にお詣りしてきました。毛利家の霊廟の前であなたが無事に帰ってこられることをお祈りしました。子供たちはあなたがいなくても学問に励んでおり、家の事は決して心配されることはありません」

楫取は何度も何度も、妻からの手紙を読み返した。

生きる希望が湧いてくる。

早速妻宛てに手紙を認《したた》めた。

「なき罪を知る人あらば我もまた

春の恵みに逢わざらめやは」

と、自分の今の心境を詠み、「武士の家庭をしっかり守り、婦人の徳を失わないように心掛けて下さい」と、妻を励ました。

正月も過ぎると野山獄にも藩の様子が漏れ伝わってくる。

松下村塾にいた高杉が俗論派征伐のため、功山寺で挙兵したことを知った。

向こう気が強かった彼の顔が脳裏に浮かぶ。

「おい、お主の女房が夜子供を連れてここに来たらしい」

隣りの独房に入っている村田清風《せいふう》の息子の次郎三郎が小声で教えてくれた。

「昨夜遅く表門の所で女の声がするので、牢番が外に出て行くと、『その母親が子供に父のいる牢を指差して教えておった』と、わしに知らせてくれた。多分お主の女房だろう」

楫取はその夜一睡もできなかった。

数日経つと、寿から食事の差し入れがあった。

どのようにして獄吏を言い含めて差し入れができたのだろう。妻の甲斐甲斐しい努力に目頭が熱くなった。

その日から食事以外の差し入れも時々届くようになった。

その中には心和《なご》む差し入れもあった。

握飯の中に何か固い物が入っているので、割ってみると中から禁制の「とうばさみ」が出てきた。家で使っていたものだ。爪もこれで切っていたし、髪もこれで揃えていた。

牢番に見つからないように、湯呑みをその上に載せておいた。

北の便所の高窓から「とうばさみ」を持って手を伸ばすと、隣人にも届く。

「とうばさみ」は独房の中を行ったり来たりした。

二月十五日になると牢番たちは姿を消し、翌日になると正論派の役人がやってきた。

二ヶ月ぶりに楫取は野山獄から出されると、大きな伸びをした。そして思い切り息を吸い込むと、ゆっくりと吐いた。吐く息が白かった。

久しぶりに見る外界は新鮮で、周囲の見慣れた山々は雪化粧していた。

家に帰ると子供たちが纏《まと》わり付いてきて、妻の手料理を口に入れると、やっと家へ帰ってきたという実感が湧いてきた。

ゆっくり骨休めする暇もなく、藩命が来た。

太宰府へ三条実美《さねとみ》ら五卿を訪問する役目である。

楫取が入獄している間に五卿は太宰府に移されていた。

五卿は延寿王院にいた。ここは太宰府天満宮の参道の突き当たりにあった。

ここで楫取は運命的な出会いをする。

ちょうどこの時、土佐脱藩浪人の坂本龍馬が延寿王院に来ていたのである。

楫取が長州人だと知ると、坂本は大声で話し掛けてきた。

「今、五卿さんにも話していたところだ。長州は薩摩と手を握らんといかん」

楫取は坂本の話が唐突に思われた。

禁門の変から一年も経っていない。藩内は「薩摩憎し」で固まっている。

こんな話を藩に持って帰れば、いきり立つ奇兵隊や諸隊々士に殺されかねない。

坂本は喋《しゃべ》り続ける。近視なのか、時々切れ長の目を細める。

近寄ってくると、汗臭い。よく見ると彼の着物は土埃と汗とで塩を噴いている。

「坂本さんは『薩賊会奸《さつぞくかいかん》』という言葉をご存じか」

「長州ではその文字を下駄の裏に書いて歩くのが流行っているそうですな」

全然物怖じしない男で声は大きい。笑うと妙に愛嬌がある。

「仮に薩摩と手を握り、幕府に当たるということになれば心強い。が、何しろ藩内の意見を纏める前に、藩士に殺されるでしょう」

「薩摩を動かしている西郷や大久保といった者たちも、長州と仲直りしたいと思っています。彼らは幕府の力を見限っております。長州征伐が成功すれば、今度は薩摩が長州と同じ目に遭わされることを知っています」

「本当に薩摩はわれわれに手を伸ばしてきているのか。坂本さんの一人相撲ではないのですか」

楫取は念を押した。

「薩摩は真剣です。そのためにわたしはあなたたちの藩主に会おうとしているのですから」

楫取は坂本の眼差しから本気らしいと察した。

「わかりました。わたしから広沢か桂に連絡を取りましょう。下手に動かんで下さい。事は秘密裏にやらないと話が漏れます。わたしが何とかしましょう」

本来なら慶応元年五月二十一日、下関で桂・西郷会談が行われる予定であった。急用で西郷が下関に寄らずに京都へ行ってしまったので、話は流れるかに思われた。坂本は薩摩藩を通じて、長州に洋式武器を購入することを仲介し、薩摩には長州の米を送った。

物的交流が先行し、約半年後の慶応二年一月、京都で薩長同盟が成立した。

藩論は「武備恭順」に転変した。

「幕軍がやって来るなら、一戦も辞せじ」という構えだ。

幕軍との交渉役は宍戸《ししど》備後助が務めていた。

第一次長州征伐の時と異なり、長州藩は強気を貫いた。

幕軍の頭目、老中小笠原長行《ながみち》は長州支藩から本藩を説得させようとして失敗し、今度は隣国、芸州《げいしゅう》藩に代行させようとした。

「藩主敬親と世子定広及びその子興丸《おきまる》並びに三支藩の藩主、老臣のすべてを広島へ連れてこい。もし敬親が拒否すれば、芸州藩兵を引きつれて強制的にでも引っ張ってこい」

芸州藩は隣国との戦さを望まない。

「それはできません。幕府と長州の間に立って仲介の労は取りますが、強いてと言われれば仲介役を辞退する」

交渉がむずかしくなってきた。

長州藩は楫取を特使として、老中小笠原のいる国泰寺へ遣った。

広島の国泰寺で行われた交渉は難航した。

小笠原の長州処罪案は予想以上に厳しかった。

「長州藩の石高三十六万九千石から十万石を削ること。藩主父子は蟄居。福原、益田、国《くに》司《し》の三家老の家は断絶にする」

この三家老は禁門の変で責任を負って切腹した三人のことである。

この命令書を小笠原は宍戸に持って帰らせようとした。

宍戸は受け取りを拒んだ。

「何故受け取らぬ」

「わたくしごとき一家老がこんな重大な命令書を持って帰ることなどできませせぬ」

宍戸はできるだけ粘って妥協点を探ろうとした。

小笠原は宍戸の拒否に遭い、今度は仲介役の芸州藩にその役を押し付けようとしたが、芸州藩もそれを拒んだ。

老練な家老である辻将曹《しょうそう》は「この命令書はわたしが預かるだけは預かっておきましょう」と、小笠原の顔を立てることも忘れなかった。

「この二人も芸州で預かってもらいたい」

不満気にそう言い残すと、小笠原は国泰寺を後にした。

宍戸と楫取は辻が用意した駕籠に乗せられた。騎馬に取り囲まれ、国泰寺を出た。

駕籠からの景色は、町屋から雑草が生い繁る荒涼とした風景に変わった。

(ここで殺す積もりだな)

二人の背中に緊張が走った。

古びた土蔵が川原の土手に建っていた。屋根の上にも雑草が生えている。

どうも駕籠はそちらへ向かっているようだ。

(人目に付かぬ場所で首を刎ねる積もりか)

腹を決めて駕籠から降りると、そこに辻が立っていた。

「むさくるしい所ですが、暫《しばら》くここで辛抱して下さい。幕吏の目も光っていますので」

同情の籠もった眼差しであった。

「家老の屋敷に入って頂くよう手配しております。何分、急に決まったことですので、お二人の部屋を片付けるのに手間取っている次第です。少しの間、ここで休んで頂きます」

二、三日すると駕籠が来た。
家老、松平安芸守の屋敷はなかなか立派な造りで、幕吏が後をつけ回すことを別にすれば、待遇は申し分なかった。

しかし、長州藩の情報が入らない。

家への手紙は内容を検閲されるが、許された。

「大勢いる家臣のなかで、特に選ばれて殿様の役に立つ自分は幸せ者である。あなたも松陰の妹、わが楫取の妻に恥じぬよう振舞って欲しい」

楫取は妻に死の覚悟を知らせた。

数日すると屋敷内の人の出入りが慌ただしくなった。

宍戸は楫取に目配せした。

「今朝戦さが始まり、小瀬川口では寄せ手の幕軍は大敗北し、今芸州の城下に引き揚げている最中らしい」

幕吏が目を離した隙に、宍戸が楫取の耳元で呟いた。

「わしが厠へ行っている隙に、屋敷内の者がわしの小机の上に書き付けを置いてくれた」

と、宍戸は頰を緩ませた。

六月十四日に国境の小瀬川で始まった芸州口の戦いは、機先を制した長州兵が彦根・高田の両藩を破り、芸州領へ入り込んだ。

長州兵は洋式銃で武装している。旧式銃で戦う高田・彦根の兵を追っ払って広島城下へあと五里の所まで攻め込んだ。

危険を感じた征長総督はフランスの洋式訓練を受けた紀州の大軍をこれに向かわせた。

国の存亡を懸けて必死で戦う長州兵の勢いが勝った。

幕府の征長総督の膝元まで長州兵は迫った。

六月二十五日に、慌てた老中、松平伯耆《ほうき》守は楫取と宍戸を釈放した。

(二) 小倉口の戦い

大島口、芸州口、石州口の戦いは長州藩の勝利に終わったが、激戦が長期に続いたのは、高杉が受け持った小倉口だった。

約一千名の長州兵に対して、小倉兵を含めた幕軍は二万。

圧倒的な兵力差を持つ戦場を、高杉が一手に引き受けた。

田野浦、大里は高杉の戦略と洋式銃の差をもって落としたが、問題は赤坂であった。

高杉を囲んで白石邸に参謀が顔を揃えた。どの顔も高杉を信じ切っている。

これまでの戦さは高杉の作戦通り運んでいた。

「これからどう戦う」

山県《やまがた》が高杉にお伺いを立てた。

「赤坂がこの戦いの山場だ。ここを落とせば、小倉城下まで遮《さえぎ》るものはない。彼らは必死に赤坂を守るだろう。ここが正念場だ。小倉城を落とさんことには、この戦いは終わらん。幕軍二万といっても所詮は寄せ集めの纏まりのない兵たちだ。城が落ちれば退散するだろう」

部屋は集まっている者たちの熱気が籠もる。夜風を入れようと白石が窓を開けた。この離れ座敷は庭を隔てて海に面しているので、波の音が響いてくる。

突然高杉が激しく咳込んだ。

「大丈夫ですか、高杉さん」

白石が高杉の背中を摩《さす》った。

「いや、少し風邪を引いたようだ。心配ない。それより赤坂攻略の作戦を練ろう」

高杉の顔は心なしか赤い。

高杉は疲労で倒れそうになる身体を酒で誤魔化していた。

豪快な彼の口振りに誰もが「労咳《ろうがい》」など思いも付かなかった。

翌日の赤坂攻めの作戦会議を開こうという日、朝から高熱を出した高杉は、床から起き上がれなかった。

「そういえばこの頃変な咳をされていた」

「酒が入っていない時も、顔が火照っていた」

小倉口の戦いの山場で、頼みの綱とする高杉が倒れた。参謀たちの顔は暗かった。

作戦会議は夜半、高杉の枕元で開かれた。

腰に枕を当てて布団の上に座った高杉を参謀たちが取り囲む。

「報国隊は本街道を、奇兵隊は山手から進み、その後二手に分かれて馬寄《まいそ》を攻める」

翌日熱が下がった高杉は、早朝に大里に上陸するとそこに本陣を構え、作戦通り赤坂へ兵を進めた。

酒で気合いを入れた。

赤坂の峠は、北は小渓谷を隔てて、宮本山、手向《たむけ》山と向かいあい、東には忘言亭《ぼうげんてい》山、陣の山が聳《そび》える。

西は小倉城を見下ろす断崖で、眼下に赤坂の町が眺められ、その前方は海だ。

ここを破られると小倉城下まですぐだ。

小倉兵と肥後兵は、小倉城下の最後の守りとして、赤坂、上島越《かみとりごえ》、将監《しょうげん》山、忘言亭山、広寿山、大谷山の山上一面に防衛線を張り、そこに肥後兵が協力して伏陣していた。

肥後兵の装備は新しく、アームストロング砲を有していた。

長州兵は武庫山を取ったものの、激しいアームストロング砲の砲撃に遮られた。

長州兵も砲弾を撃ち返すが、赤坂に攻め込むことはできない。

一時間にわたる砲撃戦に焦《じ》れた奇兵隊の山田鵬輔《ほうすけ》ら小隊は斬り込みをかけるため、八丁越えと呼ばれている急な斜面を攀《よ》じ登り始めた。

砦の上からは銃弾が飛び交う。

山田らは樹木や岩の陰に身を潜めながら登り、あと十メートルの所まで近づいた。

この時一発の銃弾が飛んできたかと思うと、彼の身体は崩れるように倒れ、そのまま崖をずり落ちた。

味方の兵が山田に駆け寄り、即死していることを知ると、彼の首を斬り取り抱き抱えながら退却した。

正午頃になると激しかった肥後兵の砲撃が緩んできた。

夕方頃になると砲撃が止んだ。

「陣屋から火の手が上がったぞ」

「肥後兵が退いているぞ」

長州兵は今まで押され気味であったので、何故ここで彼らが退却するのかわからなかった。

翌日になると肥後兵の姿は見えなかった。

肥後兵を率いていた長岡監物《けんもつ》は、小倉口総督の小笠原長行の態度に腹を立てていた。

「われわれが必死に戦っているのに、幕府の軍艦富士丸はまったく動こうとはしない。軍艦が長州兵の側面に砲撃を加えれば勝てるのに」

この再三の要請を小笠原は無視した。

「幕府に命じられてわれわれは何の恨みもない長州兵と戦っているのに、幕府の軍艦が戦わない戦さなどで死ねるか、馬鹿馬鹿しい」

久留米の兵たちも肥後兵の退却を知ると、戦場から引き揚げた。

この結果、小倉城は孤立した。

意外な出来事から赤坂は落ち、ついに小倉城に攻め入る時が来た。

高杉は病魔と戦いながら、戦場で指揮を執る。

下関の白石邸に戻ってきた高杉には最後の総仕上げが残っていた。

病床で横になり、熱で火照る身体で小倉城攻めの「差図書」を認《したた》める。

これを書いている間も咳込む。

眺めている白石は死霊に魅入られたような高杉の背中に声を掛けることを憚《はばか》られた。

「小倉城にいつでも攻め込む姿勢を取りつつ、退路は空けておく。『窮鼠《きゅうそ》猫を嚙む』ことは避けねばならぬ。対峙しながら敵の人心を掌握することに努める。その結果、柿が熟して落ちるように小倉城は落ちる」

無理攻めを控え、味方の死傷者をできる限り、少なくする方針を強調した。

肥後と久留米兵が引き揚げると、小笠原が富士丸で小倉を脱出してしまった。

それに追い打ちをかけるように、将軍家茂《いえもち》死去の情報が伝わってきた。

小倉藩は緊急会議を開いた。

軍議は徹底抗戦に決まる。

各自持ち場に戻ったが、小倉に残っている肥後藩の竹崎律次郎はこの決定に反対した。

「なまじ城があるから未練が残る。いっそ城を灰にして『死地に活を見いだせ』」と、小倉藩執政家老小宮民部に主張した。

彼は家老小笠原近江守と話し合い、先に決められた決定を変えてしまった。

八月一日正午、家老小宮民部宅から火が放たれると、城内は一斉に火に包まれた。

武家屋敷から広がった猛火はまたたく間に城下の町屋まで走った。

前もって知らされていなかった藩士の妻や子供、年寄りで、城下の道は混乱を極めた。

彼らは身一つで城下を逃げ出し、田川郡を目差した。

混雑を助長するかのように、雨まで降り出した。河川から溢れた水で、道は膝まで泥水に漬かり、母は子を背負い、老人や病人を荷車に乗せて運ぶ。

「小倉城が燃えている」

「敵は田川の方に向かっている」

長州兵は何故彼らが城を焼いたのかわからなかった。

肥後、久留米兵が引き揚げても、八千余りの小倉兵が籠城すれば厄介なことになると、危惧していた矢先のことだった。

高杉は白石邸の離れ座敷の二階から炎上する小倉城を眺めていた。

城全体を黒煙が包み込み、白壁の天守から赤い炎が天に向かって噴き上げている。

城からの火炎は徐々に小倉の町に広がり、やがて城下全体を巻き込む巨大な火柱となり、黒煙は空を黒い雲で覆い隠すように海面低く垂れ込めた。

「よく燃えておりますなぁ。まるで九州全土にまで燃え広がりそうな勢いだ」

白石は感慨深げに呟いた。目が潤《うる》んでいた。

「この巨大な火柱は倒幕のために非業の最期を遂げられた人たちの霊魂を慰める送り火のようだ。この光景を松陰先生や久坂さんにも見せてやりたかった」

黙って聴いている高杉の充血した目は、遥か昔に思いを馳《は》せるかのように、巨大な火柱を眺めていた。

白石には、高杉と初めて出会った日のことが頻《しき》りに思い出された。

「あなたがわたしの屋敷へ来られたのはちょうど攘《じょう》夷《い》戦が終わった頃でした。その日から奇兵隊が誕生しました。奇兵隊はわたしの子供のようなものでした。奇兵隊が成長して行く姿を眺めることは、わたしの心の張りになりました。俗論派を破った奇兵隊が、長州を再生させる姿もこの目で見ました。そして今日ああやって小倉城が燃えている」

話す白石の声は感動で震えた。

「小倉城炎上は奇兵隊が立派に成人した証しです。わたしもあなたに賭けた三年でした。

やり甲斐がありました。こんなに早く願いが叶うとは、まるで夢を見ているようです」

「ありがとう白石さん。わたしはこれで何も思い残すことはありません。松陰先生も喜んで出迎えてくださるでしょう」

こう言った瞬間、高杉は激しい咳に襲われた。同時に言い知れぬ胸痛が走った。咳が続くため、大きな息が吸えない。

思わず床にうずくまった。喉に何か痞《つか》えて詰まりそうになる。それを吐き出すように激しく咳をした途端、口から生温かいものが溢れ出てきた。

「大丈夫ですか」

白石の大きな声が薄れゆく意識を現実に引き戻した。

多量の鮮血が辺り一面に飛び散った。

起き上がれず、うずくまって唸っている高杉の背中を、白石は必死になって摩《さす》る。

白石の懸命の介抱により、やっと一息入れることができた高杉の顔面は死人のように蒼白になっていた。

(これは労咳だな。もう長くないかも知れぬ)

高杉はこの日より、生への限界を感じた。

早速白石邸に医者が呼ばれ、その日から彼は起き上がれなくなってしまった。

楫取が高杉を見舞った時は、ちょうどこのような頃であった。

楫取が病室に入ってきたのを知ると、高杉は床から起き上がろうとした。

「そのまま、寝たままで良い。高杉君」

楫取が高杉と会うのは、彼が芸州口で拘囚《こうしゅう》されて以来だ。

半年ぶりに見る高杉は頰が削げ、青白い顔に血管が透けて見える。

「こんな見苦しい姿をお見せして、情けないことです。これでやっと松陰先生との約束を果たせたと思っています」

楫取の来訪に松陰の姿を重ねたのか、高杉の顔は心なしか満足気だった。

「いつ死んでも大手を振って先生に会いにゆけそうです」

楫取は松下村塾の頃の悪童が衰弱しきっている姿を見て、言葉に詰まった。

「和議のことは、わたしと広沢に任せてくれ。戦いの方は前原や山県が良くやってくれているようだ。『戦さのことは忘れて、病気静養に専念せよ』というのが敬親様からの御言葉だ」

小倉城が焼け落ちた後も、家老島村志津摩《しづま》を中心とした徹底抗戦派は企救《きく》郡を本拠地として、ゲリラ戦法を続けた。

死守していた金辺《きんべ》、狸《たぬき》山峠が陥落すると、「和議も止むなし」という雰囲気が漂ってきた。

翌年慶応三年一月二十二日、楫取、広沢らの代表と小倉藩の代表者が小郡に集まった。

「企救郡一円を長州が預かる」ということで、約半年間にわたった小倉戦争は停戦協定を結んだ。

四月十四日、高杉がこの世を去った。

葬儀は白石正一郎がすべてを取り仕切った。

葬列は十六日の日没下関を出発し、奇兵隊並びに高杉縁《ゆかり》の人々が参葬した。三千人を超す人々が集まった。

棺が到着したのは夜十時頃であった。棺は皆が見守る中、清水山山腹に埋められた。

(三)　野村望東尼

楫取が高杉の墓所を訪れたのは、彼が死んでから一ヶ月も経った頃だった。

清水山は奇兵隊の屯所の吉田の近くだ。高杉は吉田が好きだった。

楫取は急拵《ごしら》えの石段を一歩ずつ登っていった。

坂の斜面には高杉の好きだった梅の苗木が植えられており、登り切った所が地馴らしされている。

真新しい墓石には「東行墓」とのみ書かれており、両脇には石灯籠が建っていた。

派手好みの高杉の永久の眠りの場所にしては簡素過ぎる。楫取は違和感を覚えた。

彼の墓前には先客がいた。墓前に額《ぬか》ずき、祈っている尼がいた。

水差しには可憐に咲いた石楠花《しゃくなげ》が差してあり、線香の煙が風に流れている。

「もし、野村望東尼《もとに》様ではありませんか」

背中から声を掛けられ、振り返った尼は六十歳頃に思われた。

「わたしは松下村塾で高杉君と一緒に学んでいた者です」

「もしや松陰様の義弟の楫取さんですか」

声は年に似ず張りがあり、眼光は優しさの内に鋭さを秘めていた。

望東尼は高杉から彼のことを聞かされていたのであろう。生前の高杉の話になった。

「高杉さんを筑前で匿《かくま》ったことが昨日のことのように思い出されます。彼は俗論派に牛耳《ぎゅうじ》られた萩を脱出して、筑前に来られたのです」

懐かしそうな目で高杉の墓に向き直ると、声は彼に語りかける調子となった。

「高杉さんは『俗論派征伐をやる』と言い出されて、わたしは困りました。どうしても高杉さんを死地に遣りたくなかったのです。しかし高杉さんは『今起たぬと時期を逸する』と言われ、功山寺で挙兵するや、本当に俗論派を一掃されてしまいました」

「あなたは姫島に幽閉されていたと聞きましたが」

高杉への思いに浸っていた望東尼は、楫取の声で我に返った。

彼女は筑前の生まれで、尊王に篤く、夫野村新三郎が亡くなると剃髪して受戒した。

その後、福岡の南にあった平尾山荘で勤王のために奔走する志士たちを匿まった。

「そうです。わが筑前藩は佐幕派が強く、勤王派を圧迫し、わたしは姫島へ流されたのです。獄舎は海に面した丘の中腹にある荒ら屋《あばらや》でした。屋根は瓦葺きですが、周囲は荒格子だけで、四畳ぐらいの板敷の部屋でした。夜になると雨戸で閉められ、明かりもなく真っ暗でした。風が激しい日は樹木や波の音が近くの山に木霊して、恐ろしくて一睡もできない有り様でした」

楫取も野山獄に投獄されていたこともあり、彼女の不遇は想像できた。

「家族から来た手紙を読むことで、生き延びようという気持ちが芽生え、同時に望郷の思いが狂おしい程、わが身を苦しめました。そんな日がどれぐらい続いたでしょうか。以前から嗜《たしな》んでいた和歌がそんな時頭に過《よ》ぎりました。辛い時、悲しい時にはひたすらに歌を詠み、不遇な時を過ごした古人に思いを馳《は》せて、今のわが身を忘れようとしました」

楫取も、野山獄内の自分の心の葛藤を思い起こした。

「八ヶ月にもなると足も萎え、熱が下らず、もうだめかと諦めていました。村人が持ってきてくれた百合根を食べたところ、意外にも快方に向かいました。手紙から知れる藩内の様子は厳しく、一、二年はここを出られぬと覚悟を固めました。

そんな時でした。高杉さんの指示を受けた筑前脱藩志士や対州の多田壮蔵さんたちが、姫島へやって来たのは。救い出され久しぶりに船に乗り、下関の白石邸へ着きました」

望東尼は辛かった日々を思い出したのか、目が充血していた。

「高杉さんの顔を見て驚きました。以前お会いした時とは打って変わっておりました。非常な衰弱ぶりで、辛くて正視することができませんでした。高杉さんは辞世の句を詠む積もりで上の句を詠まれました。『おもしろきこともなき世をおもしろく』と、詠まれましたのを、わたしが下の句を『すみなすものは心なりけり』と、続けました。高杉さんは『おもしろいのう』と呟かれました。これが高杉さんの最期の言葉でした」

楫取は彼なりに高杉の生き様を考えていた。野山獄へ入ったり出たり、極端な行動を取りながらも、彼の行動の原点には松陰がいて、松陰から教えられた死生観に基づいて奔走していたような気がした。

「自分の死ぬべき場所」を捜し彷徨していたのだろう。

慶応三年、幕府は十月十四日に大政を朝廷に奉還した。同時に朝廷からは薩長両藩に討幕の密勅が発せられた。

楫取は殿中の諸事一切を統括する奥番頭になった。

長州は薩摩と歩調を合わせ、上京することになる。

出陣の前に野村望東尼の顔が無性に見たくなった。

高杉の墓参りで出会ってから、和歌の手直しをやってもらっている。

桑山という小高い山が三田尻港の近くにある。山麓には毛利七代藩主、重就公を祀っている大楽寺が建っており、彼女の住居はその近くであった。

桑山には勤王の志士たちの墓が散在しており、彼女はそれらにお参りして、天気が良いと足を伸ばして宮市八幡宮（防府八満宮）まで行き、和歌を奉納することを日課としていた。

姫島での八ヶ月にわたる幽囚生活からくる窶《やつ》れも今はなく、六十歳を超えた年齢にもかかわらず、気持ちは若者のように熱かった。

楫取は和歌のやり取りをするうちに、彼女の人柄に魅せられた。

文机に向かって何か書き物をしているようだ。頻りに筆を持つ手が動いている。

部屋は奇麗に整理されており、隅には炉が切ってあり、湯釜が置かれていた。

手入れされた中庭には色とりどりの山茶花が咲き誇っている。

「何を書かれているのですか」

突然中庭から声を掛けられ、外を覗くと楫取の微笑があった。

「『般若心経』を写しております。姫島で行っていた続きをやっています。こうしておりますと、気が落ちついてきます。まあそんな所に突っ立っていないで、玄関から回って来なさいよ。お茶でも点ててあげましょう」

「いや、これはとんだ邪魔をしてしまったようですな。ちょっとあなたの顔を見たら帰る積もりでした」

若い頃に母親を亡くした楫取は彼女に母親のにおいを感じた。

部屋に入ると勧められるままに、座布団に腰を下ろし、彼女の写経を覗き込んだ。力みがなく、まるで水が流れているような文字であった。

「藩命でどこかへ行かれるのですか」

楫取の何時《いつ》もと違った雰囲気から、望東尼は彼の覚悟のようなものを感じ取った。

「はい、長州藩の参謀として軍を率いて上京します。今度は薩摩と一緒です。いよいよ討幕戦です」

「将軍も京都に滞在中と聞いています。幕府も威信を懸けての戦いとなりますね。激戦は避けられません。長州の汚名を濯《そそ》ぐ戦いですので、全力を尽くして下さい。凱旋される日を首を長くして待っております」

楫取は彼女が入れてくれたお茶をゆっくりと飲み込んだ。

「わたしも戦さで気が立ってきたら、あなたの様に『般若心経』を写しましょう。気持ちを落ちつけるために」

「わたしも苦しい時は姫島のことを思い出すようにしております。あれこれ心配しても成るようにしか成らぬのが人の世の常です。写経しながら心を平生に保つようにしておりますと、良い知恵も浮かんでくるのです」

辛苦を経た彼女の人生観の一端に触れた気がした。

「ここへ来た甲斐がありました。戦さでは力まず、自然体で臨めそうです」

部屋の中では茶釜が「シューシュー」と音を立てている。中庭の鹿威《しし》しの音が楫取の心に響いた。

十一月十五日、千二百名の長州兵は鞠生《まりう》にある小烏神社の松原に集結した。

世子が閲兵を行い、武運長久を祈った。

文久三年の禁門の変の仇討ちだ。彼らの胸中は、いよいよ上京し、戦さに勝って朝敵の汚名を返上しようとする期待と不安が交錯した。

一旦西宮に上陸した長州兵は十二月九日に、五卿と毛利敬親父子の官位が復旧されたことを聞いた。

「小御所会議」で薩摩藩が主導権を握り、「国政復古の大号令」が発布された。

徳川家は国政から追放されたのだ。

大坂城に退いた徳川軍一万五千は、京都に留まっている薩長二千五百の兵と対峙した。

慶応四年一月三日、鳥羽街道を上京しようとした幕軍と薩摩兵とが衝突し、ここに鳥羽伏見の戦いが始まった。

楫取は御所内にいた。

公家たちは南から砲声を聞くと、詰めの間で騒ぎ出し、伝礼の報告が来る毎に、右往左往した。

彼らは少数の兵力しか持たない薩長軍が幕軍を破るとは思っていなかった。

戦いの帰趨《きすう》によっては幕府に媚を売ろうとする者もいた。
楫取はそんな腰の定まらない公家たちを冷やかな目で見ていた。
三日、四日は押され気味であったが、戦況が変化したのは五日であった。
五日の早朝、東寺の征夷大将軍の本陣に「錦旗」が掲げられた。
この時から徳川は朝敵となった。
鳥羽伏見の戦いは薩長軍の勝利で終わった。

諸隊反乱

(一) 精 選

慶応四年九月八日をもって明治と改元された。
明治二年五月十八日榎本武揚《たけあき》が五稜郭を官軍に開け渡し、内戦は終了した。
奇兵隊、諸隊の兵たちは長州へ凱旋してきた。
統一国家を目差す桂こと木戸孝允《たかよし》は新政府の参与となって積極的に動き回っていた。
「版籍奉還」
これは旧大名が持っている封土、人民を朝廷に奉還することで、旧幕藩体制が消失し、新しい統一国家になるための第一段階であった。

木戸は範を示すため、長州に戻ってくると、藩主毛利敬親を説得し、次いで薩摩、土佐、肥前の藩主を説き伏せた。

かなりの抵抗があったが、一応これに成功すると、今度は次のことを考えた。

「廃藩置県」

これと同時に新兵制は村田蔵六こと大村益次郎に委ねられた。

彼は兵部大輔の役職に就いている。

大村は中央政府が管轄する国軍を編成する積もりで、洋式兵制改革を思考していた。

これは士族による軍隊ではなく、国民から募集した兵たちから成る洋式兵制である。

これが後には徴兵制となる。原形は奇兵隊であった。

大村は志半ばにして京都で暴徒に襲われ、その傷が元で亡くなった。享年四十六歳。

「版籍奉還」後は毛利元徳《もとのり》が「山口藩知事」に任命され、敬親は藩主の座を世子に譲った。

元徳は常備兵二千人を朝廷の親兵として東京へ献上することを申し出たが、とりあえず千五百人が受け入れられることになった。

「それもすぐ東京へ来てもらっても困るので、当分そのまま藩内で待機してくれ」と、朝廷は通告した。

長州の起動力となった一万五千人に膨張した奇兵隊、諸隊から千五百人を「精選」しなければならない。

「精選」から漏れた者とそうでない者との違いは大きい。除隊となれば食っていけない。農村は戦さで働き手を失い荒廃しており、人や物は東京や京、大阪に集中して、山口では生業も乏しい。

遊撃隊の幹部三人が上官の弾劾書を提出した。

「隊の規律が乱れ、人心が動揺しているのは、長官の我が儘《まま》放題な振る舞いのためである」と指摘し、「このような幹部によって選ばれたのでは親兵を選ぶ趣意にそぐわない」と主張した。

軍事局はこれを無視した。下の者が上の者を批判することは許されないと判断した。

その結果、遊撃隊は親兵に「精選」されることを拒否した。これを受けて軍事局は常備軍の編成から遊撃隊を外した。

これが火種となった。

常備軍の選に漏れた奇兵、整武、振武、鋭武隊の不平分子たちや、除隊していた者までが武器を持って駆けつけてきた。

約二千名もの者が山口に近い宮市（防府）に本営を構え、砲台や土塁を築いた。小郡《おごおり》、小鯖、徳地《とくじ》など十八ヶ所に陣を構えた。

明治三年の正月も過ぎると、不平を募らせた兵たちが山口藩庁を包囲して、数十名が公館内に乱入した。

彼らは藩の軍事局の役人に請願書を突きつけた。

藩知事、元徳は藩庁で軍事局の局長にそれを読み上げさせた。

「一、今どき攘夷を行うことが時代遅れであることはわかるが、風俗まで異人を真似る必要はない。

二、兵制は外国の長所を取り入れ、短所は捨てることに異議はない。洋銃、洋砲、洋服は良いが、断髪、脱刀はいけない。

三、われわれが決起したのは政務局並びに諸隊の長官の処置をもっと厳しくして欲しいためで、藩庁でもっと彼らの行いを詮議して欲しい」

軍事局の局長は元徳の顔色を窺《うかが》いながら読み上げた。

「彼らが不満とすることにも一理はある」

「隊内では下の者が上官を批判することは禁じられております。そんなことを許せば、隊の規律が乱れ、隊そのものが成り立たぬようになります」

局長は当然のことのように返答した。

「しかしそれも程度による。良将の元には規律も正されようが、上官がいい加減な者では下は反乱を起こしかねん。今までは誰でも入隊させておったが、藩も彼ら全員を藩兵に留め、兵士として払う金はない。だが彼らにしてみれば、命を的に奥羽や北海道まで転戦して、帰国すればもう用済みというのでは、やり切れんだろう」

「知事の考えは良くわかりますが、新政府の手前もあり、山口藩が反乱の火の海になるようなことは避けねばなりません。そうでないと、今までのわれわれの苦労が水の泡となってしまいます」ここは一つ、知事自らが彼らを説得されてみられたらどうでしょう」

「そうしてみよう。お主が持っているもう一枚の要求書には何と書いてあるのか」

局長はばつの悪そうな顔をして、もう一枚の方を読み上げた。

「『一、除隊となって浪々の身となる者の処置
一、多年の尊攘の働きに報いる方法
一、死傷者、不具者に対する恩典
一、老年となった者への扶養の方法
これらの方法を講じて欲しい』と結んでおります」

「耳が痛い話だ。彼らも辛いのだろう。わしも出来る限りのことはする積もりだ」

藩知事は楫取素彦を宮市に、佐々木源蔵を小郡に派遣して諸隊を慰撫させようとした。

山口藩権大参事（知事、副知事の次）に就任し、三田尻管掌を命じられた楫取は、山口軍事局局長と三田尻にある英雲荘の二階の大観楼で、脱隊兵士たちの今後のことを話し合っていた。

「脱隊兵たちは宮市や小郡を本営としており、萩往還筋の山口から右田まで十ヶ所に砲台を築いて、萩からの常備軍に備えております」

山口から三田尻までの街道は徐々に登りとなり、行く手には峻険な右田ヶ岳と西目山が立ち塞がる。この辺りから登りは急勾配となり、街道は二山の鞍部を走る。

鯖山峠を越え勝坂まで来るとここが頂上だ。

ここから下ってゆく。山道なので街道両脇には樹木が生い繁り、見通しが悪く守りには打ってつけだ。

宮市本陣は三田尻より北に位置しており、宮市天満宮のある天神山を挟んで一里ぐらいしか離れていない。

「わたしも何度か宮市へ足を運んでみたが、彼らは聞く耳を持たない」

四十二歳の楫取は髪が薄く、老けて見えるが、小柄に似ず眼光は鋭く、精力的な男だ。

脱隊兵たちに解散を説いて回った。

脱隊兵の上官たちの中には彼を知っている武士出身の者は、彼の話を聴こうとする。

しかし大半は武士以外の者で、武士階級の者を敵視した。

楫取は根気強く脱隊兵の幹部の者たちと話し合った。

手を尽くした説得にも彼らはなかなか応じる構えを崩さないことを知ると、元徳は萩にいる常備軍である干城《かんじょう》隊を呼び寄せ、藩庁を守備させようとした。

これがまた脱隊兵たちを刺激した。

奇兵、振武《しんぶ》、建武《けんぶ》隊の六百人が、萩から出てくる干城隊を阻止するため、佐々並まで兵を進めた。

東京では政府の高官に就いた長州出身の者たちが、自分たちの藩の状況をどう打開するかで集まった。

大村亡き後、兵部大輔は佐世彦太郎改め前原一誠《まえばらいっせい》が就いていた。

山県はヨーロッパに行っており、木戸は神戸にいた。

山田顕義《あきよし》は前原の下で兵部大丞として働いていた。

前原一誠を囲んで神田の広沢兵介の屋敷で集まった。

広沢は藩主敬親のお供で江戸へ行く際、目を掛けられ、藩の財政を切り盛りした男だ。

禁門の変後、長州征伐で俗論派に野山獄に投獄されたことで箔が付き、藩の代表として井上聞多らと勝海舟が芸州厳島で休戦講和を結ぶ役目を務めるまでに出世した。

今や民部大輔として参議の身となり、永世禄千八百石は木戸と同格で、長州藩では巨頭の一人であった。

「もしこの騒動が長州一藩に止まらず、新政府を揺るがすようなことになれば、われわれのこれまでの努力も水泡に帰す」

広沢は自分たちのことだけを考えて暴走する脱隊兵を憎んだ。

「彼らの気持ちもわからんではない。わしが帰国して、直接説得してみようか」

前原は松下村塾出身の門下生の中でも、情熱的な面は松陰と一番似ている。

「わしはこの騒ぎの黒幕は大楽《だいらく》だと睨んでいる」

山田はこの中では一番若い。彼も松下村塾出身で、家は大組士百二石の家柄であり、伯父の山田亦介《またすけ》は松陰の兵学の恩師である。

藩政改革で財政危機を救った村田清風の一族でもある。

彼は禁門の変、長州内訌戦、四境戦争、北越・箱館の戊長戦争のすべてに参加しており、大村益次郎が戦術・戦略を指導した秘蔵っ子でもある。

高杉が小倉口の戦さの最中に労咳で死ぬ。彼の死に臨んで「これからの長州の軍事を誰に任したら良いのか」と、誰かが聞いた時、「大村益次郎がよかろう」と高杉は応じた。

「大村の次は誰です」

「山田市之允《いちのじょう》（顕義）だ」

と、高杉は言い残した。

大楽源太郎は萩の武士の家に生まれたが身分は低い。

大楽の家に養子に入り、周防の吉敷《よしき》郡大道《だいどう》村の旦《だん》という所に住んだ。

佐波《さば》川の河口に近い漁村だ。勉学に励み、九州豊後日田の広瀬淡窓《たんそう》の咸宜《かんぎ》園で学んだ。

咸宜園には全国からの秀才が集まり、越後長岡の河井継之助《つぎのすけ》をはじめ、豊後中津の剣客島田虎之助、それに長州の鋳銭司《すぜんじ》村の大村益次郎も先輩にあたる。

鋳銭司は大楽の住んでいる大道の隣村である。

長州が安政末から文久にかけて、攘夷で突っ走るようになると、藩に認められたい彼は暗殺者として活躍した。

狩野派の大和絵の絵師である冷泉為恭《れいぜんためちか》を狙った。

佐幕派の要人宅に出入りすることから、攘夷派に狙われた為恭は逃亡を繰り返して、彼らの目を逃れようとした。

執拗な大楽は大和丹波まで追いかけてゆき、寺に潜伏している為恭を殺した。

長州が文久二年の政変以降、京都での勢力が衰えると、郷里に戻り西山書屋という私塾を開いた。

周辺からは彼の名を慕って門人が集まり、大村益次郎を暗殺した下手人の中にも団伸二郎、太田光太郎といった彼の門人たちがいた。

彼の弟子たちも奇兵隊や遊撃隊に多く入っており、山田は大楽が彼らを煽《あお》っているように感じた。

「大楽は弟子たちを唆《そそのか》して、大村先生の墓まで暴《あば》いた。許しがたいやつだ」

大村を尊敬する山田は、自分が帰国して脱隊兵と彼らを煽動する大楽を討ちたい。

数十人もの者が鋳銭司村円山の大村の墓地に押しかけ、大村の墓を掘り返しだした。

寺の鐘を聞きつけて集まってきた地元民は手に鍬《くわ》や鋤《すき》を手にして駆けつけてきた。

投石や竹槍で彼らを墓地から追い出そうとした。

村人らの人数に恐れをなして、墓暴きを止めた彼らは、腹癒《い》せに鳥居を倒し、矢来《やらい》を壊して立ち去った。

彼らの中に大楽の門人たちの見知った顔が多かったので、地元民は彼の指図だと信じた。

「脱隊兵たちは大村先生の洋式兵制を嫌っておるらしい。まったく馬鹿どもめ」

山田は舌打ちした。

「われらも文久の攘夷で外国艦隊と戦った時は、洋式のものには何でも反対して、外国かぶれした者を殺しておったわ。今の脱隊兵と同じよ」

前原は久坂と共に、松下村塾でも一番の攘夷主義者であった。

「彼らの気持ちも少しは汲んでやらんといかん。わしが帰国して大楽と話を付けてくる」

しかし前原の帰国は木戸が押さえたような格好となった。

前原の旧部下が干城隊員となって東京に留まっていた。もし前原が干城隊を率いて山口へ帰ると、脱隊兵と呼応して暴走することを木戸は恐れたのだ。

この時から前原は木戸を怨むようになる。

(二) 尾大の弊

彼らの鎮圧に木戸が当たることになった。彼は船で下関へ行くと、長府にいる三好軍太郎、野村靖らと打ち合わせをした。

計画では、木戸が指揮する第一軍は海路で小郡に上陸して、脱隊兵が立て籠もる柳井田関門や鎧峠から山口に迫る。

第二軍は長府から陸路を東に向けて山口へ。

三田尻に集結している徳山・岩国藩兵から成る第三軍は、勝坂から山口へ向かう。

三軍とも別方面からそれぞれに、脱隊兵に取り囲まれている山口藩庁を目差した。

激戦は第三軍だった。

脱退兵は勝坂関門を本陣として山口方面からの藩兵に備え、三田尻から北上して来る第三軍に立ち向かった。

この辺りの村には大楽と関わりを持つ者が多く、村人たちも彼らを助けた。

宮市を制した第三軍はさらに北上し、佐波川《さば》を挟んで対峙した。

第三軍は正面攻撃隊と別に、一方は佐波川上流の人丸から渡河し、右田ヶ岳の山麓にある天徳寺に立て籠もる脱隊兵へ攻撃を加えた。

付近の民家に火を放ち、遮蔽物《しゃへい》を取り除いた。

激戦の末、脱隊兵は後方の勝坂関門へ退いた。第三軍は彼らを追ってゆく。一部の兵は険阻な山である右田ヶ岳を東側から迂回して勝坂関門へ向かった小郡を制覇した第一、二軍がこの日、山口から応援に勝坂関門へ南下してきた。

脱隊兵たちは昨日より飲まず食わずで戦っており、疲労も頂点に達していた。戦さが夜まで続くと、闇を利用して、彼らは右田ヶ岳や西目山の山中に姿を消していった。

楫取は戦さが終わると激戦が繰り返された勝坂関門を歩いた。

山頂にある勝坂には多数の砲台が築かれており、それを撤去する作業が行われている。藩兵の死体や負傷者は近くの寺へ運ばれていたが、脱隊兵の死骸はそのまま放置されていた。

二十歳そこそこの若者が多く、まだ顔にはあどけなさが残っていた。

楫取は藩兵に命じて、街道脇に穴を掘らせて彼らをそこへ葬った。

その上へ墓石代わりに野面石《のづら》を置いて、線香に火をつけた。

これは敵との戦さでなく、味方同士の戦さであった。

(どうしてこんな結果となってしまったのか。果たして藩の取った処置はこれで正しかったのか。もっと別の遣り方があったのではなかったか)

野面石を見つめる楫取の目は潤んでいた。

楫取はその足で山口にある木戸の屋敷を訪《たず》ねた。

木戸は参議になってから東京に住居を移した。山口が政庁だった頃、鴻の峯の南山麓にある糸米《いとよね》に屋敷を構えていた。

今は近くの者に管理してもらっていたが、山口に帰ってくるとそこに泊った。

山口政庁にも近く、南は街道が走っており、北には鴻の峯が優美な姿態を晒《さら》している。

山から流れ落ちる一ノ坂川が快い川音を奏でている。

「良い所に屋敷をお持ちだ」

楫取は木戸と脱隊兵の処置のことで話し合おうとした。

「広々とした山麓だけが取り柄の田舎ですよ」

脱隊兵との戦いで神経を磨《す》り減らしたのか、木戸の顔色は悪く声に張りがない。

木戸は楫取を屋敷へ案内した。

庭は木戸の几帳面な性格を反映してか、こぢんまりとしているが、四季の樹木が植えられており、梅の蕾が綻《ほころ》びかけている。

「実は今度の脱隊兵のことだが」

楫取が切り出すと木戸は疲れたような顔つきになった。

「今も藩庁から役人がやってきて『処罪を穏便にしてくれ』との知事の依頼を持ってきたところです」

木戸は楫取より四歳年下だが、参議となってから話し方にも威厳が出てきた。

「わたしの言いたいこともそれです。脱隊兵騒ぎで藩も迷惑を被った。しかし彼らは攘夷で突っ走って、長州を支えてきた者たちです。四境戦争から箱館まで戦ってきた同志ではないか。新政府の兵制改革のいわば犠牲者だ。労わってこそやれ、使い棄てでは彼らも泣くに泣けまい」

木戸は楫取の話を黙って聞いていたが、楫取が話し終わると、鋭い目を楫取に向けた。

「楫取さんは学者だ。『尾大の弊』という言葉をご存じでしょう」

「彼らは尻尾ばかりが大きくなって、国家に害を成す走狗《そうく》ですか。走狗は用が済めば釜で煮られてしまうのか」

「東京にいる西郷や大久保といった薩摩の連中が『われらが山口の脱隊兵征伐の兵を出そう』と騒いでいたのです。長州のことは長州で始末をつける。薩摩のやつらに長州を荒されては堪《たま》らん。長州がこの問題をきっちり処断したことを彼らに示さねばなりません。情け深い楫取さんには厳罰は不服だと思いますが、わたしも『泣いて馬謖《ばしょく》を斬る』思いなのです」

「そうか。この処置は藩知事が木戸さんに任せている。わたしは木戸さんの考えに従わざるを得まい」

「わかってもらえてありがたい」

政治的に物事を考えるようになった木戸の姿を見て、楫取は木戸が自分とは遠く隔たった世界に行ってしまった気がした。

山口政庁の南の柊《ひいらぎ》村で処刑は実施される。

楫取も処刑場に姿を現わした。

首謀者ら二十七人は両手を背中の後ろで、縄で縛られていた。

藩庁からやってきた役人が彼らの罪状を読み上げる。

黙って項垂《うなだ》れてそれを聞く者もいるが、そうでない者もいる。ある者は処刑場に連れてこられるまでに暴れ回り、刑吏に棒で殴打され血塗《まみ》れになって押さえつけられている。

「お前たちはわれわれを利用する時だけ利用しておきながら、用が無くなれば殺すのか！」

「戦場で弾が飛んできたら、ぶるぶる震えていたような男が政府の役人になって、今度はわれわれを殺すのか！」

木戸はそれを聞くと嫌な顔をした。

「始めよ」

首斬り役人たちは脱隊兵の後ろへ回り、一太刀で首を刎ねてゆく。

首は予《あらかじ》め掘られた穴へ落ちていく。残った胴体もゆっくりと崩れるように倒れた。

明治四年三月、敬親の容態が悪いとの知らせを受けると、楫取は山口新屋敷へと急いだ。

ここは山口政事堂の東にあり、料亭菜香亭《さいこう》の近くにある。

今は野田神社となっている。

敬親と最後に会ったのは、昨年の秋三田尻の英雲荘であった。

半年見ぬ間に敬親はすっかり面変わりしていた。太り気味だった体つきは激変し、病床では肩で息をしていた。

「そちの顔を見るのも、これが最後となろう。わしによく尽くしてくれた。礼を申す」

敬親は布団から痩せ細った手を楫取に伸ばした。

「勿体ない。殿様のお蔭をもちまして、わたしは楽しい夢を見ることができました。もし近侍していなければ、学者として平凡な道を歩んでいたことでしょう」

「わしのために随分危ない目をさせたことを詫びる」

敬親の分身として支藩の藩主の説得や、戦後処理交渉、それに戦さの参謀として藩主の目となり、耳となり各地を奔走した。

十三年間、長かったといえば長かったが、短い道程でもあった。

「わし亡き後も毛利家を頼むぞ。元徳の近侍にはお主のように頼れる者がいない。くれぐれも元徳《もと》を守り立ててくれ」

敬親は楫取の顔を見ると安心したのか、そのまま深い眠りにつき、再び起きることはなかった。「廃藩置県」に先立つこと三ヶ月、五十三歳の生涯だった。

楫取にとって、一つの時代が終わった。

群馬県令

(一) 富岡製糸場

「これは何とも素晴らしい建物だ」

楫取は溜め息を吐いた。

群馬県内の豪農などが行っている製糸場など比べものにならない。

埼玉をはじめ、群馬、長野、栃木県一帯は蚕産の盛んな土地柄である。

「規模がまるで違う」

楫取は広大な台地に建てられた「富岡製糸場」を感動を込めて眺めた。

赤レンガ造りに、白い窓が西洋式で屋根は日本の瓦葺きである。

日の光を浴びて赤レンガが朱色に染まり、黒い屋根瓦と絶妙の調和を奏でる。

この美しい建物の規模に驚かされた楫取は、同時に創業までの苦労を思った。

熊谷県権令（副知事）の視察とあって、富岡製糸場の立ち上げから完成まで見届けた尾高惇忠《あつただ》が各施設を説明して歩いた。

彼は初代の工場長として、工場の経営と人材育成まで行っていた。

尾高は武州榛沢《はんざわ》郡下手計《しもてばか》村（深谷市下手計）に生まれた。

渋沢栄一は彼の従兄に当たり、尾高の妹が栄一に嫁していた。

四十七歳という年齢に似ず、小柄だが眼光が鋭く精力家のようだ。

「楫取さんは長州出身と伺いましたが、わたしは若い頃彰義隊におりました。今は日本のために、富岡で汗を流しております」

楫取は不利な前歴を隠そうとしない尾高に好意を持った。

正面の玄関から入ってゆくと、二階から成る赤レンガ造りの建物が目の前に聳《そび》える。奥行きは十メートルぐらいで、長さは百メートルはありそうだ。

「ここは繭を保管しておく倉庫です。こちら側が東館で、奥にもこれと同じ西館が建っています。ご存じの通り、繭には湿気が敵で、乾燥させる工夫が成されています」

「それにしても、これだけの赤レンガを作るのには苦労があったでしょうな」

「そうです。フランスから直接輸入することはできませんでした。何せ三十五万個ものレンガが必要でしたので、近くの福島村で焼いて作りました、見本は横須賀村の造船場から持ってきた一個のレンガでした。レンガなど見たことのない瓦職人が失敗を積み重ねながら、軽くて丈夫なものを作りました。瓦の土の中に砂を混ぜたのです。これによって軽くて柔らかいものが出来ました。韮塚《にらづか》直次郎という深谷の瓦師たちの努力の結晶です」

「何かレンガの表面に傷がありますね」

楫取は表面に文字のような傷があるレンガを指差した。

「ここをよく見て下さい。いろいろな形をしているでしょう。これはレンガを焼いた者の屋号を刻んでいるのです」

注意してみると、刻印は仝や〇や〼などの独特のものだった。

「セメントが使われていますね」

楫取は一つ一つのレンガの継ぎ目を指差した。

「いえ、明治四年にはセメントは国内ではまだ使用されていません。瓦を繋《つな》ぐ漆喰《しっくい》を使いました。もっとも漆喰だけではレンガ同士の粘着力が弱いので、強度を増すために、海草や魚類の腹腸《はらわた》などを煮た液を混合しました。これも下手計村の左官堀田鷲五郎《わしごろう》父子の執念の賜物です」

「皆さんの努力には頭が下がります。ところでこのレンガに挟まっている木が建物を支えているのですか」

数メートル毎に屋根から縦に太い角材が並んでいる。

「そうです。初めに木材で骨組みを作り、その骨組みの間にレンガを積み上げてあります。フランス様式です。次に進みましょう」

建物の精巧さに楫取は感心しながら、尾高の後に続く。

「こちらが繰糸場です。ここで繭から生糸を取る作業を行います」

この建物は倉庫よりさらに奥行きも長さもある。

「床に柱がないことに気付かれましたか」

そういえば屋根を支える柱が、一階の床に降りてきていない。二階の窓付近から空間に伸びている横木に直接挟まっている。

注意してよく見ると、屋根から真っ直ぐに降りてきた柱は、屋根から斜めに降りてきた柱とも交差しており、それを空間の横木が受けている。何とも複雑な格好をしている。

楫取は日本の家しか見たことがないので、複雑な構造が理解しにくい。

「フランスではこれをトラス構造と呼んでいます。フランスの工場などでは当たり前の方法で、働く空間を広げることが目的です。ところで工場内が明るいとは思われませんか」

そういえば、工場内にはランプといった明かりがないのに、昼間のように明るい。

「斜め上をご覧下さい。ガラス窓から日光が降り注いでいるでしょう。屋根の上が開いているのは、蒸気を逃がすための工夫なのです」

楫取は蒸気のことを詳しくは知らない。

「繭の持つ膠《にかわ》質を溶かすために煮立てるのですが、薪や炭でやると火力が一定しません。そうして糸を取っていると薄皮繭ばかりが残って、細くて切れ易い生糸になります。蒸気で煮つけると火力が一定に保て、必要な時に必要量だけ均一な生糸が取れます。同じ繭からできるだけ多くの生糸を、短時間で取ることができます」

「それにしても見事な木材ですね。どこからこんな大木を持ってこられたのですか」

「あなたもご存じでしょうが、群馬県に山が多いといっても、樹齢五百年を超すこんな大木はそうざらにはありません。これは妙義山から運んだ特別のものです。妙義山は徳川時代から天領となっており、管理は神社によって行われています。わたしがいくら頭を下げても『天狗の祟りが恐ろしい』と言って伐採することを許しません。名主や藩の役人を連れて何度も交渉に行きました。それでも駄目でした。そこで先祖代々の土地を担保に入れて『もし天狗の祟《たた》りがあったら、自分の農地を売って祟りの償いをしよう』と直談判して、やっと伐採の許可を貰いました。苦労をして持ってきた木材なので愛着が湧きます」

繰糸場の脇に、高床で回廊が付いている建物があった。和洋折衷様式だ。

「これが富岡製糸場を設計し、働く人々を指導してくれたフランス人技師ポール・ブリュナの住居です。彼は明治三年から建設地探しをわれわれと一緒にやってきました。それからここの設計をやり、技師もフランスから連れてきました。機械も彼がフランスに戻って捜してきました。明治九年二月で国との雇用契約が満了となりますので、それまでにわれわれも自力で操業できるよう努力しています。ブリュナが帰国すれば、ここは工女たちの読み書きや、和裁の夜学校となる予定です。彼の情熱的な働きがなければ富岡製糸場は完成していなかったでしょう」

尾高の説明には熱が入った。

五月の爽やかな風が肌に気持ち良い。

突然、繰糸場に鐘の音が響き渡った。

繰糸場の機械音が消えると、着物で袴履きの工女たちが繰糸場から出てきた。

昼休みらしい。楽しそうに同僚と語らいながら、楫取と尾高が立っているのに気付くと丁寧にお辞儀をした。

彼女たちは正面玄関から町へ出ていく。

操業前、工女の集まりが悪くて操業が危ぶまれたことを耳にした楫取は、彼女たちの明るい表情を見てほっとしたものを感じた。

「昼食を用意させました。ご一緒にどうですか」

尾高に勧められて彼の部屋へ入った。

テーブルには珍しいカレーライスが二人前皿に盛られていた。

「よく工女さんが集まりましたね。最初は難しかったように聞きましたが」

これを聴くと急に尾高は染《し》み染《じ》みとした顔をした。

「その通りです。今だに攘夷思想が山深いこの地にも根強く残っています。『異人は娘の生き血を吸う』といった馬鹿げた噂が広がりました。最初の頃は誰も富岡製糸場に来ようとしませんでした」

「それでどうしたのですか」

楫取は思わずテーブルに身体を乗り出した。

「『お父さまが造られた製糸場にはわたしが参ります』と娘が言ってくれました。あの時は思わず目頭が熱くなりました」

まだ十二歳の娘が名乗りを上げたことから、地元でも尾高を助けようと、親類縁者が立ち上がり、工女集めに奔走した。

大蔵省も募集を呼びかけ二年後にやっと、五十九歳の最年長から十四歳の尾高ユウまで、工女希望者が全国各地から集まってきた。

予定の四百人には届かなかったものの、工場は無事操業を開始することができた。

応募者のほとんどの者が士族の娘で、富岡までの旅費は自分持ちであった。

「彼女たちはここで技術習得した後、各地の地元の製糸場で指導者として活躍します。われわれの目的は人材を育成することなのです」

教育者である楫取は工場の主旨に共鳴した。

明治六年、長野県から一人の工女希望者が富岡製糸場にやってきた。彼女は一年三ヶ月ここで技術を習得した後、地元の松代に帰って、完成した繰糸場「六工社」で工女たちを指導した。

和田英が残した『富岡日記』で当時工女にならんとした者は、どのような心構えで富岡へ赴《おもむ》き、繰糸技術を習得しようと努力したかが伺える。

「『この度、国のためにお前を富岡製糸場へ入場させるのについては、よく身を慎み、国の名、家の名を落とさないように心がけること。入場したならば全てに心を尽くして習業をし、将来、この地に製糸場が出来る折に、差支えないように業を覚え、かりそめにも業を怠るようなことはしてはならない。一心に励みなさい』と、父親は娘に申し渡した」

(二) 教育者

明治六年に熊谷県権令（副知事）職に就いた楫取は、明治九年県令（知事）に任ぜられた。

県令となった楫取は熊谷県（群馬県）の産業の振興に力を注いだ。

この地方は元々養蚕の盛んな地域だったが、富岡製糸場が出来てから、従来の製糸業のやり方に改良を加える者が出てきた。

星野長太郎は民間で最初の器械製糸である水沼製糸所を設立した。

これまで手作業であったため、均一性を欠いた糸巻き作業を器械で巻き取ることで、生糸をより均一なものにした。

それだけでなく、横浜で外国商人に売っていた生糸を、直接輸出しようとした。

生糸は横浜の外国商人に叩かれて薄利であったからだ。

新井領一郎《りよういちろう》は星野家の六男で、新井家に養子となっていた。

アメリカへの直輸出を目論む星野長太郎と新井領一郎の兄弟は、資金の相談のため楫取家を訪問した。

彼らの渡米の主旨を聴いた楫取夫妻は、二人をテーブルにつかせた。

「それは良い所に目をつけられた。直輸出は利益が増大するばかりでなく、国のためにも良いことだ。わたしが政府と交渉して、旅費と生活費の援助を取り付けてあげよう」

二人は楫取の積極的な態度に感激した。

楫取の政府への働きかけの結果、旅費、滞在費が政府から出ることになって、渡米前に二人は資金援助のお礼に再び楫取家を訪れた。

「本当にありがとうございました。資金の目途がつき、これで安心してアメリカで交渉に臨めます。きっと直輸出できるようにしてみせます」

微笑んで二人の話を聴いていた寿は、黙って部屋を出ていった。

再び部屋に戻ってくると、手にした短刀を二人に手渡した。

二人は理由がわからず首を傾《かし》げた。

「これはわたしの兄、吉田松陰の形見です。この短刀には兄の魂が込められているのです。その魂は兄の夢であった太平洋を越えることによってのみ、安らかに眠ることができるのです」

寿の燃えるような眼差しを見た二人は驚いた。

「妻の言う通りだ。君たちもご存じだと思うが、日本がまだ鎖国をしていた頃、義兄松陰は危険を承知で黒船に乗り込み、アメリカという国を自分の目で見ようとしたのだ」

二人は魂の込もった松陰の短刀を握りしめ、決意を新たに楫取家を後にした。

アメリカに渡った新井はアメリカ市場を開拓し、良質生糸と誠意ある商法により、直輸出を成功させた。後に新井は全米生糸市場の要職に就くまでになった。

彼の長女は松方正義の長男に嫁ぎ、その孫娘「ハル」が駐日大使ライシャワー夫人となった。

松陰の魂はやっと安らかに眠ることができたのである。

明治九年になると、熊谷県は群馬県と名称を変えた。

楫取は彼の得意分野である教育に力を入れた。小学校の普及と充実を目差した。

僻遠《へきえん》の地にも出かけていって、教育の重要性を説いた。

開校式や新築式が行われるのを知ると、臨席して訓話を行い、校名や額、幅物《ふくもの》に揮毫《きごう》を行った。

県内を巡視するにも握り飯、草鞋《わらじ》履きといった出で立ちで、車を用いるということをしなかった。

官邸は住むことさえできれば足りるとして、旧邸を補修して済ます倹約ぶりだった。

幼稚園教育の講師として、松野クララ夫人を群馬県へ招いたのもこの頃であった。妊娠八ヶ月の身重にもかかわらず、彼女は東京から高崎まで馬車でやってきた。

彼女は東京女子師範学校の附属幼稚園で主任保母として働いていた。彼女は木戸孝允の英語教師になっていたことがあったのと、彼女の夫、松野礀《はざま》が長州出身であったことから、楫取が知るところとなった。

松野礀は長州藩美祢郡大田村の出身で、ドイツ留学後、クララと知り合い結婚した。彼はドイツでの研究を元に、山林学を専門分野として、東京農林学校を経て山林局林業試験所の初代所長となった人である。

楫取の教育への情熱的な取り組みが効を奏したのか、就学率は全国平均を遥かに上回り、「西の岡山、東の群馬」と言われるまでになった。

明治九年十月、楫取夫妻は、萩からの思わぬ訃報に接した。

萩で前原一誠ら不平分子が反乱を起こした。乱は僅か一週間で鎮静されたが、反乱軍には彼らの肉親がいた。

寿の兄杉民治（梅太郎）の長男で、松陰の跡を継いだ吉田小太郎と、玉木文之進《たまきぶんのしん》の息子玉木正誼《まさよし》であった。

玉木文之進の息子彦介は藩内訌戦で戦死していたので、文之進は親類の乃木十郎希次《まれつぐ》の二男、乃木希典《まれすけ》の実弟を養子にしていた。

　楫取は妻の心痛を避けるため、しばらく反乱のことは妻には伏せていたが、兄民治からの手紙でこの前原らの反乱のことを知った。

「子煩悩の兄が可哀相です。小太郎は十九歳でした。あの子は吉田家に養子に行って『叔父松陰のように立派な人になるんだ』と言うのが口癖でした。松下村塾で松陰の膝の上に乗って、遊んでいた姿が瞼に浮かびます」

　寿は目頭を押さえた。

「玉木老人は息子が反乱軍に入っていたことを詫びて、祖先の墓前で腹を召されたそうだ。六十七歳であった。死ぬまで髪を結っておられたらしい。自刃された日は風雨が激しく、日暮れであったそうな。先祖の墓前で一礼すると、腹を寛《くつろ》げ刀を突き立てられた。千代殿は女身ながら一人で首を打ち落として、後の処理も一人でされたらしい。義姉上は立派だったと村人も感心したということだ」

　楫取は目を落とした。

「叔父は厳格な人でした。松陰も叔父に厳しく学問を仕込まれました。郡政を預り、村人のために私財まで使う人です。しかし時代に取り残された人でした。清廉な地方官でしたが、明治政府の考えとは合わず、政府に不満を持つ前原らに共鳴したのでしょう。息子の正誼も二十四歳の若さで戦死しました。あの子も責任感が強い子でしたので、叔父の教えに背けなかったのでしょう。萩に残っている者は政府に不平を持つ者が多かったので、どうしてもその仲間から逃れられなかったのでしょう」

悲痛に沈む兄民治や母滝に、寿は手紙を認めるよりほかに慰めの方法がなかった。

楫取はいまだに髪を結い、刀を腰に差して、洋風を嫌っている玉木文之進と、常に顔を合わせている民治のことを心配していた。

民治は長男だけに人の好いところがあり、玉木の影響を受け易い。

楫取は民治を玉木から引き離すため、他県の地方官の職を斡旋したことがあった。

民治からの返事がくる前に「萩の乱」が起こった。

彼は実子吉田小太郎が乱に組したことで、責任を取り地方官を辞し、萩で謹慎した。

翌年寿は軽い風邪に罹った。大したこともないと思いつつい無理をした。

寿の悲願は群馬の前橋の地に、真宗本派本願寺派の別院を作ることであった。

当時の関東地方は関西に比べて仏教の信仰が薄く、いわば無教地であり、真宗の寺院も少なかった。

民情も現代からみれば想像を絶する程荒々しかった。武蔵武士の故郷であったこの地方を仏教によって人の心を潤すことができたなら、民心も温和になり、政府の方針も自然と行き渡るようになるだろう。

寿の努力の甲斐があって、前橋に清光寺が設立された。

彼女の思いに応えて設立のために奔走したのが、長州出身の小野島行薫《おのじまぎょうくん》であった。

この頃から寿は病苦と闘うようになる。

風邪が拗《こじ》れて胸膜炎を起こし、胸痛に悩まされるようになった。それに加えて手足に力が入らなくなり、起居もままならなくなった。

脳梗塞を起こしたのだろう。楫取は東京から外国人医師を呼んで治療を頼んだ。

この頃では脳梗塞の治療法として電気治療ぐらいしかなく、効果ははっきりしない。

風呂へ入るのも人の手を借りなければならず、医学生を下宿させて看護に当たらせた。

電気治療や横浜から取り寄せた薬剤を飲ませるなど、楫取はできる限りのことを彼女に施した。

明治十三年には楫取の発案で、寿を東京へやることにした。

次男久米次郎夫婦が東京に住んでいたからである。東京の方が良い医者もおり、薬剤も手に入り易いと判断したからだ。

馬車や人力車の乗り降りが難しいので、利根川の川蒸気船を貸し切って、楫取が付き添い、医学生ら数人で東京へ運んだ。

医者の勧めで湯治を行い、三ヶ月程すると徐々に快方に向かい、杖で部屋の中を歩き回れる程になった。

十一月に再び胸膜炎を併発し、高熱が下がらず食欲も衰えてきた。

彼女は死を覚悟して遺言状を代筆させ、臨終の前日には衣を改め、いよいよ死期が近づくと、手を洗い、口を漱《すす》ぎ、看護の人々の労を犒《ねぎら》った。

布団に座って合掌して往生を遂げた。

明治十四年一月三十日、享年四十三歳であった。

楫取の心痛は激しく、気も狂わんばかりに取り乱した。

臨終まで着ていた妻の衣服を洗うことさえ拒んだ。入梅して衣服は黴《かび》臭く汚れていた。

「妻の衣服を洗濯や手直しすることは真《まこと》に惜しい」と言って、それを手に抱き締めて、妻のことを思い出しては目頭を押さえた。

明治十六年、楫取は太政大臣三条実美宛てに県令の辞職願を出した。

五十歳を超えた楫取には肉体的、精神的にも県令としての激務に堪えられないという理由からであった。

これを漏れ聞いた前橋町民は驚いた。

前橋町民は中央政府に留任の請願書を提出した。そのため翌十七年七月三十日まで任期を延長することになり、その後は元老院議官として栄転することが決まった。

八月十六日、楫取が群馬県を去る時、数千人もの人々が沿道で別れを惜しんだ。

この時、楫取は再婚していた。相手は寿の妹、文であった。

彼女は久坂玄瑞の妻であったが、久坂の死後、ずっと一人身であった。

寿の看護に群馬を訪れていた文は、母滝や兄民治の勧めもあり、楫取との再婚を決意したのだった。

㈢　防　府

彼は晩年を防府で過ごした。

防府市岡村町に住居を構えた。ここは毛利家の別荘、英雲荘と目と鼻の距離だ。

ここには元徳の長男、元昭《もとあきら》が住んでいた。

楫取は明治新政府の位階では、旧主と同格であった。彼は三十七歳も年の隔たった孫のような元昭を食事に招待したり、招かれたりした。

「父上元徳公が公爵となられ『山口五十鈴御殿の住まいでは公爵家としては手狭だ』と井上馨（聞多）が言っております。彼は防府の多々良山の南山麓の土地を差し押さえており、『公爵として相応しい邸宅をわしが造る』と張り切っております」

英雲荘の二階の大観楼からの眺めは、相変わらず素晴らしい。

庭園を吹き抜けた海風が、部屋に潮の香りを運んでくる。浜風は頬を撫でる。

敬親とここで再会したのも秋だった。

庭園の山茶花の紅色が、松や樫の緑を背景にして一層際立つ。

「わしはあの雷爺が苦手だ。あれはすぐに怒って嚙みついてくる。毛利家家政協議人であるので粗末には扱えんが」

元昭にすれば、温和な楫取の方が好感が持てる爺さんなのだろう。

「それにしても、今度井上が計画している土地は二万五千坪もあります。建築の見取り図を見せてもらいましたが、建築総面積は千二百十二坪、部屋数が六十部屋もある豪華なものでした。『費用の方は自分たちが寄附を集める』と言っております。かなりの額になりそうです」

「その方は父が『毛利家の財産の中から出す』と言っているので大丈夫だろう。井上はやる事が粗雑なところがある男だけに心配だ。お主も井上と協力してやって欲しい。お主が加わってくれると安心だ」

長州の激動の時代に敬親の側近を長く続けてきた目から見ると、元昭はどことなく頼りない。

元昭は祖父敬親や父元徳から楫取の人柄をよく聴かされていたのであろう。実際生き残っているうちでは楫取は一番頼りになる人物だった。

明治十七年から始まった毛利邸の工事は、井上の指揮の下に順調に進んだ。楫取も元昭に頼まれた手前、何度も井上と会い、多々良山麓に足を運んだ。

北は多々良山の山並みを背景に、南は防府の町並みはもちろんのこと、三田尻の海も見下ろせる絶景の地だ。

地鎮祭が済むと、建築用材が山麓に集積された。

木曽の御料林から切り出された樹齢三百年を超す檜の大木が次々と三田尻港から運び込まれた。

建築好きの井上は外務大臣というポストで多忙にもかかわらず、暇を見つけては東京から駆けつけ、現場で采配を振るった。

「板の間には幅広い欅《けやき》の一枚板。板戸は屋久杉の一枚板。天井には黒部の杉だ。銘木中の銘木といわれる鉄刀木《たがやさん》をふんだんに使え。毛利公の邸宅として、どこに出しても恥ずかしくない豪華絢爛《けんらん》なものを造れ。天皇皇后にも来てもらうことになっている邸宅だ。物惜しみせず、最高級の木材をどんどん集めてこい」

井上は財界にも顔が広い。寄附金も大いに集めた。

庭園にも贅を凝らした。東京の有名な庭師佐久間金太郎を防府へ呼び寄せ、造園に当たらせた。

明治二十九年、元徳が亡くなると、明治政府は「国葬」とした。

毛利邸宅は中断の時機を挟んで大正五年に完成し、英雲荘に住んでいた元昭は多々良邸へ移ることになる。

明治二十六年八月には、楫取が慕う野村望東尼の墓を建立した。

墓は彼女の終《つい》の住み家となった桑山の西山麓にある。

防府の楫取が力を入れたのは毛利邸の建築だけでなく、防府天満宮の整備であった。菅公千年式年大祭が明治三十五年四月三日から五月二日まで行われた。祭事の奉賛会総督に楫取が選ばれ、境内には宝物陳列館が設立された。駅から天満宮までの道筋には紅白の雪洞《ぼんぼり》や提灯が立ち並び、夜になると光の帯の中を人々が天満宮を目差した。

天満宮の境内の灯籠には電灯が灯り、天神山の山麓は不夜城のように輝いた。電灯がまだ珍しかった時代である。人々はその明るさに驚いた。

大正元年八月十四日、彼は岡村町の自宅で毛利邸の完成を目の前にして逝去。享年八十四歳。

墓は野村望東尼が眠る桑山の山麓、大楽寺にある。

【参考文献】

『忠正公勤王事績』中原邦平　防長史談会
『大楽源太郎』内田伸　マツノ書店
『吉田松陰撰集』財団法人松風会
『防長回天史』末松謙澄　マツノ書店
『資料幕末馬関戦争』下関市文書館編　三一書房
『久坂玄瑞』武田勘治　マツノ書店
『伊藤公実録』中原邦平　マツノ書店
『井上伯伝』中原邦平　マツノ書店
『伊藤博文伝』春畝公追領会編　統正社
『高杉晋作と奇兵隊』東行生誕一五〇周年記念企画展・図録
『高杉晋作』冨成博　弓立社
『維新風雲録　伊藤・井上二元老直話』末松謙澄　マツノ書店
『東行義挙録』吉村藤舟　防長史料出版社
『明治維新への道 大田絵堂の戦い』美東町教育委員会

『松菊木戸公伝』木戸公編纂所　マツノ書店
『遠い崖』萩原延寿　朝日新聞社
『国司信濃親相伝』堀山久夫編著　マツノ書店
『来島又兵衛伝』三原清堯　来島又兵衛翁顕彰会
『松陰先生にゆかり深き婦人』廣瀬敏子　武蔵野書院
『関東を拓く二人の賢者』韮塚一三郎　さきたま出版会
『一外交官の見た明治維新』アーネスト・サトウ　岩波書店
『ペリー提督日本遠征記』合衆国海軍省編　法政大学出版局
『明治維新後の毛利家』史都萩を愛する会
『花と霜　グラバー家の人々』ブライアン・バークガフニ　長崎文献社
『幕末裏面史　勤皇烈女伝』小川煙村　新人物往来社
『勤王芸者』小川煙村　マツノ書店
『男爵楫取素彦の生涯』楫取素彦没後百年顕彰会編　公益財団法人毛利報公会
『小倉藩家老島村志津摩』白石壽　海鳥社
『大村益次郎』大村益次郎先生伝記刊行会　マツノ書店
『大村益次郎先生事蹟』村田峰次郎　マツノ書店
『彰義隊戦史』山崎有信　マツノ書店

『小倉戰爭記』吉村藤舟　防長史料出版社
『石州口乃戦　四境戦争』矢富熊一郎　柏村印刷
『近代日本夜明けの道を歩く』矢冨嚴夫　益田オンリーワンクラブ
『天皇の世紀』大仏次郎　朝日新聞社
『醒めた炎』村松剛　中央公論社
『世に棲む日日』司馬遼太郎　文藝春秋
『桂小五郎』古川薫　文藝春秋
『奇兵隊始末記』中原雅夫　新人物往来社
『長州歴史散歩』古川薫　創元社
『長州奇兵隊』古川薫　創元社
『高杉晋作』野中信二　光文社
『かわたれの槌音』田村貞男　あさを社
『精解富岡日記』和田英著・今井幹夫編　群馬県文化事業振興会
『明治のロマン　松野磵と松野クララ』小林富士雄　大空社
『吉田松陰　維新の先達』田中俊資　松陰神社維持会
『筑前維新の道　さいふみち博多街道』図書出版のぶ工房

本書は、書き下ろし作品です。

人物文庫

長州藩人物列伝《ちょうしゅうはんじんぶつれつでん》

二〇一四年一〇月八日［初版発行］

著者――野《の》中《なか》信《しん》二《じ》
発行者――佐久間重嘉
発行所――株式会社学陽書房
東京都千代田区飯田橋一－九－三 〒一〇二－〇〇七二
〈営業部〉電話＝〇三－三二六一－一一一一
FAX＝〇三－五二一一－三三〇〇
〈編集部〉電話＝〇三－三二六一－一一一二
振替＝〇〇一七〇－四－八四二四〇
フォーマットデザイン――川畑博昭
印刷所――東光整版印刷株式会社
製本所――錦明印刷株式会社

ISBN978-4-313-75294-8 C0193